人生中，

有多少的相遇，

只是这样的一面之缘，

它让这个世界，

变得有情有义，

使我们日益蒙尘的心，

生出热爱和眷恋。

慢慢走，慢慢爱

丁立梅 著

金城出版社
GOLD WALL PRESS

图书在版编目(CIP)数据

慢慢走，慢慢爱 / 丁立梅著. —北京：金城出版社，2018.1
ISBN 978-7-5155-1645-5

Ⅰ. ①慢… Ⅱ. ①丁… Ⅲ. ①散文集—中国—当代
Ⅳ. ①I267

中国版本图书馆CIP数据核字（2018）第008138号

慢慢走，慢慢爱

作　　者	丁立梅
责任编辑	丁洪涛
开　　本	710毫米×1000毫米　1/16
印　　张	16.75
字　　数	140千字
版　　次	2018年5月第1版
印　　次	2018年5月第2次印刷
印　　刷	三河市腾飞印务有限公司
书　　号	ISBN 978-7-5155-1645-5
定　　价	56.00元

出版发行	**金城出版社** 北京市朝阳区利泽东二路3号　邮编：100102
发 行 部	(010)84254364
编 辑 部	(010)64210080
总 编 室	(010)64228516
网　　址	http://www.jccb.com.cn
电子邮箱	jinchengchuban@163.com
法律顾问	北京市安理律师事务所 18911105819

序言

慢慢走，慢慢爱

春天到了，我去寻春。

喜欢这样的“寻”。是缓慢的、仔细的、隆重的、费着点心思带着些期许的。所有的乐趣，都在这个“寻”字上。

你可能要说，满眼的春色，还用得着寻么？我说，不，不，生活更多的意趣和美，是在那幽微细小里面，是在偶遇和意外中。

比如，在野地里寻得一把荠菜。野生的鲜美，就在那一把荠菜上头。春天里，再没有比寻得一把野生的鲜美，更有滋味的事了。

比如，在草丛里，寻到一只鲜丽的瓢虫。真正是鲜丽极了。它是春天诞生的小宝贝，它把春天的色彩披挂在身上，欢天喜地地，朝着它的未来爬去。一只瓢虫的未来是什么呢？我蹲在它旁边，想着想着，就莫名感动起来。不管未来是什么，它都将勇往直前，满怀深情地奔过去。一只瓢虫，也有着属于它的追求和眷念。

比如，在樱花树下，寻得一丛婆婆纳。那棵樱花树，真是高大，顶着一树的花，如雪砌银堆。人从樱花树下过，都忍不住要举头望上一望，在心里面叹一声，好美啊。却听不到树底下，那樱花瓣覆盖着的泥土的上面，还有些轻轻的小声音在呼唤：看哪，看哪，我们在这里唱着歌跳着舞呀。

哦，谁会留意呢，它们那么小！我看到它们小小的蓝影子一闪，像星光闪过。我蹲下来，拂去上面一层樱花瓣，它们的小身子露了出来。对，是一丛婆婆纳。它们的花朵，真是精致婉约得很，像一只只小小的蓝花碗。蚂蚁可拿它们盛食物。蚂蚁们的生活，会因此变得优雅的吧。当然，它们更多的是盛春色。一个上午，我就在那些小小的“蓝花碗”间流连，春色迷人和饱满处，这里，算得上是一处。

我还被路边的小蜘蛛牵住了脚步，它忙着在两朵花之间搭它的“帐篷”。我惊叹于它技艺的高超，那透明的银光闪闪的“帐篷”，简直是上等的艺术品。一片花瓣落，弄破了它的“帐篷”，它也只稍稍愣了一愣，又忙着埋头牵丝拉线地搭起来。自然界里的能人多，它算得上是一个。又遇挫折不灰心，不气馁，永远的元气满满。我看着看着，就很感激它。它让寻常的一个午后，有了亮色。

在一片杨树林里，我还遇见一棵枯萎的树桩。目测这棵树是上了年纪的，粗壮得很。它是遭雷劈了，还是让飓风给削了？不得而知。然在那枯朽之中，我看到一粒嫩芽芽，从树桩里长出来，像一只羞怯的小蜻蜓，立在上头。生命的坚韧和阔大，往往超出我们的想象。我记住了这棵树桩，和这粒蜻蜓般的小芽芽。在我感到寒冷和沮丧的时候，我会掏出它来，暖一暖。

生命所谓的真谛，是在慢慢行走中获得的。慢慢走，慢慢爱，让有限的生命，活出绵长的滋味。

目录

第一辑 喂养眼睛

眼睛明亮，方得精神明亮。

第二辑 一溪梨花一溪月

多年后，每当看到梨花白，我自然而然会忆起多年前的那个黄昏，头顶上是月亮，西边天上是夕阳，奶奶和梨花共白头。

第三辑 打碗花的微笑

田野里有风吹过来，色彩是金黄的，很和煦。是春天，或是秋天。天空下，她微笑的样子，像一朵浅紫的打碗花。

第四辑 风知道

我们从风里来，最终，都将回到风里去。

第五辑 一面之缘

人生中，有多少的相遇，只是这样的一面之缘，它让这个世界，变得有情有义，使我们日益蒙尘的心，生出热爱和眷恋。

第六辑

西行记

山间好是寂静，星星们悬在头顶上，那么大，像悬着一颗颗晶晶亮亮的樱桃。这样的生命体验，对我来说，一生中，也许仅此一次。

第一辑

喂养眼睛

眼睛明亮，方得精神明亮。

白云生处

一

好好的，突然刮起了一阵风。

风真大。似猛兽发了狂，一路狂奔着。晾在外面的衣，挂不住了，我收进来。一抬头，看到天空。怔住，不自觉“啊”了声。

那些云，那些雪白雪白的云，被风赶着，慌不择路地跑着。跑着跑着，就滚到了一起，滚成一个一个的大雪球。天蓝得深沉又深情，跟湖泊似的。那些“雪球”，又似浮在水面上的大白鹅。这一群“白鹅”，是谁放牧的呢？

不可思。

我也就不去思了。只做着一个，闲观“白鹅”凫游的人，觉得幸福。

晚上七八点的天空，又是另一番样子。风止了，云朵稀了，它们变成莲花瓣了，簇拥着一个大而皎洁的月亮。这个时候的月亮，有王者之气，有金属的光芒。

花树扛着一树的花，浸着月光，朵朵都是蜜饯。青草地上的青草，浸着月光，柔嫩清润得似乎都能摘下来，直接塞嘴里吃。月下有跑步的人，他们泡在月光里，有瓷器之美。

我一会儿看看天空，一会儿看看大地。我所要的好世界，就是这个样子的罢。

二

五月。我在合肥。

下午三四点的光景。天空很干净，有蓝玉之光。这样的天空，惹得我频频抬头。后来，我索性停在路边，一心一意地看。

无数的白云朵，突然冒了出来。像一场雨后，蘑菇们唰啦啦从土里钻出来。

这很神奇。我想，天上一定有谁在种着这些“白蘑菇”。

这些“白蘑菇”密密地聚在一起，又膨膨膨地开起花来。你根本来不及细看，那些花朵，便都开好了。像秀气的玉兰花。

一天空的玉兰花呀。一朵挨着一朵，一朵挤着一朵，仿佛就有香气流淌下来。

我恨不得飞上天去，摘下它们来，提着篮子去叫卖，让花香染遍一条一条悠远的深巷。

晚上，跟当地朋友说起这个。他挺意外，“啊”一声，笑了，说，是吗，有吗？我们这里也有这么好的天空？

我突然心疼得不知所措。

不远处，五月的蔷薇，攀爬在一户人家的铁栅栏上，默默地开。

三

杜牧写“白云生处有人家”，这一笔真是聪明，漂亮，大气磅礴！

没有多余的修饰，甚至不带一点比喻和夸张，他近乎大白话的，把眼睛里看到的，给实打实地描绘出来。秋色弥漫，草木斑斓，有石径弯曲其上，直往那云端里去了。鸡舍房屋，隐隐约约。山居寻常，却如此动人心魂。

他用的那个“生”字，令我着迷。是“生活”的生。是“活生生”的生。是“生龙活虎”的生。是“生生不息”的生。

我们来这尘世走一遭，原都是为了这个“生”。白云朵，亦不例外。

每一朵白云，原也是有根有家的。

这样的云朵，鲜活，亲切，有烟火气。

贾岛的“云深不知处”也好。却显得渺茫，心绪无着落。

四

我说我养了几朵云。

唔，是真的。

我把它们养在窗子外头，养在我小屋的上空。

我在屋子里做事，我一扭头，就看到它们。小白鸽一样的，隔着窗，朝我张望。

每天有它们在，天空多晴朗啊。

它们都是爱学习的好孩子，每一个都学得一身会变魔术的好本领。有时，它们会变成小鸡小狗，小羊小兔子，甚至小老虎，逗我玩。有时，它们又变成小溪流，哗啦啦流。或是变成沙滩。或是变成山峰、丘陵和峡谷。

我在看书的时候，它们也一本正经在看书。我在给花浇水的时候，它们就把自己变成一朵花。

它们也会跟我屋前长着的几棵树玩。把影子一朵一朵，抛洒到树的上面。一只鸟，蹲在它们的影子里唱歌。一只猫，走过树下面。猫抬头看看树，有些好奇，猫一定看见了白云朵藏在里面。

它们偶尔的，也会离开几天，去巡游外面的世界。它们一离开，天就阴了，下雨了，或是下雪了。我不急，也不埋怨，我耐心等着，我知道它们很快就会回来。

果真的，我一觉醒来，雨停了。雪止了。它们正蹲我的小屋旁，一脸明媚地看着我。

如果有一天，我说我要送一朵云给你，那你一定被我当成了知音。

我想养一座山

去南京参加一个会，有幸入住山中。山的名头很响，叫紫金山，又名钟山。它三峰相连，绵延三十余公里，形似巨龙腾飞，因而自古就有“钟山龙蟠，石城虎踞”之称。

会议结束得早，我有大把时间，可以把山看个究竟。为此，我特地跑去宾馆前台买一双布鞋，换掉脚上的高跟鞋。

我向着紫金山的纵深处去，也无目的地，也不担心迷路。我只管跟着一枚绿走。跟着一朵花走。跟着一只虫子走。跟着大山的气息走，那种清新、幽静又迷人的。

春末夏初，满山的绿，深深浅浅，搭配合宜。你仿佛看到，哪里有只手，正擎着一支巨大的狼毫，蘸着颜料在画，一笔下去，是浅绿加翠绿。再一笔下去，是葱绿加豆绿。间或再来一笔青绿和碧绿。人走进山里去，人立即被众绿们淹没。哎呀，——你一声惊叫尚未出口，你的心，已被绿沦陷。

这个时候，你愿意俯身就俯身，愿意张嘴就张嘴，愿意深嗅就深嗅。眼里嘴里鼻子里，无一处不是青嫩甜蜜的。浊气尽去，身体轻盈，自我感觉就倍儿奇异起来，觉得自己变成了一朵花，一棵草，一只小粉蝶，一枚背面好似敷着珍珠粉的绿叶子。

倒伏的已枯朽的树木，居然也披上了绿衣裳。我看到它的枝头有新芽爆出，亦有小草们在它身上，兀自茂密成片。我想起曾在某个古镇看到的一奇观，一棵遭雷劈火烧的银杏树，经年之后，在它枯死之处，竟又长出一棵蓊郁的银杏来。

生命的奇迹处处皆有。有时候，你以为你已走到山穷水尽了，其实不然，奇迹就等在下一秒。

我弯腰跟一些小野花打招呼。半坡上，它们在杂草丛中蹦蹦跳跳，浅白的一朵朵，像萝卜花，又形似七里香。真是惭愧，我叫不出它们的名。那也没关系的，我就叫它们山花吧。

有虫子劈面撞我一下，跑到我的眼睛里。是山风调皮了，还是虫子自个儿调皮了？我轻轻拂去那只小虫子，我不生气。这是它们的家和乐园，我才是个入侵者。

鸟的叫声，跟细碎的阳光似的，在树叶间跳跃，晶亮得很。小溪边，迎春花还残留着些许的黄，青枝绿叶之上，那些黄，像闪烁的眼睛。更像心，不肯轻易撤离这春天。

一座木桥，很轻巧地搭在小溪上。桥的这边是流水，桥的那边也是流水。水边迎春花们手臂相缠。一只黑色镶紫边的蝴蝶，翩然飞来，它停歇在木桥的栏杆上，它不走了。它伏在栏杆上，认真地嗅和吮吸。

我看着它，“扑哧”笑了。想这蝴蝶真是傻，这硬邦邦的木头，有什么好吮吸的！

可我看着看着，就有了冲动，我想学它的样子，把脸也凑到栏杆上去闻一闻，深深的。山里的哪根木头上，不浸染着花草的香气，还有水的清冽甜美？蝴蝶才不傻呢，它知道哪里的味道最地道最纯粹。

早蛙的叫声，在一丛青青的菖蒲下面。也就那么断续的一两声，像试嗓子似的。满山的绿，因这活泼的一两声，轻轻地抖了抖。天空倾下半个身子来倾听。没有谁知道，天空已偷偷用这大山的绿，洗了一把脸，望上去，又洁净又碧青。

一老人从山上下来，健步如飞。想来他常年在这山上走着，脚上的功夫了得。他走过我身边，笑笑地看我一眼，矍铄的眼神，跟粒蚕豆花似的。尔后，远走，身影很快没到一堆绿后头，清风拂波一般。

日头还早，我倚着山，坐下来，幸福地发呆。突然的，我想养一座山，一座小小的山。有树木环绕。有溪水奔流。花草满山随意溜达，它们喜欢哪儿，就在哪儿扎根。还有数不清的虫子，自由出没，互相串门儿玩。有蝴蝶翩翩然。当然，不能离了鸟叫和蛙鸣。

我们每个人的心中，都可以养上这样的一座山的吧，适时地避开车马喧闹世事纷争，还自己些许清宁明澈。

种　花

我在我妈门前种花。

花的种子是我从网上拍来的。花十多块钱，就能买上一小把种子。我乱七八糟买了很多，上面标注的是，小野花。好，就它。因为野，好长，合我的性子。

我妈听说我要种花，乐得眉开眼笑，一迭声答应，好啊好啊，家里有的是地方。她早早就把门前的一块地给收拾出来。那块地，原先长着蚕豆。蚕豆都开花了，眼看着结荚了，节俭了一辈子的我妈，却毫不吝啬地把它们全部拔掉。

我携着我的花种子回家。我妈高兴，她屋里屋外不停来回转，一会儿找铁锹，说要把地再整一整。一会儿又说要去地里挑蔬菜，给我中午炒着吃，忙得一团糟。却在那“一团糟”里，透出无比的幸福来。她的嘴一直咧着，合不拢了。她说，你一到家，家里的门檐都变高了变亮堂了。

这话说得我既开心又黯然，我们兄妹大了，各自有了家庭牵绊，难得回老家。家里只剩我妈我爸两个老人，暮气笼罩下，都是冷清。

我爸也忙活开了。他给那块地追加了底肥，还用钉耙，给划拉出漂亮的地沟。我妈说，我和你爸特地跑去问人家找的鸡粪呢。想我的野花们真是有福，落户到我妈家，受到这等礼遇。

种子刚种下，我妈就给浇了一遍水。我走后，我妈天天向我汇报，门前地里的情形。有鸟来啄食，我妈又多了一项任务——赶鸟。整天忙得更不可开交了。

一十八天后，种子们终于出芽了。我妈不时就跑去看一回，说，啊，那些小芽儿，像些小虫子在爬。我在心里面好笑着，这些小花儿，不单充实了我妈的日子，治愈了我妈的孤独和冷清，还让我妈成诗人了。

花儿们疯长起来，很快密密地长了一堆儿，你挤我我挤你的。原先的地方不够它们住了，我妈忙着给它们间种，把屋后也栽上了。过不几日，花抽枝了。再过几日，花打花苞苞了，这都是大事儿，我妈事无巨细地向我汇报。平时少言寡语的老太太，变得碎嘴起来，语调里，都是笑。

再一些天后，花终于开了，居然是漂亮的格桑花和波斯菊。红的，粉的，黄的，白的，不一而足。我妈的屋前屋后，像来了一群穿着鲜艳衣裳的幼童，喧喧喳喳，跳跳蹦蹦，好不热闹。

蝴蝶们也来了，恋恋地绕着花飞。我妈说，没魂的蝴蝶啊。她那是形容蝴蝶多。那景象我不用想，也知道是怎样的绚丽。我妈不会用“绚丽”这个词，我妈说，好看呢，好看呢。

村里人没见过这些花，又好奇又羡慕，有事没事，爱转到我妈门前来看。孩子们更是日日频相顾，问我妈讨得几朵回去，开心得不得了。有人试探着问我妈讨要一些，回去栽种。我妈起初还吝啬着不肯给。我让她放心，这些花性子都泼，一长就是一大片的，只要想要的，都给。

于是乎，我妈门前总有人去讨花。我回去，我妈告状似的说，烦死了烦死了。我看她说这话时，是多么口不对心，她脸上的笑容里，分明写着快乐。那是给予的快乐。

今天我妈又告诉我，隔壁村子里的谁谁谁，也跑来问她要花种子。格桑花开过了，我妈专门买了个陶罐，收藏这些花种子。那陶罐比金镯子还珍贵，她看得可紧的。

我问我妈，给她了吗？老太太端起架子来，狡黠地笑，她来要了三回，我才只抓了一丁点儿给她，要的人多哩，我要省着点。她计划着明年，把门口的路边，也都给种起来。

我笑她，那不是谁都可以采了吗？我妈被我点破了心事，她嘿嘿两声，讪讪笑着，有些不好意思。

我很高兴，我随手丢下的一把花种子，能让我妈的晚年，泡在花开的缤纷里。我更高兴的是，一个村庄。不，更多的村庄，都将因这一把花种子，而绚烂起来。

喂养眼睛

早起读书，读丰子恺文，读到这么一段：

人生为衣食而奔走，其实眼睛也要吃，也要穿，还有种种要求，比嘴巴和身体更难服侍呢。

眼睛会渴，会饥，会冷，会寒，会孤单，会寂寞。眼睛渴了饥了，眼神会黯淡无光，人会变得无精打采。眼睛冷了寒了，眼神会瑟缩成冰，心也会跟着凝结成冰。

一个人的孤单和寂寞，是写在眼神里的。一个人的快乐与美好，也是写在眼神里的。我们说，灵魂需要喂养。其实，是眼睛需要。眼睛丰富丰满了，灵魂才会丰富丰满。眼睛若是贫瘠干枯的，灵魂必也是枯涩荒凉，沙砾遍布。

我们要喂养眼睛些什么才好呢？自然界的花草树木，日月星辰，山川河流，风霜雨露，虫鸣鱼跃，鸟唱蝶舞，这一些，对眼睛来说，都是必不可少的营养。我们的眼睛，时不时地“吃”下这些，才会变得富有色彩灵动温润。才会有日月明朗，四季分明。也才会有喜悦，有热爱，有美好，有着追求和向往。

我们还要喂些艺术给眼睛。文学、舞蹈、美术、建筑……这些人类智慧的结晶和瑰宝，我们的眼睛，怎能错过！当我们的眼睛“吃”下这些时，我们的眼神，才会变得醇厚、深邃和丰满，而不是轻飘飘。我们的生命和精神，也才会有厚重有高贵。

眼睛是不会说谎的，当我们喂它美好时，它会在心中生长出一份美好来。

当我们喂它丑陋时，它会在心中种出一份丑陋来。我们看一个人的素养高低，只要看看他的眼睛，也就能判断个八九不离十了。眼神是清澈的、洁净的，心灵必也是。眼神是混浊的、邪恶的，心灵必也高尚不到哪里去。泄露一个人秘密的，往往不是别的，而是一个人的眼睛。

认识一个老者，八十八岁了，须发皆白，脸上多斑点和皱纹，是一棵老树掉光叶的样子。然他的一双眼睛，却叫人难忘。那双眼睛不大，却明亮，明亮透了，可以用星子做比喻。老人一生有两样爱好，一爱种花草，二爱画画。花草是种了一辈子，他的两间小屋，搞得像个小花园，什么时候去看，都有花在热闹地开着，红红黄黄一大片。画也画了一辈子，对着他种的花花草草画，画稿一摞同着一摞。问过老人一个很俗的问题，您画了这么多年，想过成名成家吗？老人呵呵笑了，眼睛微微眯起来，两粒星子在里面跳跃，他说，哦，我画，只是因为我喜欢画，与别的没有关系哦，我娱悦的是我自己。

眼睛明亮，方得精神明亮。老人用他的花与画，喂养了眼睛，清澈了心灵。他一生做着一个明快洁净的人。

不要让心长出皱纹

一帮中年人聚会，一女人盯着我细看，冷不丁来了句，你脸上怎么还没长皱纹？

去理发店。帮我洗头发的小女孩的手，鲜嫩得跟青葱似的。她在我头上弹啊弹啊，弹着弹着，突然顿了手，甜甜地问，阿姨，你的头发怎么这么黑，一根白的也没有？

跟陌生朋友见面，他们总要疑惑地，对着我上上下下，打量了又打量，问，你儿子果真那么大了吗？你看上去不像啊。

像？什么才叫像？就像小时写作文，写到母亲，必是皱纹密布的一张脸。黑发里，必是霜花点点。必是背驼腰弓，沧桑得不得了。必得有一点老态，才叫正常。仿佛到了一定年纪，非得烙上这个年纪的印记不可。涂红指甲，不可以！穿花裙子，不可以！你因一件好玩的事，忘情地跳着笑着，不可以！你还拥有好奇、激动、热血，不可以！

街上的喧腾热闹，都不带你玩了。新奇新鲜的玩意儿，都没你的份了。衣服也只能挑黑蓝紫的，质不必高，能遮身就行。出门不必妆扮，因为没人注目到你身上。时尚的话题，你没一句插得上。你一边待着去吧，别碍手碍脚的，最好自个儿识趣地，搬把椅子，去太阳下打打盹。或养只小猫小狗，打发时光。你慢慢、慢慢地退到角落里去，没有人留意你的喜怒和欢悲，你被世界遗忘，你渐渐的，也被自己遗忘。

这叫什么逻辑！

我偏不！我想唱的时候，我就大声唱。我爱跳的时候，我仍忘情地跳，只要我还能跳得动。我还是爱囤积发圈、胸针、手链、挂件诸如此类的小物件。我还是好探险，喜欢跑到幽深的更幽深的地方去，因意外发现一棵开满花的老树，而万分惊喜地欢叫。对了，我还买了一堆气球放家里，没事时，吹着玩。

我堂哥，五十好几的人了，头顶已秃过半，眼角皱纹堆积。我们虽不常见面，但每次见面，我都喜欢跟他黏一起，因为他好玩。有一次，我在房间做事，他在客厅，我突然听到客厅里传来他的哈哈大笑。跑去看，他正在看动画片，动画片里，一只小老鼠把一只猫捉弄得狼狈不堪。我堂哥指着动画片叫我看，笑得上气不接下气，他说，你看，你看，你看那只小老鼠！那一刻，他可爱得让我想拥抱他。

人活的，原不是年纪，而是心态。只要心态不老，你就永远不会老。

记得我在念大学时，一老太太教我们历史。我们一帮青春娃，开始都很排斥她。等听她上了几节课后，我们却一下子都狂热地爱上她。她喜穿水粉的衫子，又描眉，又画唇，真是好看。上课时，她的肢体语言十分丰富，讲起历史典故来，眉飞色舞，引人入胜。课后，我们围住她聊天，她教我们怎么打蝴蝶结，告诉我们去哪条老街，可以淘到好看的包和鞋子。春天，她和我们一起外出踏青，在闹市口，她买一艳丽的鸡毛掸子扛着。桃红鹅黄的鸡毛掸子，插在一根长长的竹竿上，她扛着这团艳丽，在人群里走，实在招摇。我们虽不明所以，然跟着她的这团艳丽走，满心里，竟都是说不出的快乐和好玩。等走过闹市区，她这才对我们悄语，我买这个，是想扑蝴蝶来的。

好多年过去了，每每想起她，人群中的那团艳丽，和她一脸的小天真小狡黠，我都不由得从内心底，散发出欢笑来。

我知道，有一天，我的脸上，也会长出皱纹。我的头发，也会渐渐变白。我也终将老去，——时光，这把镂刻岁月的刀，我也操控不了。但我，大可以让心，不长出皱纹。像我的历史老师那样，永葆着一颗童心，去好奇，去发现，去欢喜，去开怀。这对自己来说，是有福的，对身边的人、对这个世界，亦是有福的。多一份童趣，少一份怨憎和暮气，多好玩啊。

见字如面

我给一个女孩回信。

女孩远在武汉，是我的读者。她喜在纸上一笔一画，向我倾诉小心思。

我去楼下的报纸箱里取报纸，看到躺在上面的牛皮纸信封。——这样的信封，我也常见到，里面多半塞着样刊样报，编辑给寄来的。但这一封不一样，撕开封口，里面掉出的，是两只粉色的“千纸鹤”，和两朵风干的水仙花。

女孩很用心，她把她的信，折成千纸鹤了。又纯真，又美好。

展开，看她可爱的字，一个一个，落在纸上。每一个字，都像春天池塘里的小蝌蚪，带着温度，带着春的好意。让人看着，心里暖，暖到生出绿的藤蔓来。

这种感觉，久违了。

是高中时，与要好同学暑假分别，寸寸时光里，竟也布满想念。于是，写信。说些什么呢？无非是今天的心情好不好。今天吃了什么，做了什么。屋后的凤仙花开满墙角。厨房顶上的丝瓜，又结了两条。却在信末，煞有介事写上一句：见字如面。

彼时，一字一字，落在纸上，像露珠降落在花蕊上，又晶莹，又剔透。

大学时，离家远了，填补虚空与思念的最好办法，就是写信。最喜更深人静，蚊帐放下，钢丝床上那一小块天地，都是自己的。这个时候，摊开信纸，伏在枕上，任由文字带着自己的思，自己的想，满世界飞去。给父母写，给兄弟姐妹写，给亲戚朋友写，给同学写，——甚至，给老家的邻居写。能想到的人，都给写了信去，连家里养的猫啊狗的，都给问候到了。是那样的万分诚恳，是那样的掏心掏肺，说着爱，说着好，说着感激，说着想念。在信末往往也会很认真地写上这几个字：见字如面。

见字如面。见字如面。每一个字，都像夜空里的星子跳跃。又像春风吹过花蕾，哦，花就要开了。世界美好得很纯粹。

那会儿，穷学生没多少钱，但还是从生活费里，克扣下一些来，去买了邮票和漂亮的信纸。来往信件多，花花绿绿的邮票自然也多，集邮便成了很多年轻人的爱好。我们把信封上的邮票，小心剪下来，放水里稍稍泡一泡，邮票上面涂着的一层胶水，就会自动脱落。我有一本厚厚的集邮册，就是那时给攒下的。

那会儿，每日必做的一件事，就是去校门口等邮车来。想那里面或许正躺着自己的信，真是激动。一俟看到收发室门前的小黑板上，挂着自己的名字，总忍不住一阵耳热心跳。赶紧跑着跳着去取了信，捂在胸口，生怕它像蝴蝶似的给飞了。一路小跑，找个没人的地方，坐下来，慢慢读。这时，头顶上若有一树的花撑着，那是十分应景的。若是没有，也不要紧，风吹着，那信纸上的每一个字，都似花开。心情也跟着芬芳起来，如栀子。

那时，最富有的收藏，是信件。宿舍里有女同学，专门用一只红漆小木箱，装她的信件。她每每打开小木箱，脸上的表情，都异常生动，又温柔又甜蜜，像只饱满的蜜橘。她大多数信件，都来自于一个瘦瘦高高的男生，同一个校园住着，却仍天天写了信来，字字都是道不尽的爱，说不尽的情。毕业后，他们没能牵手走下去，可那些信件，却是一个青春，最丰盈的记忆。

很可惜的是，我的一堆旧信件，在数次的辗转迁移中，大多遗失了。一同遗失的，还有那栀子一般的心情。在睽别多年后，我终于重新拾起笔，坐在台灯下写信，我的手底下，温情迭起：好姑娘，见字如面。见字如面……

水里面的黄昏

我遇到了黄昏，一个水里面的黄昏。

那会儿，我已穿过一个杉树林，又穿过一个杨树林，到了一片竹林里。

竹林傍着一条河。河呈东西走向，一条南北支流，在这里汇合，它们亲密地搂抱成一个较大的河湾。河湾边多苇和茅，也有树。苇花褐黄，茅花雪白。前者慈眉善目，后者娴静温婉，都是好人家的模样。树们长得茂密，像河湾天然的屏障。有一两棵看上去特别高大，如站在城墙上的士兵，长茅长戟地武装着。它们在那儿好些年了吧？秋风吹过几回，树上的叶落去不少，枝条看上去却并不萧条，反倒有疏朗之意。似乎作画时，有意的留白。

我采了一把小野花，还摘了几颗野草莓。几个妇人在竹林里挖野蒜。野蒜味儿重，风轻轻一吹，就浓浓烈烈地铺洒开来。

我走过去，站边上看，我说，这是野蒜呀。她们笑回，是啊，这是野蒜呀。

回家炖肉吃呀，她们互相说笑。

好些年没见过的野味了。小时，去荒地里割猪草，挖一把野蒜带回。我奶奶洗洗切切，跟小鱼一起，放饭锅上蒸，那就是我们无限向往的美味了。野蒜炒鸡蛋也好吃。野蒜炖咸肉，那是美味中的极品了。只是那个年代，咸肉很少见，偶尔吃上一次，会快乐很多天。

回忆里，最刻骨铭心的事，竟都是关乎吃的。想想，既心酸，又感动。活着最真实最生动的地方，原是在这低低的烟火中的。

我看了会儿妇人挖野蒜，又观看了一只蜘蛛织网。我一直微笑着，我体会到一种发自内心的幸福。就像梭罗说的，每个毛孔都浸润着喜悦。

然后，一个黄昏向我走来。

起初也不曾有多介意。黄昏么，哪一天都有的。我照旧散我的步，看夕阳忙着在竹林里穿针引线，给竹子们穿上金缕衣。天地万物，最慷慨莫过于夕阳，每一次告别，它总要把最后一丝光最后一份暖，留给这世界。

我走到了河边，我不经意地往河里看去，我惊得差点跳起来！一河的颜料，一河的斑斓！一河的！黄昏走到了水里面。

水燃烧起来了！火红的晚霞，在水里面跳舞。仿佛无数条红鲤鱼在游，它们摇头摆尾着，活蹦乱跳着，载歌载舞着。

河岸边的草木，都披上了霓裳，光华灼灼。这些草木一齐朝着水里面走来，来跟黄昏相会。天地间，好似走着一支迎亲队伍。是诗经年代的那场贵族婚礼么，“之子于归，百两御之”，场面可真真够浩大够奢华的。终于，它们与黄昏在水里面相会了。大红灯笼挂起来，锣鼓喧天，鞭炮齐鸣，一场盛大的婚礼，热热闹闹地在水里面举行了！

这个时候，我，一个偶然路过的观众，除了热泪双流，实在没有别的事好做。

日成一事

我把一只吃剩的红薯，埋到花盆里。花盆里原先长着仙客来，满满一盆红花，很是繁茂了一阵子。花萎了，花盆便空落下来。现在，一只红薯住进去了。

红薯很是欢快地在里面生长起来。它每天很认真地爆出几枚新芽，像个勤快的农夫，管着它的一亩二分地，兢兢业业。紫色的茎，渐渐成形。描着紫色血管的小叶片，亦渐渐成形。我每日里去看它，都看到它的变化：茎长高了，长粗了；叶片儿伸展开来，变圆润了。——生命的生长，原是这样一点一点积攒着的，每天生长一点儿，每天都不懈怠。终有一天，它将捧出一盆的青绿。

世上之事，哪一样不是如此一步一步，方才拥有蓊郁葱茏?

与一个老书法家相识，他八十多岁了，样子看上去，一点也不像八十多岁的老人。他家住六楼，六层的楼梯，他能一口气爬上去，不带气喘的。他每天这么锻炼着，上上下下，来来回回十几趟。他对我伸伸胳膊，晃一晃，孩童般地淘气着，说，我这劲道可大着呢，你跟我掰手腕，可不一定掰得过我哟。说话的声音中气十足，洪亮得像镶着金属片。眼神儿亦没有丝毫混浊，亮亮的，精神饱满得让年轻人也自愧弗如。

我是在一个文艺作品颁奖会上遇见他的。他的书法作品，获得唯一一个特等奖。他书写的是王勃的绝句“落霞与孤鹜齐飞，秋水共长天一色”，尺幅之间，笔墨有着喷涌之势，遒劲力道，疏朗俊逸，给人山长水阔之感。即便我这个外行看着，也觉得好。以为他定是从小就练这个的。谁知他哈哈一笑，掰着手指头让我猜。我猜了几次，全是错的。他狡黠地冲我眨眨眼睛，说，我是七十岁以后，才重做小学生的。

七十岁之前，他的人生都是一笔糊涂账，随波逐流，得过且过，无有起落。跨过七十岁的门槛，他恍然而惊，不行啊，我这样子活着，什么也没留下，到死也闭不上眼睛啊。又因老来无所事事，时光变得空空荡荡。他不想再这样下去，他怕自己会患上老年痴呆症。他要找点事做，于是，他想到练字。

起初，听说他要练字，儿女们只当是笑话，劝他，您都七老八十的人了，瞎折腾什么呢，您就负责吃吃喝喝玩玩，不是很好么？他听了，越发顶真起来，他可不想被他们当做“老废物”。

从开始决定练字，到字在纸上成型，他用了五年的时间。五年里，他每天给自己立下规矩，必须写满一碗水的字。他用笔蘸水，用水在布上写，一横一竖一点一撇一捺，慢慢练着。一碗水的字写完了，这一天对他来说，才算完满。

我是从一碗水的字起步的，他哈哈笑起来。现在，他每天必临摹一百个大字。“日成一事，厚积薄发。”老人家欣然挥毫，在我递给他的宣纸上，写下了这八个字赠我。

十亩间

我喜欢去逛小蓟的花店。

小蓟的花店，不大，却有个耐人寻味的名字：十亩间。这三个字，用白漆书写在一块褐色的原木上，挂在花店门前的墙旁，上面攀爬着绿的藤蔓。我每每总要为之注目，我想起《诗经》里的句子，十亩之间兮，桑者闲闲兮，行与子还兮。——十亩桑田青青，采桑的姑娘多么悠闲轻盈，晚霞照拂着炊烟，她们采好桑叶，相伴着一起回家。那景象，我以为是人间烟火里最美的。

不知小蓟的店名，是不是取自这里。问他，这个大男孩笑了笑，没说是，也没说不是。他白白的牙齿上，晃动着阳光的影子。

他店里的花草品种也不是很多，常见的不过是些草花，桔梗、石竹、波斯菊、太阳花之类的。他还极喜欢侍弄些野花来长。用他亲自烧制的瓦罐长一年蓬。用他亲自设计的陶罐长三叶草和蒲公英。瓷盆子里，他长红蓼和紫花地丁。那些野花，经他的手一拨弄一摆放，立即光彩起来，雅致起来。是灰姑娘穿上水晶鞋了。

小蓟是学美工的。据说他在这行的学业很突出，曾有大公司开高薪聘他，小蓟没去。有人替他可惜，说，小蓟你傻啊，放着那么好的机会不去，开个小花店能赚几个钱啊，还这么辛苦。小蓟只是笑笑，回，我愿意。

小蓟把他长的那些野花，在店门口排成一排，也是沸沸扬扬的花世界了。大家见了，盯着左瞧右看，终恍然大悟，叫起来，小蓟，这不是野花么？野花也可以这么长？

小蓟笑笑的，不解释。那些花与花器的完美搭配，却叫人无法挪步，最后都忍不住捧上一盆两盆回去，野花也当家花来养了。

我在小蓟的“十亩间”来来去去多了，有时会跟小蓟开玩笑，我说，小蓟，你话怎么这么少呢，话多了才会赢得更多的客人呀。

小蓟就笑，白白的牙齿上，晃动着阳光的影子。小蓟说，要说那么多话做什么呢，做好自己就是了。

我怔住，看着小蓟。他穿过他的那些花花草草去，竟也似其中的一棵或一朵了。

小蓟的“十亩间”，一直在那儿，在一条普通的小巷子里。不大的一间屋，花的品种也还是那些个。但隔些日子不去，我会很想念，便又跑去了。小蓟还是那个样，微笑着，不多言说，只拨弄着他的那些花花草草盆盆罐罐，却让人觉得无比的安心和舒适。看着他，总让我觉得惭愧，想想我们日常说了多少的废话，淹没掉多少好光阴。有时，少言的人，却自带光辉，就像植物们从不说话，但在植物们跟前，你自然而然会敛神静气，心灵也跟着洁净起来。

灵魂的高贵

我常常要为生活中的一些小小的镜头感动。

比如说，在商场门口，一个女子掀着门帘，立等在那儿。她等后面所有人进去了，才放下门帘，独自走开。为了保持室内温度，商场门口多挂有厚重的门帘。

比如说，黄昏时，一个男人，路过路边菜摊。他本来已经走过去了，忽然回头，蹲到一个老人跟前，把老人菜摊上的菜，各各买了一样。临了，他不肯要老人找给他的零头。他蹲下的那个动作里，有慈悲。他知道这些乡下种菜的老人不容易。

比如说，红绿灯口，一个小女孩牵着要闯红灯的妈妈的衣襟，指着红绿灯，执拗地说，妈妈，等绿灯，等绿灯。

比如说，一个盲人走进一家早餐店，里面的一个小服务员看到，立即过来搀他，把他引领到桌边坐下，又细心替他布好桌上的餐具。

比如说，一个三轮车夫，用三轮车载着他半身不遂的父亲，出来赏景。他一边慢慢蹬着车，一边扭头轻声对父亲说着话。七尺男儿，话语却温柔得滴得下水来。

比如说，下雨的天，一家小店借出自己的屋檐，给路过的人避雨。且提供板凳和免费的茶水。

比如说，一个小男孩，给因车祸而导致瘫痪的母亲梳头发。他一边梳，一边唱着赞美歌，妈妈，你是世界上最漂亮的妈妈。

比如说，火车上，一矮个的妇人，无法把重重的行李，搁到行李架上。

旁边立即有人伸出手来，轻松地帮她搞定。妇人到站了，又有人主动帮她把行李取下。

比如说，进城探亲的老人迷了路，在一个学校旁边打转转。一男孩看见，一直把老人送到目的地。结果，他为此而迟到了一节课，挨了不知情的老师的责备。

比如说，血库告急，而病人急需输血。消息一出，四面八方的陌生人赶了来，在医院门口排起长队，静静地等着献血。

比如说，穿破的旧鞋不扔，而是送到一条巷道口的补鞋摊上去。那个腿患暗疾的男人，在那里摆摊已几十年了。他的摊子上，始终都有未补好的鞋在。几十年里，他的生意，从未中断过。

善的举动，并非都要敲锣打鼓地进行，很多的，已融入我们的日常。走路时，低首，你看见路上有障碍物，如小砖块、小石头之类的，或是断了的树枝，你捡起它，以防后面的人摔倒；拥挤的路口，你不去挤，而是静静等待；被人不小心踩着了，你不破口大骂，而是宽容地一笑，说声，没关系的；遇到流浪的小动物，口袋里若有口吃的，你拿出来，分点给它；对小孩子和老人你态度和蔼，不表示厌烦，而是极有耐心的倾听。

不恶语伤人。不疾言厉色。不坑不拐。不嘲笑讽刺。不打击挖苦。不尖削刻薄。不耍阴谋诡计。不斤斤计较。不漠视麻木，这都是善良。别人落难了，你因条件有限，不能提供物质帮助，但你可以借他一个温暖的肩头，让他靠一靠。你可以给予他微笑和懂得，还有慈悲和怜惜。

微笑，有时抵得过千金相赠。

我把这一些，视为，灵魂的高贵。

活着的真姿态

秋天到了，山东那对卖炒货的老夫妇，又准时来报到。

他们身后的小棚屋，已关了一个夏天了。

我欢喜地跑过去。

老夫妇两个看见，都停下手上在做的事，直起腰来，站着等我。老妇人高兴地叫我，会员卡，会员卡。一个夏天不见，他们见到我，格外的亲。

关于这会员卡的叫法，是有出处的。我起初经常跑去问他们买瓜子，买的次数多了，就跟他们开玩笑，我说，快给我办张会员卡，下次我再来买，要打折哦。那之后，他们就会员卡会员卡地叫开了。

老头儿话不多，沉默着做事。很多时候，他都是手持一把大铁铲，在一口大锅里翻炒着花生、瓜子等炒货，袖子卷得高高的，胳膊上暴出的青筋，就跟蜿蜒着的蚯蚓似的。虽说现在都有机器炒了，滚筒一转，眨眼工夫就炒好了，可他们还是坚持用这种传统的炒法。这样炒出来的才香，他们固执地说。

我信。这么信着的人还真不少，到他们炒货摊买炒货的，回头客多。即便他们比别家卖的要贵上一两块钱，也没人介意。手工的么！那是留着人的体温和情意的。

老妇人有一只眼睛装的是义眼，看人时，那只眼球瞪着，一动不动。

我上街，如果有空闲，爱跑去他们摊子上，帮他们卖卖瓜子，跟他们聊聊天。有一次，聊着聊着，也就聊到老妇人的这只眼睛。

哎呀，那是跑路跑快了磕的，磕的嘛。她说起这只眼睛来，是笑着的。好似小孩子做了一件错事，不好意思得很，曾经的痛楚，并不装在心上。

当年，因家里生活艰难，他们拖儿带女，跑到这异乡来卖炒货糊口。这一出来，就是四十来年。那时，他们的娃，不过才板凳高。

现在，我的孙子都快娶媳妇了。老妇人一边比画着，一边说，心满意足的。老头儿偶尔抬头看她一眼，笑笑的，并不说什么。

我儿子在无锡买了房，我女婿在扬州买了房，干的也是我们这行。

我侄子也干这一行，一家老小也都跟出来了。

他们也都买了房，小日子过得很不错哟。

老妇人絮絮地说到这儿，目光求证般地看着老头儿。老头儿就冲我点点头，证明她所言不虚。依然笑笑的。

我看着他们脸上的皱纹头上的白发，心里发热。尘世万千中，他们是毫不起眼的两个，却活出自己的丰富。他们硬是凭着手里的一把铲子，一铲子一铲子养大儿女，把小小的炒货，做成家族事业。

我看一眼他们身后栖身的小棚屋。那是一幢住家小楼旁边斜搭出来的两间小庇，石棉瓦盖顶，简陋得很。楼主人原先大概是用来堆放杂物的，租给了他们。他们要在里面待一整个秋天，一整个冬天，一直到明年夏天。夏天，炒货生意清淡，他们是要回老家去的，他们想家。

问他们，你们为什么不在这里买套房？买个小套也好，住着也舒服。

老妇人笑了，说，我们这样住着挺好，多年了，习惯了。

见我仍盯着她在看，她局促起来，说，我们是想回老家的。等再干不动这个了，我们是要回去的。

这里不好么？你们就留在这儿生活，不是很好么？我问。

好，这里样样都好，比我们老家好，老妇人低头，轻轻笑，但我们还是要回老家的，麻雀还有个窝呢，我们的窝在老家。

反正，我们这把老骨头，是要埋在老家的，很少开言的老头儿，这时不紧不慢插上一句。

老妇人赞许地冲他看过去。他们对望一眼，一齐笑起来。

有顾客来买瓜子，他们招呼去了，一个称秤，一个收钱，配合默契。

我站在一边，笑着看。我看见了活着的真姿态，那里面有努力，有坚守，有感恩，有知足，有坦然，还有一种，叫爱的东西。

光阴如绣，蔓草生香

一

买来的生姜，忘了吃它，它兀自在塑料袋里，长出芽来。哦，不，不对，那不是芽了，它有枝有叶，是有模有样的一株植物了。

我把它移栽到花盆里，对它说，亲爱的姜，你长吧，按你自己的心意，长成你想要的样子。

我听见它的欢笑，咯咯咯咯。

是的，生命中，能按自己的心意生长，是件多么愉快的事！

同样这样长着的，还有红薯。还有绿豆。还有葱。

亦是忘了吃它们。它们就悄悄地躲在一边，发芽，抽茎，长叶，端出一捧的绿来给我看。

时光大度而宽容，足够一个小生命，编织出属于它自己的梦想来。

二

早起，去看昨天开着的那朵扶桑。只一朵红，缀在我的窗台上，明艳得像红唇。楼下走过的人，抬头，都能看得见。

他们问，什么花啊，那么红！

我欢喜地答，扶桑啊。

现在，它已萎了。

生命的灿烂也只是一日工夫。但我知道，灿烂不在时间的长短。我已记住了它的模样。昨天的风也记住了。云也记住了。鸟也记住了。

昨天的云，落满窗。一只鸟儿，停在我的花旁，啁啾了大半天。

三

紫薇的花开得茂盛极了，道旁都是。或红或紫，或蓝或白。一撮一撮，热烈奔放。看着它们，本是清素的心，也变得灼热起来，想笑，想爱，想对这个世界好。

还有木芙蓉和木槿，也是赶着趟儿地开。

还有合欢。已是秋了，它们居然还在开着花。

我在合欢树下走。我踮着脚尖，朝它们的花朵伸出鼻子去。旁有人不解，看我。我说，香。那人也把鼻子凑过去，脸上有了笑意。

合欢的香，是小儿女的体香，那种浅淡的甜。让人的心发软。

还有一种树的叶子也极好闻，像薄荷。我每每走过它身边，都会去摘上两片叶子，放口袋里。

四

想在白云朵上种点什么。

那真是一朵一朵的白云朵，它们一个挨着一个，随意而又散漫地席蓝天而坐。像小时的我们，托着下巴，在田埂上坐着，等着谁给讲故事。

谁给它们讲故事呢？又会讲一个怎样的故事呢？

我多想知道。

是不是关于小花和小蚂蚁的？是不是关于青草和羊群的？

我想在那白云朵上，种上草。嫩绿的、翠绿的、青绿的、碧绿的草，配上这样的白，多么相称。风撑着青草的长蒿，以云为舟，自由徜徉。

真个是光阴如绣，蔓草生香。

五

喜欢在黄昏时，出门去。

这个时候，万物都着上了温柔色，无一不是好的。

天上的云，开始疯跑，开始手忙脚乱地换装。不过眨眼之间，它们就都跑到天边去了。在太阳离去，夜幕降临前，它们总要来一场大型演出。赤橙黄绿青蓝紫——云的演出服，可真是多得数不清。

天边的色彩变得繁复起来，奢华的、斑驳的，油画一般。又是变幻莫测的。云的舞姿，实在出神入化，曼妙得叫夕阳的心，都融化了。

人不知道，他是多么有福分，每天都能欣赏到这样一场隆重的演出，且是免费的！人总是急急地往前赶，往前赶，硬生生错过了这样绚烂的黄昏。

我不急。我遇见了，总要停下脚步，把它们看个够。

生命中的遇见，如此有限，这个黄昏走了，也便永远走了，不可再相见。而浮世的追逐，却是无限的，得失名利，哪有尽头？用有限的真实，去换无限的虚空，那是顶不划算的事。我不愿意。

我愿意把我生命的三分之一匀出来，只为听听风吹，看看花开。只为在这样的黄昏底下，携一袖清风，看看云的演出。

终朝采蓝

植物唤蓝，真正迷死人。

怎么就唤蓝呢？

马蓝、木蓝、蓼蓝、菘蓝，哪一个念在嘴里，都能念出一嘴的蓝来。染了春衣，染秋衣吧。染了衫子，再染裙吧。

我总忍不住想上一想，是谁，最先发现，葛可以织布，蓝可以染衣裳？布能遮体，一为避羞，二为避寒。然用蓝来染色，却无关乎羞与寒冷。

只是因为，追求美啊。

在美跟前，人类无师自通。

想起曾看到的一幕。一个流浪在街头的智障女，在垃圾桶里，捡到一枚红色发夹。她高兴地举着发夹，近乎发狂地笑着跳着。然后，她把它，夹到了她的发上。她指着头开心地对人说，美，美。

美，才是人类最原始最华贵的尊严。

人类祖先，给我们开创了美的先河。女人们在头上戴花，戴荆钗。男人们在头上插羽毛，在腰间佩饰物。把贝壳、骨头、石子钻出孔来，穿成手镯和项链，装饰手腕和脖子。但我还是要惊异于，他们怎么就想到要把颜色，染到衣上？怎么就知道蓝草里面能提炼出蓝？

真聪明啊！

《诗经》里有"终朝采蓝"之句，每回念到，我都如初见。喜欢。喜欢到忧伤。想着那个采蓝的女子，蓝衫蓝裙地穿着，去野地里采蓝，为她的夫君织染衣裳。夫君尚在远方，说好五天归的，六天过去了，他竟还没有回。

她心不在焉地采呀采呀，思念都染上蓝了。她的夫君若远远打马归来，是否率先看到他的那一朵蓝？

人类最贴己的颜色，原是蓝。

幸好，还有那样的老作坊在，织染着从前的蓝。

是在湘西的苗寨。那里的人们，还过着自给自足的生活。吃的是自家种的粮食，穿的是自家织染的衣裳。无论大人小孩，都是一身的蓝，靛蓝，或蓝黑。衣襟和衣袖上都绣了花。他们一个个走出来，仿佛是从《诗经》里走出来的。

那里的女人们都精通织染和绣花。她们把采来的蓝草，一篮一篮，浸泡在大缸之中。隔天，再加以石灰搅拌。几天之后，撇去上面清水，得半缸蓝胶，就是上等的染料。

看过她们把染好的布料，晾在太阳底下晒。那一匹匹蓝，在蓝天下飘拂着，有着远古旷野的浩荡、朴素和寂静。

一天就是一辈子

我买了一堆彩铅，作画。

我在纸上随意描摹，画猫，画狗，画小草，画小花。态度谦恭认真，像刚学涂鸦的小孩。人见之，大不解，问我什么的都有。“你为什么现在要学画画？画了做什么用的？”“你是想改行做画家么？”“是哪里约你的画稿么？”“你是想给自己的书画插图么？”……无一例外的，都奔着一定的功利去。仿佛我种下一棵树，就是为了收获到一树的果，否则，就不符世道常规，就让人匪夷所思了。

可是，有时种树，只为那栽种时劳作的喜悦，有阳光洒下来，有汗水滴下来，泥土芬芳，内心充盈，就很好了呀。它实在无关以后，以后，有没有一树的花，有没有一树的果，有什么要紧呢！

年少时，我是那么热衷地喜欢过画画。梦想里，是想拥有一屋子的彩笔，画一屋子的画，在墙上随便贴。却被大人们认为不误正业，他们苦口婆心地劝告，小孩么，将来考上好大学，找份好工作，做人中龙凤，才是最好的奋斗目标。我很听话地，藏起自己的梦想，一日一日，朝着大人们所要求的样子，成长起来。偶尔想起，我曾经也有过自己的梦的，却恍若隔世了。

想想我们一生，几乎都活在世道的常规里。做任何事，走任何路，是早就规定好了的，由不得我们自己做主。我们以世俗的目光，来衡量着成败，追逐着那些所谓的梦想，追得好辛苦。到头来，外表或许很光鲜了，繁花似锦，内里，却空空如也，一颗心，常常找不到着落处。在前行的路上，我们早把自己弄丢了。

好在还有时间来弥补。我以为，哪怕生命只剩最后一天，都为时不晚。这一天，你完全属于你自己，你可以捡拾起从前喜欢的笛子，吹上两段，断续不成曲那又有什么关系？你不必在乎他人的眼光，不必在意曲调是否流畅，你只享受着你吹响的那一刻。手握笛子，有音符从心底飞出，你很快乐。能够使自己快乐，才是人生最大的收获。

就像现在我拿起画笔，不定画什么，也不定画成什么模样，赤橙黄绿，落在纸上，都是我缤纷的喜悦。那些我曾经的年少，那些我隐蔽的梦想，在纸上一一抵达。风吹着窗外的花树，云唱着蓝天的歌谣，怎么样，都是好了。我可以把一天，过成我想要的一辈子。

第二辑

一溪梨花一溪月

多年后，每当看到梨花白，我自然而然会忆起多年前的那个黄昏，头顶上是月亮，西边天上是夕阳，奶奶和梨花共白头。

春　音

今年的立春是伴着雨水来的。

雨小得缠绵，有些涩冷，空气看上去浑浊不清。然春天的模样，还是渐显了出来，风不一样了，雨不一样了，眼睛里所见惯的那些草木，也都不一样了。似乎都有些秘密要吐露，那些埋藏了一个冬天的秘密，都快挤到嗓子眼了，大家便都有些急不可耐的。人走在这样的天空下，人的心情也不一样了，走着走着，就笑起来，很想问候一声，春天，你好啊！

鸟的鸣啭多了起来，比眼下的雨粒儿要猛、要密得多，又欢快又雀跃。清晨，你尚在沉睡中，它们叽叽喳喳的声浪，已敲着你的窗。仿佛有成千上万只的鸟，埋伏在你的窗外。

那么多，那么万众一心！它们想要谋划什么大事件呢，且还要拉上你，和它们一起谋划。啫啫，啾啾，唧唧，咕咕……千鸟千语，想改朝换代似的。

人的耳朵有福了，那就静静听听吧。不得不承认，人类再美妙的音乐，也敌不过自然界中的鸟语，它们一出声，就是一段音符在飞扬，独一无二。

这个时候，一起聆听着的，还有那些小草和小虫子。小草从土里面探出头来，柔嫩的小身子，在风中轻轻摇摆，像一粒一粒嫩绿的小虫子，它们很快就会爬满大地，大地将一片生机。而真正的小虫子，也被鸟的欢唱给唤醒了，它们从各个角落里钻出来，加入到鸟的鸣唱中。

整个大地欢唱起来，春音袅袅。

花朵跟着醒了。

率先醒过来的是梅花。一月里，梅花的枝条上，缀满了密密的花骨朵，细小的，像逗号，像句号，像省略号。二月里，那些花骨朵终于书写成章，是一阕阕小令，一首首绝句。现在，鸟衔着那些诗行，念着唱着。鸟们煞有介事的唱念做打，让花朵们终忍俊不禁，“扑哧”乐了。于是，一朵一朵的花，笑着笑着，就绽开了。

这个时候的柳，也惹看。远看，淡墨轻染。近看，长袖善舞。那些柔软无骨的枝条上，簪满了嫩黄的小芽苞，活像写着密密的五线谱。我站它们边上看久了，很是疑心它们在弹琴。纤纤素手，上下拨弄，弹的自然是春音一曲。有流水的潺湲，有小草的呢喃，有雨落的滴答，有花开的喜悦。

五代南唐有一个叫李中的人，一生郁郁不得志，然在这样的春天里，他也被春音缠绵上了，暂抛烦忧，写下“折向离亭畔，春光满手生”这样明媚的诗句来。我喜欢他的“春光满手生”，效仿一回，折一枝柳回家，我是带着春音，又是满手擎着春光回家了。

初　春

这个时候，一切都还是冬天的模样，一切却又开始苏醒。

我喜欢杉树。裸露着铁锈红的筋骨，腰杆挺得笔直笔直的，像铮铮铁骨的汉子。

穿行在一片杉树林中，风吹落一片一片的阳光，像吹落一瓣一瓣的梨花，在铺着铁锈红的落叶上，跳跃、闪亮。林子也是透亮着的，杉树们沐着光，静默地微笑。我看着，长长久久地看着，有眼泪涌上来。美好的事物，总叫人心里柔软。

我喜欢池塘和小河。水刚刚睡醒，很清澈，眉眼儿盈盈。

我站在一条河边，亦是长久地站着。我喜欢水里面的倒影，芦苇的，树的，还有茅草们的。去年开过花的美人蕉，和再力花，还有远处的一座小拱桥，它们倒映在水里面的样子，比在岸边的样子更动人，水波温柔地抚摸它们，它们有着说不出的温婉和妩媚。

我喜欢岸边暗生的苔花。嫩黄的，柔软的，又是毛茸茸的。我很想挖一点带回来长。想想，又作罢了。它们还是在它们的广阔天地里的好，呼吸自由的空气，白天晒太阳，晚上看星辰。

我喜欢柳枝儿。上面爬满淡黄的乳芽，活像一群活泼的小虫子。“绊惹春风别有情，世间谁敢斗轻盈”，真个是霸气得不得了。柔中带刚。

我喜欢含苞的花木。梅树。海棠。樱花。桃树。杏树。梨树。红叶李。它们的身上，爬满了花骨朵儿，如一个个音符，等着春风的手去弹奏。都是人生初相见的模样啊，纯洁，羞涩，懵懂。

我喜欢刚钻出土的小草。它们小模小样，披一身淡黄的新绿，睁着新奇的水汪汪的眼睛，打量着这个全新的世界。遥看如一抹绿烟轻起。

我喜欢鸟的鸣唱。跟别的时候真是不同，分别了一个冬天，它们回来了。是久别重逢。彼此间有着说不完的话，道不完的情。于是，都扯着嗓子唱啊说啊，啾啾唧唧个没完没了，又愉悦又欢欣。我能一听就是小半天，听得心里面长出温柔的水草来。

我喜欢风。这个时候的风，可以称作春风了。它们也作势般的，呼呼地扑过来，但你不要怕，它们纯粹是吓唬人的。它们少了凌厉和尖削，多了温柔和好意，我闻见风里面的清香和清新。哪处的花开了么？哪处的小草和新叶长出来了么？

我跟着风走，一边走一边找。我找到结香了。好几大棵的。上面的花苞苞，有的已撑不住开了。我低头闻闻，香得很。我还找到了一些野荠菜，绿汪汪的。真好啊，在城里的绿化带里，居然有从乡下跑来的野荠菜。

我喜欢小虫子。我在看书，书里面突然爬出一只小虫子，居然是一只漂亮的小瓢虫。好奇怪的，难道一个冬天，它都躺在我的书里面睡觉？若不是，它又是从什么地方跑来的？神奇的世界里，住着太多神奇。

我喜欢稚童。白天，太阳好的时候，他们可以不用戴着厚厚的小绒帽了，也不用穿得那么臃肿了。他们追着一朵阳光，蹒跚着向前奔去，一个博大的世界，在等着他们。

我一边笑着看，一边在心里面说，孩子，你且慢慢走，慢慢长啊。人生最美莫过孩童时。

人间第一枝

因病，在家蛰居多日，直到满眼春色，扑到窗前，收不住脚了，一脚跌进我的小屋来，我才惊觉，春来了。

是春了。虽是连续的雾霾天，却挡不住生命的涌动——吹进屋内的风，变得轻软暖和。洒在窗台上的阳光，有了翠意。鸟的叫声，明显地多了起来。仔细听，那里面，有燕，还有莺。你也仿佛听到河床破裂的声音。万物萌动的声音。哗哗。噗噗。一个世界坐不住了，该发芽的，发芽了。该开花的，开花了。

那人下班回来，折一枝柳带回。“你看，柳都绿了。”他报喜似的，把它举我跟前。

感谢他，赠我一枝春。俗世里，我们也只是这样一对平凡的夫与妇，一日三餐，家常稳妥。没有海誓山盟，也不见富贵荣华，却能一同分享着春的秘密。

是的，这是春的秘密。早在二月细雨料峭时，春其实已经来了。它笑的影子，轻轻一闪，闪进一丛柳里面。不几日，那光秃秃的柳枝上，率先爬上嫩黄的芽儿，柔嫩细小得你完全可以忽略了。遥看似烟，近看却无，——这才是春的本事。它把自己藏得严实，原是想给这个世界一个惊喜，也只待一夜春风起，便绿他个大江南北。

人间第一枝，当数柳。

我找一洁净的瓶子，把这枝柳插进去，我的书房里，便都摇荡着春的好意了。闭着眼，我也能感觉到，那河边的嫩黄与新绿，该如何堆积成烟。

烟？这真是个好字。是谁最先想出用“烟”来形容春柳的呢？我觉得，再没有一个字，比“烟”更能配春柳的了。这个时候的柳，也轻，也软，不胜风，真的就如丝丝淡烟，袅娜多姿。杜甫有诗云：“秦城楼阁烟花里，汉主山河锦绣中。”柳烟缭绕，城楼掩映其中，这春色不用看，单单想想，也诱人得很了。而郑思肖有诗句：“遥认孤帆何处去，柳塘烟重不分明。”我觉得更富情趣。这里的柳烟，堆砌出繁茂之势，却不显笨重，有的只是浓酽，不饮也醉。是让站着看的人眼睛先醉了，如何分得清扬帆远去的船只啊，它分明已和眼前的春色融为一体了。

古人好折柳相赠，多为离别。像鱼玄机的：“朝朝送别泣花钿，折尽春风杨柳烟。”不知此一别何日相见，只愿君心似柳心，年年青青。这里的春柳，绊惹上人间情思，离别已成定局，无法挽留，然可以把我最好的祝福，别在你的襟上，一枝柳，就是我送你的一个春天。请把春天带上吧，从此，一路的草，都将为你而绿。一路的花，都将为你而开。

佛教里普度众生的观音，一手持净瓶，一手拿柳枝，洒向人间都是爱。我觉得菩萨手里的这柳枝有意思，换成别的任何一种植物，都不恰当。唯这人间第一枝的春柳才与净瓶相配，那是初生的春，新嫩，洁净，纯粹，充满无限希望。

我的乡下，到清明，孩子们有簪菜花和柳的风俗，为的是避邪。孩子们不懂什么避邪不避邪的，他们只晓得，人生的一大乐事里，这也算得上一件。“清明不戴杨柳，死了变黄狗。”这歌谣每个孩子都会唱，他们一边唱着，一边攀柳，编成小帽，戴在头上。他们快乐地迎着风跑，一年的春好处，就在孩子们的头上荡漾着了。

被春恼

春天，真叫人舍不得，一万个的舍不得。

舍不得那些树。舍不得那些草。舍不得那些花。舍不得那些水。舍不得慢慢爬上墙的绿。舍不得吹过来的细软的风。

吹得人的骨头都酥了。

走在春天里，总有幸福不期而至。眼睛随便瞟向哪里，都有一团的好颜色相迎，倾巢而出，四野惊动。

春天，是神赐给众生的恩泽。不分贵贱，无论强弱，不偏不倚，绝对公平。

嫩，是嫩得不能再嫩的。艳，是艳得不能再艳的。万亩春风，一点一点，染绿万亩河山。冷不丁的，你就撞到一河的碧水，噙着一树桃花的影子。有小鱼，从花树的影子间穿过，像潜入水底的燕子。它们有它们的秘密要说。你站在那里，悄悄看，似一个偷窥者。

油菜花最不拘小节。它们成群结队开得，离群独处也开得。乡下开得，城里也开得。河畔开得，砖缝里也开得。你路过一个小区，小区的围墙跟，散落了一些碎砖头。平日里也不大留意那里，这时候，砖缝里，居然钻出两三棵油菜花来，一身的珠光宝气，黄得耀眼，似乎把家底儿全给兜出来了，不藏不掖，仿佛在对着一个世界说，来吧，来吧，我有的，全都给你。你看着那几棵油菜花，微笑，你心里面有感动。你知道它们一定是从乡下跑来的，该是从去年夏天起，就上路了。一路上，一定吃了不少苦。风送一程，鸟送一程，雨也会送它们一程吧。你从小在乡下长大，你懂它们。

垂丝海棠开得最是天真，照见赤子之心。那些小花朵头挨头，肩并肩，仿若一群小稚童，坐在树上，好奇地打量着这个世界，清澈的双眸里，映着明净的天空和云朵。

人家的花坛里，不知何时落下的一棵香菜，也顶着满头的碎花了，素净的白。月季、虞美人、二月兰、鸢尾也都争相开了花，无一不用尽热烈。紫玉兰的花，是要仰着头看的。它们开放在枝头，活像一群紫色的小鸽子蹲在那儿，叽叽咕咕，叽叽咕咕，在说着春天的情话。

唉，美啊！你也只能很俗地这么感叹。因为你词穷了。——春天最让人词穷。

何止是词穷！春天还让人手足无措，心里蓄着无数想说的话，却又说不出。美得太泛滥了！太铺张了！太不可思议了！好比你本住在穷乡僻壤，守着茅屋清贫度日。谁知一夕间，你竟坐拥锦绣无数，完全跟做梦似的，如何吃得消！

杜甫写春天，一提笔就直抒胸襟，“江上被花恼不彻，无处告诉只颠狂”。想他堂堂一个大男人，也吃不消春天的好了。花开得那等烂漫，烂漫得叫他欢喜得着了恼。身边却无人与他分享，怎生消受！他后来又写道，“报答春光知有处，应须美酒送生涯”，你立即把他引为知己。真想携了酒去，与他花下对酌。他是被花恼，你是被春恼啊。

一只小猫，不过两三个月大小，走路还有点蹒跚。它从围墙的铁栅栏里钻出来，铁栅栏那边，迎春花大捧大捧地开着。小猫看见人，不害怕，主动跑来跟你亲近，仰着小脸蛋，喵喵叫着跟你打招呼。你蹲下身抚摸它，它很信任地躺下来，任由你抚摸。生命的最初，是一个春天来相见，不设防。

两个稚童，在一棵花树下玩耍。冬寒去了，他们很像刚钻出土的小草，小胳膊小腿的，灵动活泼。他们在玩一辆小童车，这个坐上面，那个牵着走。过一会儿，他们互换一下位置，那个坐上面，这个牵着走。就这么玩着，没完没了，却兴致不减。

有意思吗？你或许觉得无聊。可在小孩的眼里，没有一桩事，不是庄严而有意思的。没有一个时刻，不是庄严而有意思的。你突然的，好想变成他们，那么无忧无虑地玩耍一回，任暖风吹过，任花瓣落在身上。

一对老夫妇迎面而来。老先生的脚一拖一拖的，明显的走路不稳。老妇人牵着他的手，一步一步，慢慢走在他身边。他们的步调，惊人的一致。你站到路边，目送他们。他们走过一棵花树去，再走过一棵花树去。春天的阳光，晃花人的眼。

沙城的春天

我从南方，一路花红柳绿旖旎着过来，突然一脚踩到沙城的土地上，有好大一会儿，我是不大回得过神来的。

沙城，塞北的一座小镇，隶属怀来县。初见它，我的脑子里蹦出这样两句诗来，江南有桂枝，塞北无萱草。关山万里，风沙漫漫，人类的足迹，好多的，早被掩埋得深深。沙城人只知道，他们的前身，是个叫雷家堡的小村子，不过二三十户人家，过着清贫俭朴与世无争的日子。明正统十四年，明英宗御驾亲征瓦剌，兵败退至这里，被瓦剌军追上，明军全军覆没，血染沙场，史称“土木堡之战”。这之后，明政府为巩固边防，开始在这里修建城堡，起名沙堡子。后陆续建成东堡、中堡、西堡，改称沙城堡。

风大。我就没见识过春天也会刮这么大的风，吹得我脖子上的围巾都快系不住了。接待我的沙城四中的陈校长说，今天的风还小很多了呢，昨天傍晚那风刮的，人走在外面，两腿交叉打战。他说着说着，就憨笑起来。对这风，他们日日相见，早已融入生命中，包容里，竟有了宠溺的意思。

问他，这沙城，可是用沙子做成的城堡？他听了，“嗬嗬”笑起来，答，它还真离不开沙子的。盆地入口，周围皆山，风灌进来，沙子也就跟着进来了。

那你们岂不是一年四季都吃着风沙？

啊，反正是离不开沙子的。

我听着吃惊，可他的脸上，却波平浪静着。隐隐的笑意里，似有沙子粒粒，质朴得很旷古。

沙城的春天，来得慢。江南的花早已沸沸开过，这里的树木，大多数还睡眼惺忪纹丝不动着。我去街上寻春，小广场上有老年人在舞剑，红衣红裤，活力四射。有年轻妈妈推着童车，一边缓慢散步，一边教童车里的小孩子唱儿歌："小燕子，穿花衣，年年春天来这里。"我听着笑了，抬头，天空中有鸟飞过，黑色的剪影，像一枚黑花朵。

问陈校长，你们这里的春天，都长些什么？

这个憨厚的塞北男人，笑笑地看着我，坦然说，不长什么。旋即他又补充道，春天我们这里还真没啥，到夏天就好了，夏天我们有葡萄，成万亩的葡萄园。我们地处盆地，气候独特，所产的牛奶、龙眼葡萄赫赫有名。我们已有 800 多年种植葡萄的历史了。我们的葡萄酒更是出名，好喝，是国家定点的高档葡萄酒生产基地。你们喝到的高档葡萄酒，十有八九，都是我们这儿生产的。

哦，我不住点头。我看到一个盎然的春天，在他脸上荡漾。

后来，我到四中讲座，见识了比春天还春天的老师和孩子。一张张葵花般的笑脸，朝着我，饱满着。我讲座完了，孩子们蜂拥上来跟我拥抱，他们说，老师，我们喜欢您，喜欢您的讲座，谢谢您！老师，您辛苦了！

我要走了，在办公楼的大厅里，正跟几个老师话别，两个小男生突然跑到我跟前，说，老师，您等等我们好吗，我们有礼物要送给您。说完，他们急急地转身就跑，一会儿之后，他们气喘吁吁站定我跟前，两张红扑扑的小脸蛋上，渗着细密的小汗珠。他们看着我，不好意思地笑，从校服口袋里，各掏出一盒鲜奶，塞我手上。

我们住在学校里，也没什么好东西送您，这个，您喝。

您一定要喝呀。他们晶亮的眼睛，盯着我，生怕我不答应。在得到我肯定会喝的许诺后，他们开心地笑了，冲我一鞠躬，谢谢老师！然后，像小燕子似的，跑了。

这是他们第二天的早餐奶，是他们能拿得出的最珍贵的东西，他们把它送给了我。我紧紧握着那两盒鲜奶，我把沙城最好的春天，握在手里了。

看　花

这时节，只要一有空闲，我就跑出去看花。

春天最不值钱的，就是花。

走在路上，我有君临天下的感觉，身边莺歌燕舞霓裳飘拂，后宫佳丽何止三千！人实在是有福气了，人并不知。我看路人走过花旁，一树樱花，一树桃花，还有几树海棠，那么沸沸的。他却视而不见，一径走了。我真是急，我恨不得拽住他，你看哪，你且看看哪，你就这么走了，多浪费！

也无须追到远处去，就在家门口转着吧，随便地一扭身，你也就能看到好。好是真的好。草都绿了，花都开好了，无一处不是欢欣鼓舞蓬蓬勃勃的。让你想到一个词，花样年华。季节可不正是到了它的花样年华时！

蒲公英在草地上眨巴着眼睛。这小家伙性格有点孤傲，少有成群结队的。它们撑着艳艳的小黄脸，东一朵，西一朵的，闲逛着玩儿。遇见，我也总是要向它行行注目礼。比方说，它在砖缝中。比方说，它在背阴的墙脚处。比方说，它在一截断墙上。我的内心，也总会引起一点小震动，生命的丰饶，原在生命本身，无关别的。

垂丝海棠开得顶烂漫，顶没心没肺的。春风也不过才吹了两吹，它们就跟商量好了似的，齐刷刷地冒出来，来开茶话会了。每根枝条上，都坐满了小花朵啊，手挽手，肩挨肩的，密密匝匝，盛况空前。

我走过它们身边，我老觉得它们在笑。一朵花先笑了，接着再一朵，再再一朵。然后，千朵万朵跟着笑起来，笑得花枝乱颤，云蒸霞蔚。

笑我吗？我扭头去望，不自觉的，也笑了。

菜花开得就有些蛮不讲理了。它简直是泛滥，有一统天下的野心，成坡成岭，成海成洋。我走进一片菜花地，老疑心耳边响着“哒哒哒”的马蹄声，它是要揭竿而起吗？

乡下的房，这个时候，是顶幸福不过的了，被它左抱右拥着，像荡在黄金波上的一艘船。有人出来，有狗出来，有鸡出来，有羊出来，那“黄金波”就跟着划过一道道细细的浪。风吹菜花。唉唉唉，你只剩叹息的份了。

如果逢着河，如果河边刚好长着一棵野桃树，那你就等着束手就擒吧，你是注定动弹不得的了。水映着一树的花，花映着一河的水，红粉缥缈。有人在河边钓鱼，你看着那人，又欢喜又恼恨。你觉得他是在钓桃花瓣，却又搅了鱼的清梦。鱼嚼桃花影哪，自然与自然相融相生，美到地老天荒。

看到一棵梨树，开出落雪的模样。我走过去，坐在树下，奢侈地发呆。一个信息忽然过来，是远方的一个读者，她说，梅子老师，这些日子我过得很不快乐，我是一个特别在乎别人评价的人，你有过这样的烦恼吗？

我仰头望望一树的花，笑了。低头回复她，这样的烦恼，从前我也有过，现在没有了，因为，我的生活，完全是我自己的事。就像一朵花的开放，它从来没有去征求过谁的同意。风也管不着，鸟也管不着，灵魂便自由了。

春在枝头已十分

乍暖还寒，然春天，还是大踏步地而来。

河边的柳们，站在细细的风里，已然新妆已毕，都风情万种地袅娜着，——春在枝头已十分。

看春去呵——，哪里的声音在唤。人在屋内坐着，是铁定坐不踏实的了。蠢蠢着，蠢蠢着。窗外的黄鹂，或是野鹦鹉的一声鸣啼，真正是要了人命。莫辜负了这大好春光哪，看春去呵，看春去呵。

那人说，知道吗，沿河的梅花都开好了。

那人说，知道吗，桃树的花苞苞都鼓鼓的了。

那人说，知道吗，草地的小草也都返青了，绿茸茸的。

那人说，再过几天，我们去看樱花吧。

他每日上下班，都要经过三座桥，四条街道，和两个街边小公园。沿途植满花草树木，他的眼睛，在四时季节里，从不缺少缤纷热闹。

我在他的叙述里，欢天喜地，热血沸腾。

其实，哪里用得着他叙述！我知道的，我都知道这些的。花草树木有序，到哪山唱哪山的歌，它们都明白清楚着，从不怠慢任何一步。日月天地里，它们一步一个印迹，笃实稳妥，一丝不苟，有条不紊，信念坚定，又自在淡然。人在花草树木跟前，怎样的倾倒崇敬也不为过。它们永远值得我们人类学习。

我在日历上开始涂抹，一页涂上赤橙黄绿，一页涂上红蓝青紫。去看花吧。去看草吧。去看叶吧。去看流水吧。去看青山吧。往那颜色深深处去，往那最是斑斓处去。

也去看风筝，牵着梦想和欢笑，在天上飘荡。半空中，那些纷飞的欢腾，我可不可以把它叫做幸福？它有关活着，有关成长，有关陪伴，有关呵护，有关单纯，有关期冀，有关恩爱。俗世的所求，原不过是这些。

想起新年里的一件事。大年初一，那人去所里值班，接到的第一个报警，竟是与死亡相关的。女人，吞药自杀。也才四十岁，样貌、家庭都不错，有儿念初中。然她一味苛求自己，事事都跟他人比，觉得不称心，不如意，活在自设的囚笼里。这次，儿子的期末考试考得不好，竟让她万念俱灰。遗书里她说，她活得太累了，她觉得自己这个做妈的，很失败。

我替她的孩子累得慌，这一生这一世，那孩子该背着多重的包袱成长、前行？她为什么不等一等？只要她稍稍等一等，一个春天也就来了。再厚的冰雪，也会融化。再卑微迟缓的小草，也会发芽。

我的阳台上，一盆枯萎掉的海棠里面，爆出了新芽。不过两三粒，紫红的，尚幼小。我不确定，那是不是海棠新爆出的芽。但我仍是很高兴。我很有把握地等着，一些日子后，它们定会捧出一盆的鲜活奔放来。

纵使枯了萎了，只要一颗心，还在，一切都没有什么大不了的。真的，熬过了冬，熬过了冰雪孤寒山冷水瘦，也就有了欣欣向荣。只要你肯等，只要你愿意坚守和相信，便总有一份好意来回报你。

清　供

春日里，宜清供的草木实在多，一枝连翘可使得。一枝海棠可使得。一枝菜花可使得。就算插枝柳，也是好的。一枝，也就够了。多了，就芜杂了，减损了那清供之味。我看野地里的蒲公英开得又多又好，实在没忍住，挖了一棵回来，装一只瓦盆子里长，竟也是欣欣向荣的，十分的妥帖。

书架上，也不放多余的杂物，就把瓦盆搁那上头。它与一排书为邻，里面趴着一朵黄，笑得羞涩。隔天，又冒出一朵黄来，花瓣儿似小嘴似地张开着，很兴奋的样子。我疑心它在轻轻唱着歌，无词无曲，只哼哼着唱。像我妈在地里劳作，无人时，她偷偷哼起来，也是无词无曲的，她哼给自己听。

乡间的一切，都是会唱歌的。我倾听着，越发觉得瓦盆子里有歌声逸出。我也想哼唱了。我看着它，心里面高兴，也说不清的，就是高兴。一屋子都有春光流转，清简，且静。我感觉灵魂里有只小鸟，在扑着翅膀。

书房里还摆着一只石瓶，是朋友钱校送我的。钱校是个简单温润的人，喜收藏。一得空了，他就钻进古玩市场，总不会空手而归。这只石瓶就是他从古玩市场淘得的，明清时的古董，跟了他十多年了。青石上面，斜卧着一枝牡丹，一朵盛开，一朵含苞，花叶丰厚，雕工精致。他初见我，觉得这瓶子与我极配，执意送我。他说，插一枝梅花，刚刚好。

我没有插梅花，也不插别的。我在里面供养空气、天光和宁静。我在书桌前做着事，看书、写作，或是画画儿，一抬头，就与它相见了。我总要发发幽思，从前，都谁谁谁曾拥有过它？摆在案几上，春天插桃，夏天插荷，秋天插菊，冬天插梅。清水与共，慰了多少从容不迫的光阴。几百年后，它竟辗转来到我身边。我知道，它也不过只能伴我一程，他年，它又将流向他方，成为他人的清供。世之拥有，原都是此一时彼一时的。既然没有永久，又何必贪着永久？得，我不大喜。失，我亦不大悲。从容相待，便好。

从前读《红楼梦》，对薛宝钗不喜，以为她工于心计，圆滑世故。如今再读，却读出她的清明简洁，清隽旷朗。你且从贾母的眼里看她，“及进了房屋，雪洞一般，一色玩器全无，案上只有一个土定瓶中供着数枝菊花，并两部书，茶奁茶杯而已”。多洒脱的一个好姑娘，有雅士之风。

也极喜人家门楣上书“室雅人和”这四个字。觉得好，顶好不过。站在这样的人家门前，脚步自觉放轻了，人自觉安静起来。如果推门进去，刚好看到室内的摆设，亦是清爽明净的。沙发椅子，都是木头的。靠墙是一排书架。案几上也无多物，左不过搁着一只笔筒，外加一只瓷瓶。瓷瓶里斜插几朵花，不蔓不枝。主人看的书，翻到一页，随意搁在沙发上。一切都尽着素朴，又在那素朴里，开出雅致的花来。再看这一家人，待人接物都和和气气的，神情举止里，自带光芒。这样的雅室，供养出的心灵，必是干净的。有碧玉之光。

一溪梨花一溪月

从前家里是长梨树的。

长了好多年。从我记事起，一直到我中学毕业，到我大学毕业，到我成家有孩子了。

两棵，在屋门口。一棵结瓢梨，一棵结苹果梨。

瓢梨果实大，渣滓多，皮糙，我们不大喜欢吃。苹果梨光滑，皮脆肉嫩，水分足，又果实小巧，一咬一口甜。我们问过奶奶这个问题，长那棵瓢梨做什么呢，为什么不改长苹果梨呢?

我奶奶怎么答的，我忘了。似乎是答，万物的存在，都自有它的道理。

奶奶是个惜物之人。那瓢梨她摘下来，去皮，切片，和冰糖一起炖，好吃得很。还治多痰，咳嗽。我们因此，又喜欢上那棵梨树了。

四月天，蜜蜂嗡嗡出来了，那么多。它们整日价的，缠绵在两棵梨树上。这个时候，桃花落了，梨花正当时。

梨花真白，白得耀眼，冰清玉洁。梨花一来，整个世界便都安静下来。桃花开的时候不是这样的。菜花开的时候不是这样的。桃花和菜花，都是热闹的，神采飞扬的。梨花却是静的，是不多言不多语的一个好女子，温婉都在骨子里。它们衬得几间平房是静的。屋顶上的茅草是静的。轻轻飘洒的阳光是静的。鸡鸣也是静的。鸟飞也是静的。连喜欢蹦跳的狗，也安静了许多。人对着梨花看着看着，睡意就上来了，好想抱着暖阳，软软地做个梦啊。

有日黄昏，我从外面玩耍归来，天上一枚月亮，已如水印子似的，印在头顶上。而夕阳，像颗饱满的红果子，正慢慢下坠。我看见我奶奶，倚着一

树梨花在打盹。梨树底下，长着一些蚕豆，蚕豆花也开了，像一些亮晶晶的黑眼睛。她是给蚕豆们除草的吧。她可能除一会儿草，看一会儿梨花，看着看着，春困上来了。那一树梨花，映着奶奶的白发，叫我发怔。我叫，奶奶。奶奶一惊，醒过来。呀，怎么睡着了？她笑。

多年后，每当看到梨花白，我自然而然会忆起多年前的那个黄昏，头顶上是月亮，西边天上是夕阳，奶奶和梨花共白头。我们所谓的人生，就是由这些不起眼的细节穿起来的罢，真切，有着温度。

读过一首无名氏的诗：

旧山虽在不关身，且向长安过暮春。

一树梨花一溪月，不知今夜属何人？

也有人说，是“一溪梨花一溪月”。我比较认同。暮春之际，诗人触景生情了，他看到一树梨花，想起那年那夜那人，他们沿一条小溪，一起漫步，梨花在月下静静绽放。他和那人，眼睛往溪水里无意一瞥，看到一溪梨花，相拥着一溪月亮。那情那景，成了他记忆里温暖的一章。如我忆起老家屋前的梨花和奶奶。

老家的梨树，在我爷爷奶奶走后，也渐渐老去了。

夏 夜

夏天的夜晚，出门是件幸福事，人似乎是踩在琴弦上了，或是鼓点上了，每一步里，都有音符在蹦跳，在流淌。

这个时候的大地，就是一架上好的琴，和鼓。风也来弹唱，露珠也来敲击。最忙的乐师和歌手，该数虫子们了。它们中间，高手林立。

连续多日不下雨，青蛙们是懒得出来的了。除非去乡下，到稻田里可寻些。或路过某个池塘，可听到它们一展歌喉。别的地方，也就偶尔听得三两声，都是不成气候的。大多数时候，这夏夜的舞台，是交给虫子们的。

蝉是不消说了，那家伙太高调了。也难怪，谁让人家天生技艺超群呢！若是在昆虫世界里搞个歌咏比赛，它非拔得头筹不可。它会的乐器种类应该不少，一会儿敲着架子鼓，一会儿弹着吉他，一会儿又拉起手风琴。有时，你走到一棵树下，会被它的大嗓门吓一大惊。它绝对是蓄意的，就等着你走近了，突然“吱——”的放一嗓子，绝对的高音。这爱恶作剧的家伙！发出的声音跟金帛撕裂似的。不，不，比金帛撕裂要强烈得多，简直是拿了大号在吹。且不带气喘的，一口气能吹上十里八里去。

倘若你刚好经过一片林子，那就不得不听听它们的大合唱了。林子里埋伏着成百上千只的蝉，人来疯似的，比赛着甩出高音和长音。是 C 大调呢，还是 D 大调呢？一时也难分清。只觉得那声势的浩荡，不亚于一场狂风骤雨，哗啦啦，哗啦啦，大珠小珠落玉盘。

哎，耳膜子真有些吃不消了，赶紧走人吧。走过这片林子，是草地，是花丛。春天结香开着一团一团鹅黄的花，香得呛人。鸢尾花和虞美人，则是用色彩说话的，隔老远就瞭得见那一片绮丽。现时，它们的花期早过，叶很茂密。蟋蟀、纺织娘，还有别些个小虫子，把这里当做乐园，它们在里面谈情说爱生儿育女，喁喁情话一箩筐。

蟋蟀在乡下，是叫蛐蛐儿的。这得名于它的叫声，蛐蛐，蛐蛐。虽声音有时也很嘹亮，但比起蝉来说，要文雅得多了。也有野趣，不吵人。有老人背井离乡，跟着儿女到北京城里住，日夜思念老家，茶饭不香，夏天尤甚。老人说，听不到蛐蛐叫了。孝顺的儿女，就托人捉了几只老家的蛐蛐去，用笼子养着，挂在老人的床前。蛐蛐们很善解人意，它们能从夏天，唱到秋天，唱到冬天。老人自此胃口大开。我信，蛐蛐儿会唱一首思乡曲，慰了老人思乡的心。

纺织娘是适合唱越剧的。你且听它唱来："轧——织"，"轧——织"。轻轻的，轻轻的，如此反复，时轻时重，时缓时疾，缠绵悱恻。又突然的，"织呀——"，一声长调，像薄绸子飘向天空。极容易让人想到"纤纤擢素手，札札弄机杼"那样的诗句来，夏夜因它，变得很有些古意了。

另一些虫子的声音，唧唧的，如细浪逐沙，又如梦呓。站着倾听一回，听得心里面泛起浪花朵朵。

蝉先生

一只蝉突然来访。我想，它一定是思量了很久，又抱了无畏的勇气的。

人类戕害它们的事，它一定也听过不少。我有次路过一片林子，看到所有树干上，都粘着白白的胶带。问及做什么用的。答曰，捉知了的。刚从土里面钻出来的幼蝉，如同婴儿初临尘世，完完全全一派懵懂天真。它们哪里知道尘世里有陷阱，它们看到树，就快乐地爬过去，沿着树干，向上，向上，它们要到树顶上欢唱。结局很悲惨，它们被胶带给粘在一起了。我似乎看到那些蝉，在做无妄的挣扎。它们至死也不明白，它们在地下的黑暗里蛰伏了三五载，都安然无恙，怎么一见天日，反倒要丢了性命呢！

赴宴，主人盛情，端上一道“油炸金蝉”，盘子里一堆儿金黄，闪着油光。我心恻然，那里面的每一只，都曾放声歌唱，唱生命的新绿和花开。主人见我迟迟不动筷，劝吃，好吃呀，高蛋白呀。我拒绝吃，连同那一顿饭。

现在，这只蝉居然从我大开的窗户里，进来了。它本想敲门，像一个真正的绅士一样。一定是这样的。它要做到彬彬有礼，它怕它的唐突，会惊吓到我。

你不要以为人类才是强大的。人类可以主宰一切，包括，轻易就能捉住一只蝉。在蝉的眼里，或许根本不是这回事。蝉的眼里，人类好脆弱，人类只会欺负比他更弱小的。更可笑的是，人类明明没有翅膀，还整天想着要飞翔。

这只蝉，不，我该叫它蝉先生，它该是住在我楼下的一棵紫薇树上。哦，也不一定，楼下还有栾树、桂花树和广玉兰的。我记得昨日黄昏出门，路过那些树旁，听到蝉们在合奏。一声长，一声短。它们使的是什么乐器，不大说得好。是它们特制的吧。我猜着，应该像口哨一类的。音节也不多，就在“4”或“5”上，一个音节拉很长，“发——”“嗦——”，在空中没有丁点儿转弯，就那么直逼逼地，一径往云端里去了。我憋住气，想跟它们比赛下，结果我败了。我至多憋个二十来秒钟，它们却能“嗦”上好几分钟，——这是长调。它们也有短曲，如“吱吱吱、吱吱吱”，有时叫一声，顿两顿，似在等待听众反应。很短促，却很气势，满树的绿叶子，都为之震颤了。你简直能想象它们那得意样，是把夏天握在手中的气概。

夏天可以说是它们的夏天。记忆里，乡下的夏天，是淹没在蝉声和蛙声里的。我该代我的童年小伙伴向这位蝉先生致歉，少不更事的年纪，我们没少对它们的家族做过坏事。那时，我们好像都有着金刚不坏之身，太阳越是毒，越是要往外面跑，下河摸鱼摸虾摸螺蛳，上树捣鸟窝捉知了。我们还专门弄了个网罩，用竹竿扛着，浩荡着去捉它们。想想真不该！

晚上纳凉，它们也不肯将息，伏在屋后的竹林里，把一片竹林鼓噪得沸反盈天。它们一唱长调，我奶奶就瞟一眼天空，慢摇着蒲扇说，明天的天，又该派热，知了都在叫，热煞啦热煞啦。我们笑，仔细聆听，果真像在叫热煞啦热煞啦。

它们的歌唱，现在也不大有人留意听了。天一热，人类就躲进空调间，把自己封闭得严严实实。再说，人类要忙的事多着呢，一部手机在手，就能消耗掉人类大半个生命。

这位蝉先生是不是观察我很久了呢？它从浓密的树叶间，从团团的碎锦一样的紫薇花丛中，一抬头就能看到我。我时常长久地站在窗口，只为望天上的云，在做着怎样迷人的变幻。望楼下的树，举着怎样的新绿，绽放出怎样的花朵。它和它的伙伴们，日日与我做着邻居，对我这个人类一定充满好奇，看我似乎还算良善，遂有了拜访的意愿，也就推了它做代表来访。

我屋里多的是书，沙发上、桌上、床上，到处都是，再不要说满墙的书架了。另外占据地方最多的，是一些盆盆罐罐花花草草。我的日常生活简单，也就是看看书，养养花种种草之类的。蝉先生在我屋内逡巡一通，颇有些失望了吧。我似乎听到它从鼻孔里哼出一声，是大不以为然了，本以为人类的生活有多好玩多有趣，不过尔尔。

我很想蝉先生到我的书里面去坐坐，看看古人们是怎么写它们的。如曹植写有《蝉赋》，淋漓尽致刻画出它们的资质之美和高洁的品质。一开首就是“唯夫蝉之清素兮”之句，不知蝉先生看到“清素”二字，会不会要感动。原来，人类曾如此爱慕过它们。再看看唐代女诗人薛涛写它们的：“露涤清音远，风吹数叶齐。”这个有些挑剔的女诗人，对它们，亦是不吝赞美之词。

蝉先生对这个好像兴趣不大。它径自扑向窗台上的一盆多肉植物，那是一盆玫瑰莲，这个夏天，它长得特别旺盛，像一朵硕大的玫瑰花在开着。蝉先生低俯在那里，似对玫瑰莲悄语了什么，随后，它振振翅飞走了。我目送它越过窗台，越过一棵栾树，最后没进紫薇花丛中。

我很忐忑，它回去该如何向它的同伴们介绍我呢？幸好我是良善的，生活还算单纯洁净，对它的来访，亦表现得相当友好，丝毫没有做出伤害它的举动。这多少会扭转它们对人类的看法吧。

秋　色

四季皆各有各的色彩，春有春的，夏有夏的，冬有冬的，然唯“秋色”最适合轻声念出。秋——色——，你轻轻念出这两个字的时候，真是温柔到极点，又斑斓到极点了。

秋色到底是种什么颜色呢？站在一片秋色中，你会惶恐，你会心慌，你会意乱情迷，然又是那么怡悦，怡悦到无可无不可。

你真的回答不了秋色到底是种什么颜色。说它是五颜六色五彩缤纷，都显得轻浮了。可是，真的很缤纷呵，即便随便一片草叶上，也描着万紫千红。

秋色就是这样的，随便从它家门里，走出的哪怕是一个微不足道的小丫头，也是通身气派。就像大观园里的平儿，农妇刘姥姥初见她，慌得纳头便拜，口呼姑奶奶。她把她当贵族少妇王熙凤了。

栾树一边开花，一边结果。开花是热烈的，结果也是热烈的。花是黄灿灿一片黄，果是红彤彤一片红。每回见着，我都要被它的气势给震住。太浩荡了！对，就是浩荡，一出手就是一片大好河山。我站在我的楼上望过去，目光所极之处，都是它，高低起伏，绿底子上，是大桶的颜料泼洒，红红黄黄，如峰如峦，如沟如壑。我这样望着，爱死了我居住的地方，它小，人口不过百十万。可是它又大得不得了，能容得下一个秋天，能捧出最好的秋色。

其他的树木上，也是秋色肆意。桂花把秋色扛在肩上，到处广告。那香，也是秋色的一种。你一见，就欢喜得不得了，知道秋已灼灼。最炫目的，要算枫和黄栌了。秋风也不过吹了两场，秋雨也不过降了几滴，它们就开始描眉画唇地打扮起来。起初你也未在意，不过是这里描一点红，那里描一点黄。

可是，是哪天的哪天，你突然看到它们，把家底儿全给掏出来了，盛妆着，盛装着，华丽逼人。你差不多不敢直视那种美，它们美得太咄咄逼人了！

还有银杏。银杏绝对是大户人家出身的，它一旦秋起来，那通身的富贵气，绝对耀眼璀璨，你假装看不见也不行。它就是那么雍容那么不可一世，你还能怎么样呢，你只能惊叹。我在一个从前的私家园林里，看到一地的银杏叶，铺成黄金毯。我站着看，只觉得好，好得不能再好。那个光阴，那个遇见，对我，如同馈赠。看管园林的老人说，这叶子，我们不扫，留着看呢。我不由得多看了老人两眼，老人瘦瘦小小的，两颊凹陷，唇旁有个蚕豆大的紫斑。这样的老人，在大街上的人群中走着，大约是没人愿意留意的。可他在一地的秋色旁站着，就有了明艳和亲切，浑身散发出满满的好意。留着看呢——，他说。这话让我激动，多好！把秋色就这样挽留着，能留多久，就留多久。

还有梧桐。每一片梧桐叶，都像是帆，鼓胀着秋色，就要远航去了。我在一个学校讲座，完了，一孩子气喘吁吁跑来，手里拿着一片刚捡到的梧桐叶，褐色焦黄的，看去，很像一张牛皮纸。孩子请我在上面签名。我高兴地一边签，一边问那孩子，为什么想到捡片梧桐叶来给我签名呢？孩子答，我觉得它很美。我抬头看那孩子，红扑扑一张脸，有着鼓鼓的额，像只饱满的橘，我心情大悦。至今想来，这是我遇到的最好的秋色了。

在秋天里，我还要劝你，多去小河边走走吧，最好是乡下的。你多半能遇到苇和茅，它们都顶着绝美的秋色，一头褐黄，一头雪白。如果是成片连在一起的，那绝对像看大片一样过瘾。千军万马跃过，也不过如此。你会又惊喜又感动，纵使行至暮色沉沉，那骨架子也不倒，这是尊严。植物也如人一样的，是有尊严的。

果实上的秋色，我就不一一细说了罢。“最是橙黄橘绿时”，说的是这样的秋色。“香稻既收八月白”，说的是这样的秋色。范仲淹有句“秋色连波，波上寒烟翠”，在秋天里念念，最是动心。再不用多说了，就这一句，足以告慰整个秋天了。

白山芋，红山芋

家乡产两种山芋，一种是白山芋，表皮紫红，肉乳白，粉多，蒸熟了吃，会层层掉粉。乡人们叫它栗子山芋。一种是黄山芋，皮和肉，都是黄灿灿的。汁水多，甜，这种山芋生吃最好，我们小时当它是水果。因个大，像娃娃头，乡人们叫它“黄大头”。

乡间多的是一片又一片的山芋地。口粮紧张的年代，它是活命的寄托，叶炒了吃煮了吃，山芋蒸了吃打成糊糊吃。集体的大田，山芋收尽后，各家的小孩，纷纷提了篮子，扑到田里，如一群抢食的雀。用小锹挖，用手刨，眼眼盯着泥地里，希望逢着一只两只漏网的山芋，——这种捡山芋的活，我做过。大半天下来，若能捡个小半篮子山芋，会兴奋得小脸儿发红。我跟儿子忆苦思甜，儿子不明所以，问我，你干吗要那么辛苦地去捡掉下的呢，街上不是有卖烤山芋的吗？笑，我的年代，儿子哪里能懂。但同时又庆幸，儿子不用再受饥寒的苦。虽说贫困能锻炼人，但饥寒到底是一件屈辱的事。

我的母亲会变着花样吃山芋。事实上，我的乡人们都会变着花样吃山芋，他们把贫困的日子，过得香甜而充满期待。他们除了蒸着吃煮着吃打成糊糊吃，还做了山芋饼，做了山芋糖。也有把它切成薄片，做成山芋干的。秋深时，叶黄了枯了，阳光却灿烂得如钻石，切好的“黄大头”，摊在篾席上，摊在阳光下，晒。无遮无挡的阳光，无遮无挡的风，山芋片泡在阳光里，泡在风里面。不久，山芋干“酿”成，小孩子拿它当零食，口袋里揣着，不时拿一片出来咬咬，阳光的味道，风的味道，便满嘴里乱蹿。是香的，是甜的，是快乐的。现在超市里也有地瓜干卖，包装精美，像灰姑娘穿上七彩衣。我买过，却吃不到小时的阳光和风的味道了。

打山芋粉，是腊月里家家必做的事。用作打粉的山芋，一定要挑栗子山芋，粉多。洗净，和着水打碎，用纱布三滤两滤，就会积下厚厚的粉，白米面似的。晒干这些粉，吃时，只需取一点点，放在瓷钵子里，加水兑好了。锅里的水，早烧得沸沸的，把瓷钵子放到沸水里，快速转圈儿，好了，一张粉皮摊成了。那样的粉皮，薄而透明，滑滑的，能照得见太阳的影子。切成小片烧汤，或用大蒜韭菜炒着吃，都相当好吃。

现在城里饭店里有道菜，叫拔丝地瓜。我母亲有次进城来，吃到，愣是没猜出那是山芋。这很像贾府里吃的那道茄鲞，弄十来只鸡配它，哪里还有茄子的味道。难怪庄户人刘姥姥不识它。

最地道的山芋味道，还是烤着吃。看钱钟书的《围城》，对李梅亭在大街上面壁偷吃烤山芋那一章节，印象特别深。烫手的山芋不能一口囫囵吞下，他急，怕被人发现，躲墙角吃去。那样子又滑稽又好笑，还有点，可爱。再可恶的人，原也有可爱的一面的。

入秋，街上烤山芋的摊子多，香味盖过桂花香。寒冷的街头，一只烤山芋在手，心也跟着热乎起来。这时，你可以想想几个温暖的人，想想久别的故乡。

晨霜耿耿

冬日里的美好事物，晨霜算得上是一件。

清早出门，晨霜耿耿，凛冽的空气里，便若有似无的，荡着些许蜜甜的味道。那是晨霜的味道。

晨霜落在草叶上，最是分明。黄枯的草叶，经晨霜的涂抹，像在面包上，涂了一层糖粉，叫人生出吃的欲望。路边的绿化带中，站着几朵枯萎的月季，裹着一层霜，就更容易叫人想到吃的了，像炸京果子，和糖渍山楂。

晨霜如糖。

鹅卵石铺就的小径上，霜已与乳白的小石子融为一体，看上去洁净得很。几个老人在上踩啊踩，他们在练脚板，一边闲闲地说着话，说的都是自家孙子孙女的事。这个晨霜耿耿的早晨，他们给孙子孙女做青菜面条吃。吃一碗热乎乎上学去，半天手脚都是暖的，霜后的青菜赛过肉哩，他们说。

我听着，笑了。霜后的青菜赛过肉，此话不假。

何止是青菜！菠菜是，萝卜是，白菜是，大蒜是，芫荽是。经霜“腌渍”过后，它们都成了无上的美味。

我奶奶在冬天，最喜欢做一道菜，菠菜炖豆腐。大清早她就到地里去，挑上一小篮子菠菜回来。当她袭着一身霜气入屋，搓着冻僵的双手，笑着说，外面霜水滴滴霜水滴滴呵。我就会莫名兴奋，总要在她那个“滴滴”里打转，做无限空想，想得舌尖上生津。想我奶奶的坟头上，此刻，也被洁白的霜覆着吧。在那一边的世界里，她会不会也爱早起，做上一道菠菜炖豆腐呢？

那人跟我回忆童年事。是霜落的夜里，几个少年睡不着觉，扯着块破塑料纸做的旗帜，满巷道里疯跑。霜铺在巷道里，真像敷着一层白糖哩。他们踩着那白糖，呼啸而过。有被惊醒的邻人，推窗而骂，这些“夜不收”（夜不收是当地方言，是说夜都不要的孩子，遭人嫌）啊！他们才不管呢，继续呼啸而来，呼啸而去，也不知瞎快乐什么，就那么疯跑着，能玩到下半夜才归家。

我听得沉进去。我很想走过去，抱抱那个少年，很想！那种纯粹的，发自内心的快乐和无忧啊，如霜般洁净。

一辆电瓶车驶过我边上。年轻的母亲，载着小女儿，该是上幼儿园去的吧。年轻的母亲在教小女儿背诗，她轻念：一夜新霜著瓦轻。小女儿稚声稚气跟着念：一夜新霜著瓦轻。她们走远，留下那“著瓦轻”的余韵。我扭头去找人家的屋顶，在那细瓦之上，有霜落的痕迹点点。想从前，也是这样晨霜耿耿的清晨吧，诗人早起，推窗，陡见人家的屋顶上，轻覆着一层霜。他惊且喜着，继而想到檐下的菊花，沾着霜开，是何等飒爽明媚。他忍不住磨墨铺纸，写下一首《咏菊》，日子里的小欢愉，就这么降临了。

今人不见古时霜，今霜曾经映古人呢。想我之后，这晨霜又会映着更多后来的人，它依然会与洁净、无忧、甜蜜、朝气、花朵相连着。这么想着，很感动了。

一棵树，一个人

从前人家，孩子刚出生，会在院子里栽一棵树。

树一天天长高，孩子一天天长大。

树长高了，它的根会在院子里越扎越深，枝叶蓬勃得遮挡住半个院落，再大的风也吹不走它，——除非人为的砍伐挖掘。

孩子长大了，心却生出翅膀来，在小小的院子里待不住了，总是想尽办法挣脱着往外飞。也就飞了。飞得离故土越来越远，有的千山万水，有的漂洋过海。

最后，守着故土的，只有树。

某天，你意外撞见一间祖屋，你推开吱吱哑哑叫着的门，蛛网遍布杂草丛生的院子里，看不到人了，只看见树。

树站在那里，枝干上布满岁月的苔痕，顶一头蓊郁苍翠，不言不语。

叶落过几世了？风吹走几世了？人又换过几代了？

你不知道。树都知道。树却不说。

人活不过一棵树，这是真的。人也犟不过一棵树去，这也是真的。树的每根筋骨里，都写着执着和坚韧，几十年、上百年，甚至上千年如一日，默默地守着一个地方。今生今世，山河岁月，它只做一件事，那就是，专心致志地爱着脚下的那片泥土。无论贫瘠荒凉，无论天地轮转，都不改初心。

人呢？人的杂念太多，欲求太多。人的心，是缺着一个口的，再多的东西，也填不满它。这很像贪婪的孩子，得了一颗糖果，他要一罐。得了一罐，他又要一篮子了。人很少会说，够吃了，就好了。够穿了，就好了。够住了，就好了。一切刚刚好，这就很好了。人难得安静地待在一个地方，难得守着一树一屋，相伴终老。人总爱焦急，十分十分的焦急，说，不行，我还要争取更多的。不行，我还要争取更好的。于是，爱情里，难得忠贞，因为总有更好的在引诱着。物质名利里，难得满足，因为总有更多的在招着手。

人是傻了，总不肯放过自己，患得患失，又容易得陇望蜀，这山望了那山高。也就注定了一辈子不得安宁，马不停蹄，朝前奔啊奔啊。可是，前方的前头还有前方，这山过了还有那山。人感慨，世界太大了，唉，何时是尽头。他不知道，所谓的尽头，其实就在他的脚下，只要他肯慢下来，慢下来，他就能够抵达。

人的智慧，终究比不过一棵树。一棵树从来不犯糊涂，它知道什么该拥有，什么该放弃，它貌似只站在原地守候，却把根扎得更深、更远，远方尽收眼底，看个通明。人呢？人一刻不停地奔走在路上，一路的风景，来不及看，到最后，往往忘了为何出发，又忘了要去往何方，他只是惯性地朝前奔着、奔着，停不下来，停不下来了。也只有等到年老体衰，再也奔不动的时候，人回过头去，望来时路，才惊觉发现，这一路的奔波，他把生命中最宝贵的东西，早就给丢光了。最初的纯与真，那些有爱，有美好，有相守，有诺言，闪着金色光芒的时光，都给丢了啊！人孩子般地哭起来，说，我要回家，回家。

回家？回哪个家？大浪淘沙，剩下的吉光片羽，原是故乡那个小小的院落，和院子里的一棵树啊。那是灵魂生长的地方。

我有远房伯父，早年出外经商，商海里浮浮沉沉，终在南方的一座城里，打下一片江山。亲戚中传说他有资产过亿。他成了我们这个家族里，神一样的人物，提到他，都是金碧辉煌的，七十多岁的人了，还战斗在商海第一线。却突发重病，倒下。弥留之际，念叨着要回故里，要回他家的老院子。最终，却未能如愿，遗憾而去。据说，死时，他眼角淌出泪来，人帮着擦掉，又有新的流出来。人说，那是不甘心哪，他想回老家呢。

他家的老院子早就不在了。院子里栽着的一棵柿子树，却在着，枝干粗壮得很。近百岁了，每年还会挂一树的果，累累的。左右邻人去采摘，吃了后，都说，特别的甜。

一只猫的智慧

朵朵是我捡回的一只猫。

许是有着流浪的经历，它很少有安分的时候。把它留在屋子里，它是不大待得住的，除非它饿了，跑回来讨吃的。

好在我有自己的院落，大门整天洞开着，很方便朵朵的自由出入。院落外面，是一大块空地。空地上，东家种点瓜，西家种点菜，还有人在里面长花。花是海棠，一年里，大部分时间，海棠都在开着花。红艳艳的，浮霞一般。

朵朵很喜欢这块地，它把它当乐园。它在里面打滚。它在里面奔跑。它跟花捉迷藏。它跟草捉迷藏。它也逗着一些小虫子玩，捉起，再放。再捉，再放。一玩就是大半天。在一只猫的眼睛里，这个世界，都是好玩的吧。

我有时会站在院门口看它玩。它顺着竹竿爬，爬，一直爬到竹竿顶端，跟一茎丝瓜藤比赛着跑。它扑到海棠花上，摇落了海棠花几瓣，它抓住那几瓣海棠，愣是玩了半晌。地里一棵普通得不能再普通的一年蓬，朵朵围着它，竟也玩出百般的趣味来。风吹，一年蓬的草尖尖轻轻摆动，可把朵朵兴奋坏了。它紧张地盯着那摆动的草尖尖，埋下半截身子，蓄势待发。突然，它箭一般地射出它的身子，扑过去，跳上跳下。像骁勇的士兵，独闯沙场。真是羡慕它啊，人的心，早就失了这样的活泼天真，老道得很世故，倒是无趣得很了。

夏天，我在屋门外另加了一道纱门，挡蚊虫苍蝇。这多出的一道门，给朵朵带来极大困扰。一道门挡着，它要么进不来，要么出不去。它抗议，喵呜喵呜叫唤，使劲叫唤，以吸引楼上我的注意。我听到了，会下楼来替它开门，放它进来，或放它出去。有时我听不到它叫，或者听到了，我正忙着，就不去搭理它。它很郁闷地独坐在门前，透过纱门，盯着外面的世界。几片落叶，掉进院中来，在院子里的大理石地面上翻卷，朵朵望着很着急。这时我若开门，它准会一跃而起，弹跳出去，搂着地上的落叶打滚，头都来不及抬的。

某天，我出门散步，忘了把朵朵放出来。等我散步归来，竟看到朵朵在院门口的那片空地里，正追扑着一只小虫子，玩得不亦乐乎。我惊奇不已，屋门完好无损地关着，它是怎么出来的?

留心观察它，很快被我发现了玄机。原来，它的小脑袋里，不知什么时候已琢磨出开门的小点子。它对着关紧的纱门，退后几步，埋下半截身子，像跳高运动员一样，来一段助跑，等跑至门边，整个身子猛地一跃，两前爪向前，扑到纱门上，门就被推开了。

它跑出去，还不忘回头，得意地冲我“喵呜”一声。

这世上，所有的生命，原都各有各的生存智慧和本领。一只猫的智慧，该是轻轻盛放的一朵花，绿绿的一株草，一只飞翔的小虫子，一阵淡拂的清风，——是灵魂的自由。

第三辑

打碗花的微笑

田野里有风吹过来，色彩是金黄的，很和煦。是春天，或是秋天。天空下，她微笑的样子，像一朵浅紫的打碗花。

那年，那次远行

冬夜，正睡得蒙眬，被人轻轻推醒。国英姨娘的脸，在我的眼前晃，她说，乖乖，要起来了，要去接新娘子了。

我一下子清醒过来，我是被当做小伴娘，接到她家住的。

能被选作小伴娘，是很荣耀的一件事。全村有那么多女孩子，不是长相不讨喜，就是属相不好，犯冲。我有着一副圆脸蛋，望之团圆可爱。且属相又好，国英姨娘权衡再三，最终选定了我。

做伴娘的好处多多，能一连好几天，吃上好吃的，这是其一。能讨得许多喜糖，装满两只小衣兜，好些天里，嘴里都是甜的，这是其二。又突然从不起眼的小角色，变成了众星捧月的那一个，每个人见着我都会笑，说上一句，啊，梅你要去带新娘子啊。言语里，颇多羡慕。我觉得自己很重要很重要了。我还有个更大的私密的快乐，那就是，我可以，出远门了！——我将被一辆自行车载着，到一个陌生的别样的地方去。这对于生活在

偏僻乡下的十岁女孩子来说，他方，是极具诱惑力的。尽管，那是夜里面去。

那些年，按吾乡风俗，接新娘子，都是在夜里进行的。冬天的夜，真是深，像屋后的大河一样深。天上的星星，却亮得很，像灶膛里的火星子。接新娘子的自行车，被新郎官推出来了，上面缠着红绸布。载我的自行车上，也缠着红绸布，是新郎官的一个表兄骑的。国英姨娘给我口袋里塞几块糖，叮嘱我，乖，你要坐稳了啊。我点点头，跳上车后座，觉得自己像跨上了骏马，真神气。可惜，是夜里，少有人看得见。

新娘子家在另一个镇，有三十多里地的路。我只记得拐过了很多弯，路过了很多桥。四周的田野，人家的房子，像一座座山峦，酣睡着，充满神秘。天冷，泥路又多颠簸，很快我的腿脚就麻木了，身子也麻木了。可心窝里，却像揣着一团火，说不清的，就那么热烈地燃着。夜很静，静得天上星星呵气的声音，似乎都听得到。新郎官和他表兄都不说话，他们只顾埋头踩着车。我也不说话，只听得见自行车的车轮子，在坑坑洼洼的泥地里，发出嚓嚓嚓的声响，一声连着一声。那么旷远，像一支永远也弹不完的歌，它就那样载着一个小女孩，走呀走呀，走向无穷里去。

半路上，我摔过一个跟头，从自行车的后座上被颠下来。那一跤，跌得不算重，但因我的腿脚麻木了，愣是坐在地上半天起不来。新郎官和他的表兄吓坏了，他们搓着双手，围着我说，妹妹，这怎么才好？我暗暗给自己鼓劲，终于，一瘸一拐上了车。他们都长舒一口气，剥一块糖塞我嘴里，叮嘱我，妹妹啊，你千万别对人说你摔过跟头的呀。

一晃好多年了，我回老家，遇到当年的新娘子，她都做奶奶了。她搀着她的小孙孙，在路边的一棵女贞树下玩耍。我说，你可记得当年，是我坐着自行车去接你的呢。她眨巴着一双皱纹密布的小眼睛，愣愣看着我，旋即笑了，可不是。想当年……

想当年什么呢？门前的路，早已换成水泥路，平坦宽广，公交车几乎驶到家门口。看着车来车往，我们微笑着，都没有再说话。

打碗花的微笑

那年，我念初中一年级。学期中途，班上突然转来一个女生。女生梳两根长长的黑辫子，有张白果似的小脸蛋，精巧的眼睛、鼻子和嘴唇，镶嵌其上。老师安排她靠窗坐。她安静地翻书，看黑板，姿势美好。窗外有桐树几棵，树影倾泻在她身上，波光潋滟。像一幅水粉画。

我们的眼光，总不由自主转向她，偷偷打量，在心里面赞叹。寡淡如水的乡村学校生活，因她的突然撞入，有了种种雀跃。说不清那到底是什么，我们就是那么高兴。

她总是显得很困。常常的，课上着上着，她就伏在桌上睡着了。两臂交叉，头斜枕在上面，侧着脸，闭着眼，长长的睫毛，像蝶翅样的，覆盖在眼睑上。外面一个世界鸟雀鸣叫，她那里，只有轻梦若纱。

这睡相，如同婴儿一般甜美，害得我们看呆过去。老师亦看见了，在讲台前怔一怔。我们都替她紧张着，以为老师要喝骂她。平时我们中谁偶尔课上睡着了，老师都要喝骂着来的。谁知那么严厉的老师，看见她的睡相，居然在嘴边荡起一抹笑。老师放轻脚步，走到她跟前，轻轻推一推她，说，醒醒啦。她一惊，睁开小绵羊般的眼睛，用手揉着，冲老师抱歉地笑，啊，对不起老师，我又睡着了。

我们都笑了。没觉得老师的做法，对我们有什么不公。在她面前，老师就该那么温柔。我们喜欢着她，单纯地，暗暗地。就像喜欢窗外的桐树，喜欢树上鸣唱的鸟儿。

有关她的身世，却悄悄在班上传开。说她爸爸是个当大老板的，发达了之后，遗弃了她妈妈。她妈妈一气之下，寻了死。她爸爸很快娶了个年轻女人，做她后妈。后妈容不下她，把她打发回老家来念书。

这到底是真是假，没有人向她证实过。我们再看她时，就有了好奇与怜悯。她却没有表现出多少的不愉快来，依旧安静地美好着，跟班上同学少有交集，下了课就走，独来独往。我们的目光，在她身后追随着，她或许知道，并不回头。

偶一次，我与她路遇。那会儿，她正蹲在一堵墙的墙角边，逗着一只小花猫玩。黄的白的小野花，无拘无束的，开在她的脚跟边。看见我，她直起身来，冲我点点头，笑，眼睛笑得弯弯的。我们同行了一段路，路上说了一些话。记不得说的什么了，只记得，她讲一口流利的普通话，声音甜脆。田野里有风吹过来，色彩是金黄的，很和煦。是春天，或是秋天。天空下，她微笑的样子，像一朵浅紫的打碗花。

后来的一天，她却突然死了。说是病死，急病。一说是脑膜炎。一说是急性肺炎。她就那么消失了，像一颗流星划过夜空。靠窗边她的课桌，很快撤了。我们一如既往地上着课，像之前她没到来时一样。

好多年了，我不曾想过她。傍晚时，我路过一岔路口，迎面走来一个女孩，十二三岁的模样。女孩梳着现时不多见的两根长辫子，乌黑的。女孩很安静地走着，我一下子想起她，眼睛渐渐蒙上一层薄雾。那打碗花一样的微笑，是我最初相遇的美好。

补碗匠

失手打碎一只小茶壶。

小茶壶是我从地摊上淘来的，精巧玲珑，里面装桂花或是红枣煮茶，一杯刚刚好。

望着一地的碎片，我有些心疼。那人却不在意地说，打掉就打掉了呗，再重买一只吧。说完，他拿起扫帚，刷刷刷，玻璃碎片全进了垃圾袋。地板上变得干干净净，像揩掉一滴水一样轻巧。我们照旧吃饭喝茶，发呆闲话，桌上少掉一只茶壶，与我们的生活，并无半点影响。

小时却不是这样的。小时我们不小心打碎一只碗什么的，那是惹了大祸了。我姐有回打碎一只碗，她慌里慌张把它埋到屋后头。吃饭时，母亲找来找去，就是少一只碗。那时，家里有几口人，就配几只碗，绝对没有多余的。

小弟告密，是大姐打碎掉一只碗。

我姐吓得面色煞白，拔腿就要往外溜，被震怒的父亲一把揪住衣领，提到“毁尸”现场。破碎的碗片儿被挖了出来，我姐被打得屁股三天着不了凳子。

邻家有孩子，因打破一只碗，吓得躲到外面游荡，愣是好些天没敢回家。家人在几里外的草堆里找到他时，他已瘦得不成人形了。即便这样，回家后，他还是挨了一顿揍。

那时有补碗匠，走村串户的。补碗匠挑副担子，不慌不忙地走。担子两头，各置一只小木箱。一只箱子里放他的补碗工具，什么小锤子小钻子小镊子的，一只箱子里放补碗的材料，釉泥和各色各样的铜钉。他来到我们村，坐到村口的一棵大榆树下，静静地等。不一会儿，他的脚跟前，就摆着不少只破碗了。

我们围住补碗匠，好奇地叽叽喳喳，完全忘了挨打那回事了。看补碗匠像裁缝似的，把碎片儿一块一块地拼接起来，拿草绳箍住，再拿小钻子钻眼儿，把铜钉嵌进去，用釉泥反复地抹。看一会儿，不耐烦了，跑开去玩。再跑回来看，他还在补。补着补着，那日头也就斜了。

大人们来取碗。破了的碗上，“缝”着细密的纹路，不仔细看，是不大看得出的。大人们举起碗，对着亮处晃晃，不漏光，很满意。他们夸赞着补碗匠高超的手艺，一边就对身旁的小孩威胁道，看下次你的手还敢不敢犯贱，再敢打破碗，就剁掉你的手。

补碗匠看着笑笑，把他的行头，一一收起，不慌不忙地挑起担子，迎着夕阳走了。

我们呆立在原地，看着他渐渐走远，直到他走进夕阳里头去。唉，他是不知道，他手底下的活计，是我们小孩挨了多少的打换来的呀。

若　香

桃红柳绿的春天，我们几个孩子在河边玩耍，河上搭着简易的石桥。河岸边，一棵歪脖子垂柳树，像大伞一样罩下来，柳条儿拂着石桥的栏杆。若香系着一条玫红色围巾，从小石桥的那端走过来。阳光揉碎了柳枝的细芽儿，把柔嫩的鲜绿，洒落在她的脸上、肩上。她水波潋滟地走着，像一条小小的美人鱼。那是我今生见过的最美的画面。

所有的孩子都停下来，怔怔地看她。我们被美惊着了，我们都没有说话。

若香径直走了，看也没看我们一眼。我们并不生气，她不看我们是理应该的。她跟我们多么不同，她的名字里，隐含着一股清雅高贵之气。我们人小，说不上那种感觉，但就是觉得，她与村庄的篱笆墙、庄稼、狗尾巴草格格不入。村庄对她，真是怠慢了，怠慢得我们都跟着觉得亏欠了她的。

我们玩游戏，跳皮筋，踢毽子，跳房子，这些，若香都不屑于玩的。我们远远看着她，她坐在小茅屋前看书，一只腿搁在另一只腿上。她还支起画架画画，调着各种颜料。她周遭的风，和阳光，还有小茅屋，都干净得像水洗过的。

她是不属于村庄的。

她还有个不属于村庄的爹。她爹与遥远的大城市，有着千丝万缕的联系。她爹的哥哥，也就是她伯伯，是在城里做事的。她爹也在城里多年，后来，不知为何回到乡下来，在村小学里做了一名老师。

她爹常穿一件白绸子衬衫，手持一卷书，从田间地头走过，翩翩然。广袤的田野，都成了她爹的陪衬。村人们见着她爹，都停下来观望，眼神里很是敬重。

我们小孩子都羡慕若香有这么一个爹，不单单因为她爹是我们的老师。还因为，她爹会的东西实在多，吹拉弹唱之外，还会画画，还会裁剪缝纫。若香身上的衣，都是她爹亲手设计缝制的。若香脖子上的那条玫红色围巾，也是她爹买的。她爹还给若香买画笔画纸，教若香诵读我们都听不懂的古诗词。

若香真的和我们不一样。

还是桃红柳绿的春天。那个时候，若香和我，走得很近了。偶尔的，她会和我一起玩。我教若香丢沙包（一种从前小孩子玩的游戏），若香很快就玩得比我好了。她两眼闪闪发光，光洁的额头上，沁出细密的汗珠。这个时候的若香，看上去很活泼，跟村庄浑然一体。

我一心一意巴结着若香。我存着一个更大的目的，我想看若香家的书。若香拥有两抽屉的小人书，哪一本都让我垂涎不已。我偷爬到人家的枣树上摘枣，枣树上满是刺，但我顾不上。我胆战心惊防了人家的狗叫，又要防了有人发现我，最后偷得枣来，一个也舍不得吃，全给若香了。

沟渠边的野蔷薇开了，我跑去采花。野蔷薇的刺，刺得我满手皆是，我妈拿缝衣针给我挑半天，一边挑一边骂我野。我心里却是高兴的，因为，我看到若香捧着蔷薇花的时候笑了。若香低头嗅花的样子真好看，若香说，梅，我们做朋友吧。

我和若香并排坐在一棵桃树底下，合看一本小人书。看完了，我发了一回呆。我说，若香，长大了，我要做个摆书摊的人，我要买好多好多的小人书。

若香笑了一下，若香说，长大了，我是要去城里的。

我惊了一惊，又觉得理所当然。若香是不属于村庄的，她该去她的大城市。只是，若香去做什么呢？当商场的营业员吗？或者是，坐在电影院的售票窗口，做售票员？在我仅有的见识里，那是最风光的城里女孩子。她们穿着碎花裙子，面皮白净，走起路来，如弱柳扶风。

若香却说，不，我去读书。

我转过身，看她，我狠狠地把我的羡慕和吃惊压下去了。城里，多么遥远美好，像天边的云那么遥远和美好，她居然要去那里读书！我看到桃花的影子，在她的小脸蛋上晃啊晃的。她的脸蛋，饱满得像颗水蜜桃。不远处，菜花一地黄。村人们的身子没在菜花地里。蜜蜂们成群成群地飞。小麻雀们站在茅屋顶上叫得欢。银箔儿一样的阳光，像雨点一样落下来，看得人恍惚。

很奇怪的是，那之后的许多光阴，在我的脑海中，都模糊了。我和若香或许在一起，或许没在一起，印象都不深了。我小学毕业后，没有悬念地进了一所乡村中学念书。若香真的去了城里，奔着她的伯伯去了。

我们再难得碰面了。偶尔的一次，若香回来，她的面貌已发生了很大变化，个子高挑，明眸皓齿着。我站在家门口，看着她走过。我觉得有一条鸿沟，横亘在我们跟前。她许是看见我了，许是没看见。我们没有说话。

一些年后，我也把书读到城里，若香却回乡下了。有关她的事，在村庄很是沸腾了一阵子。她在一场惊世骇俗的恋爱中受了伤，断送了学业，人变得半痴。我大学毕业那年，若香早早嫁人了。据说嫁的是一个木匠，木匠有个缺陷，耳朵半失聪。我回老家，听人谈起若香，人皆摇头，说，这娃子可惜了。

若香的事，对若香的爹打击最大。从前那个着白绸衫翩翩然的男人不见了，取而代之的，是个邋遢的老头儿。他玩的那些乐器和画笔，蒙了尘。一次酒多，他失足跌入屋后的河里，再没活转过来。若香回来给她爹收尸，神情木然着，看不出哀悲。

若香来找我，是隔了好些年后的事了。这个时候，她已拥有好几家农庄酒店，生意如火如荼。她站在我面前，丰腴而富丽地笑着，我猛然间竟没认出她来。她说，梅，我是若香啊。一只手就亲热地来揽我的肩，笑声朗朗，啊，梅你还是从前的样子啊，一点都没变。

她是为她女儿大学填报志愿的事来找我的。她想女儿报北京的大学，女儿却更喜欢南方。她一时拿不定主意，就跑来找我了。你走南闯北多，见识广，我想听听你的意见，她说。说完，她扭头冲门外喊，进来嘛，你梅姨又不是外人。

我看到一个女孩子，略带羞涩地走了进来，个子高挑，明眸皓齿，分明是当年的若香。

我这辈子没混出个啥名堂来，不过，我这个女儿还是不错的，钢琴过了十级，美术作品拿过全国大奖，哈哈哈。若香拉过女儿来，笑得咯嘣嘣。恍惚间，我看见当年的阳光，飘了过来，银箔儿一样的。

月光下

乡村的夜，是分外宁静的，尤其是冬夜。狗也不吠，鸡也不鸣，月光降临的声音，便显得特别清晰。滴滴答答，如雨落檐沟。

月亮自然是大而圆的，悬在天上。天与地，都是阔大无边的。村庄沐浴在一片月光中，破旧的木门，低矮的山墙，枯萎的藤蔓，草垛子，人家晒场边上搁着的绿磚，高高的槐树上，花喜鹊们搭的潦草的窝……这白天熟悉着的一切，此刻，都被抹上了一层奶油，散发出甜美的气息，美得叫人诧异。

我踩着长长短短的月光的影子，一个人走在乡村的路上。我其实是顶怕走夜路的，我怕遇见鬼。

乡下孩子是听着鬼故事长大的。我的乡亲们少有识文断字的，却都装着一肚子的鬼故事。有些是上代流传下来的，有些是他们瞎编的，多是含冤而死到人间来复仇的鬼。我们怕听，又爱听。夏夜纳凉时，多半是在这些鬼故事里，又惊又怕地入睡。乡亲们自有他们做人的道理，不做亏心事，不怕鬼敲门。也是在那时我就懂了，做人，良心是最重要的。

我一路走，一路检点着自己，有没有做过什么坏事。偷过人家树上的梨算不算？打过人家的狗算不算？摘过人家篱笆边的大丽花算不算？心里面忏悔着。抬头，月亮不动声色地看着我。我旋即又高起兴来，想着路的前头，有个"宝藏"在，我的脚步，不由得变得轻盈。我忘了害怕。

我去借书。离我家五六里远的地方，住着我的语文老师，他家里有两大纸箱子的藏书。纸箱子搁在他家的床底下。在当时的我的眼里，那是宝藏一样的东西，是镶着金边闪着光芒的。

老师家有男孩，和我年龄相仿，在一个班读书。却调皮，不爱读书。我去借书，老师就当场教育他的孩子，你看看人家，没有书读，拼命想读，你却躺在书堆里不知珍惜。搞得那小子特别恨我，背地里警告我，再敢登上他家的门借书，就要对我不客气了。后来，我的书包里跳出青蛙，我的课桌肚里盘着小蛇，都拜他所赐。但书的诱惑，是高过一切的。等一本书看完了，我又想看另一本，便又忘了一切，跑去借了。

班主任的太太起初看见我去借书，是老大不高兴的。她磨磨蹭蹭，不肯借给我。我就手脚勤快地帮她干活，她洗涮，我帮着洗涮。她做饭，我帮着烧火。以博得她的好感。

又是一个月亮夜，我跑去老师家借书。他们一家正围着桌子吃晚饭，见到我，他太太竟一反常态，笑眯眯拉我入席。且亲自趴到床底下去，拖出装书的两大纸箱子来，掏出一本书又一本书给我。她一边掏，一边意味深长对我说，这些书，你要给我保管好了，因为你看了，我的孙子也要看的。我虽不懂她的话，却还是很郑重地冲她点头，答应道，好。

那一天，我抱着满怀的书，像捧着一座金矿。一地的月光，粼粼，我是满载而归的一条鱼。老师送我出来，在他家的屋角后，他站住，低下头，默默看我。他的眼睛里，有莹莹的月光在跳。他突然轻叹一口气，伸手抚了抚我的额头，说，你真是个好孩子。

一些日子后，我听到传闻，说我跟语文老师的儿子，是定了娃娃亲的，我将来长大了，是要嫁给他们家做媳妇的。听到这样的传闻，我没有难过，反而，暗暗有些高兴，想着，若是能做他们家的媳妇，也真不错的，那两大纸箱子的书，就都归我了。

语文老师却什么也没有对我说过。只是这之后，他不再让我一个人走夜路，去他家借书，而是每隔一些日子，他会把我想看的书，直接送到我手里，直到我初中毕业。

我再也没有见过，比那夜的月光，更明亮更醇厚的了。月光下，老师的眼睛，很亮。他说，你真是个好孩子。那洁白的激励，伴我度过贫瘠又丰盈的少年时光。

黄裙子，绿帕子

十五年前的学生搞同学聚会，邀请了当年的老师去，我也是被邀请的老师之一。

十五年，花开过十五季，又落过十五季。迎来送往的，我几乎忘掉了他们所有人，然在他们的记忆里，却有着我鲜活的一页。

他们说，老师，你那时好年轻呀，顶喜欢穿长裙。我们记得你有一条鹅黄的裙子，真正是靓极了。

他们说，老师，我们那时最盼上你的课，最喜欢看到你。你不像别的老师那么正统威严，你的黄裙子特别，你走路特别，你讲课特别，你爱笑，又可爱又漂亮。

他们说，老师，当年，你还教过我们唱歌呢，满眼的灰色之中，你是唯一的亮色，简直是光芒四射啊。

他们后来再形容我，用得最多的词居然都是，光芒四射。

我听得汗流浃背，是绝对意外的那种吃惊和慌恐。可他们一脸真诚，一个个拥到我身边，争相跟我说着当年事，完全不像开玩笑的。

回家，我迫不及待翻找出十五年前的照片。照片上，就一普通的女孩子，圆脸，短发，还稍稍有点胖。可是，她脸上的笑容，却似青荷上的露珠，又似星月朗照，那么的透明和纯净。

一个人有没有魅力，原不在于容貌，更多的，是缘于她内心所散发出的好意。倘若她内心装着善与真，那么，呈现在她脸上的色彩，必然叫人如沐暖阳如吹煦风，真实、亲切，活力迸发。这样的她，是迷人的。

我记忆里也有这样的一个人。小学六年级，学期中途，她突然来代我们的课，教数学。我们那时是顶头疼数学的。原先教我们数学的老师是个中年男人，面上整天不见一丝笑容。即便外边刮再大的风，他也是水波不现，严谨得像件老古董。

她来，却让我们都爱上了上数学课。她十八九岁，个子中等，皮肤黑里透红，长发在脑后用一条绿色的帕子，松松地挽了。像极田埂边的一朵小野花，天地阔大，她就那么很随意地开着。她走路是连蹦带跳着的，跟只欢快的鸟儿似的。第一次登上讲台，她脸红，半天说不出话来，只轻咬住嘴唇，望着我们笑。那样子，活脱脱像个邻家大姐姐，全无半点老师的威严感。我们一下子喜欢上她，新奇有，更多的，却是觉得亲近和亲切。

记不得她的课上得怎样了，只记得，每到要上数学课，我们早早就在桌上摆好数学书，头伸得老长，朝着窗外看，盼着她早点来。我们爱上她脸上的笑容，爱上她的一蹦一跳，爱上她脑后的绿帕子。她多像一个春天啊，在我们年少的心里，茸茸地种出一片绿来。她偶尔也惩罚不听话的孩子，却从不喝骂，只伸出食指和中指，在那孩子头上轻轻一弹，轻咬住嘴唇，看着那孩子笑道，你好调皮呀。那被她手指弹中的孩子，脸上就红上一红，也跟着笑，笑得很不好意思。于是，我们便都笑起来。我们作业若完成得好，她会奖励我们，做游戏，或是唱歌，——这些，又都是我们顶喜欢的。在她的课堂上，便常常掌声不断，欢笑声四起，真是好快乐的。

然学期未曾结束，却又换回原来严谨的男老师，她得走了。她走时，我们中好多孩子都哭了。她也伏在课桌上哭，哭得双眼通红。但到底，还是走了。我们都跟去大门口相送，恋恋不舍。我们看着她和她脑后的绿帕子，一点一点走远，直至完全消失不见。天地真静哪，我们感到了悲伤。那悲伤，好些天，都不曾散去。

青春原是一场花开

十六七岁的年纪，是迫不及待要远走高飞的。像一朵花苞苞，就要开了，就要开了，却总也不见开。光阴是缓慢的，缓慢得像教学楼后矮冬青树下，一只慢爬的蜗牛。早上走过时，看它在爬。中午去看，它还在爬，总也爬不到树枝上去。

心是忧伤的。对着一枚叶，看着看着，也会落下泪来。清晨醒来，宿舍还是那个宿舍，教室还是那个教室，操场还是那个操场。教学楼前，一排法国梧桐树，撑着肥圆的叶，不知疲倦地绿着。校园的围墙上，爬满小朵的红，和黄，是些野喇叭花，无比寂寞地开着。围墙外，传来敲铁皮的声音，咣当咣当。那是不远处的一家小店铺，专卖各种铁桶。赤膊的中年男人成日举着铁锤，敲啊敲，声音单调又寂寥。

我时常望着教室的窗外，发呆，天上飘着淡的蓝，淡的白。风吹得若有似无。我希望着人生这惨淡的一页，能速速翻过去。是的，惨淡。那个时候，我进城念高中，穿着母亲纳的布鞋，背着母亲用格子头巾缝的书包，皮肤黝黑，沉默寡言，跟野地里的芨芨草似的，又卑微又渺小。城里的孩子多么不同，他们住黛瓦粉墙的四合院。他们穿时髦鲜艳的衣，从青石板铺就的小巷子里，呼啸而出。他们漂亮白净，神采飞扬，不识四时农作物，叫我们乡下来的孩子：泥腿子。

我的神经时时绷着，敏感着，怕被伤了，偏偏时时被伤着。他们一个不屑的眼神，一句轻视的话语，都足以让我手脚冰凉。我变得越发的沉默，低着头走路，低着头做事，恨不得能把头埋到泥地里去。

也总是要上他的课。彼时，他四五十岁，挺拔壮实。肤黑，黑得跟漆刷过似的。据说曾去西藏支教过几年。记得他初来上课时，刚一张口，全班都愣住了，他的声音与他的外表，实在不相称，他的声音尖，且细，跟女人似的。几秒钟后，全班哄堂大笑。城里的孩子尤其笑得厉害，他们兴奋地拍着桌子，哗啦啦，哗啦啦。他在前面怒，眼睛睃巡一遍教室，揪出后排一个张嘴在笑的男生，厉声道，你们这些乡下来的，太没教养了！

虽然他不是针对我，但这句话，却刺一样的，扎进我的心里面，再难拔去。再上他的课，我从不抬头听讲，兀自做自己的事。他上了一些课后，也终于发现我的“另类”，在课堂上当众点名批评，说出的话，如同蹦出的石子儿似的，咯得人生疼。我越发的不喜欢他了。

他后来不再过问我，甚至连作业都不批改我的。一次，他在班上闲话考大学的事，大家踊跃说着理想中的职业。有城里同学看我一眼，大笑着说，她将来适合去做厨师。一帮同学附和着笑。我看到他的眼光不经意地掠过我，又越过去，什么话也没说，一任课堂上笑声泛滥。

是从那一刻起，我在心里发着誓，我一定要考上，给看不起我的人狠狠一击，特别是他。凌晨三四点，我一个人就悄悄起了床，到教室里点灯读书。如此的日复一日，结果，高考时我考了高分，他任教的一门，我考了年级第一名。

多年后，高中同学聚会，请来当年的老师，其中有他。他早已不复当年的挺拔，身子佝偻，双鬓染霜，苍老得厉害。这让我意外，想来他也不过六十来岁，何以会如此衰老？他在一帮同学的簇拥下，站到我跟前。同学让他猜，老师，她是哪个？他看定我，笑着摇摇头。同学提醒他，老师，她是当年我们班作文写得最好的那个，叫丁立梅啊。他看着我，还是抱歉地摇摇头，眼神天真。

有同学悄悄对我耳语，老师失忆了。我一惊，突然想落泪。多年来，我极少回顾青春，以为那是我人生里的一道暗疮。可现在，我却多么愿意走回去，他还在讲台上挺拔着，我还在讲台下稚嫩着。教学楼前的梧桐树上，还有雀儿在跳得欢。

青春原是一场花开，欢乐或疼痛，都是岁月的赠予。因为经历了，我们才得以成熟，所以，感谢。我上前挽起他，我说，老师，我们合个影吧。相机上，我的笑容，映着他的笑容，当年的天空，铺排在身后。

老学生

四十五年前，他新婚。乡下草棚两间，傍河而搭。屋旁一棵刺槐树，粗壮高大。那是祖上留给他的财产，伴过好几代人了。

他在树下置石桌石凳。人多时凳子不够，就拿几张苇席摊地上，众人席地而坐。

那时，他家里的人真是多。大锅煮粥，满满一大锅，一圈下来，就见底了。他新婚的妻子手忙脚乱，刷锅烧火，再重新煮上一大锅。

业余时间，他挖空心思，尽想着怎么弄到吃的。门口的自留地里，都种上了蔬菜。巴掌大一点的地方，也舍不得浪费。青菜都长到屋檐下、门槛前了。他后来还发明，在屋顶上长菜。一把种子撒上去，过几日，那茅屋顶上，居然也是嫩绿一片。——青菜也可顶粮食，好度饥荒。

其时，他三十出头，任代课教师。乡下贫穷，十二三岁的孩子，是要当劳力帮家里干活的，哪里有闲工夫上学？再说，也没那个闲钱。他一家一家去游说，说到最后，他拍胸脯保证，不要学费，一日三餐他包了。

冲着那口吃的，不少孩子奔了去，跟着他识字念书。一到饭时，浩荡着去他家吃饭。这么吃着，再大的家业也抵不住啊，何况，他也不富裕。他变卖了家里能变卖的东西，最后，连父亲留给他的一块珍贵的怀表，也给卖了。

好在乡下人实成，看着他那么撑着，心里感动，偷偷相帮。早上开门，他常在家门口发现一袋子山芋，或是一篮子蔬菜。有时，甚至还会有小半袋子的大米。

一个叫永的男孩子，长得精瘦，体弱。记忆力却惊人，又好学。他诵过一两遍的东西，这孩子就能一字不差地给吟诵出来。他偏爱这孩子，给他开小灶，熬大米粥喝。那会儿，他的妻子正有孕在身，这对他来说，不容易。三十大几的人，终于能抱上孩子了。家里特地养了两只生蛋的鸡，本是要给妻子加点营养的，可最后，鸡蛋却多半进了永的肚子了。

我是在四十五年后，遇见他的。彼时，一二十个老学生，正把更老的他，簇拥在中间。——他们在隆重聚会。当一个老学生，扛着一袋子东北大米到达时，聚会被推向高潮。

扛大米的老学生自我介绍，老师，我是永啊。他打量老学生半天，“哦”一声，是你啊，都长变样了，变得这么壮实。

四十五年前，他只是出于自然本心，害怕知识被荒废，害怕那些乡下孩子被荒废。过后，也没大记心上。可在老学生那里，却一直难以忘怀他的好。恢复高考制度后，这些老学生，是第一批考上大学的。永更是其中的佼佼者，名校毕业后，经一番打拼，现在已拥有一家几千人的大公司。

一年前，永得知这次聚会，立即放下手头繁杂事务，跑去乡下，赁了一块地，留着种水稻。从下种子，到插秧，到灌溉，到除草，都是他亲自上。他说，一定要给老师送上一袋子他亲手种的大米。

老学生们激动地叫嚷，今天沾老师的光，我们就吃这新大米煮的饭。

饭很快煮出来，粒粒圆润透亮，似白珍珠。他吃了满满一大碗米饭，笑着说，这是他吃过的最好吃的大米饭。笑着笑着，眼睛湿了。

一串珠花

我的青春年少，是活在“灰色”里的。

那个时候，真是低到尘埃。在尘埃里，也只是一株最不起眼的小草，空有颗开花的心，却紧紧关闭着。谁会留意它呢？谁也不会留意的。

我一个人，从乡下跑到几十里外的老街上去念书。彼时，能从乡下考进老街完中的孩子，屈指可数。我穿着母亲纳的布鞋，背着母亲缝的花格子书包，皮肤黝黑，举止拘谨，夹在老街上那一群神采飞扬的孩子中间，实在有些格格不入。

老师们都是城里人，跟老街上的孩子都沾亲带故的，他们之间很亲昵。有时，他们在课堂上说说笑笑，关系融洽得如同一家人。对乡下孩子却严厉，眼神里有挑剔。逢到集体大扫除，擦窗子抹地那些重活，一般都是派给乡下孩子的。乡下孩子若是犯了错，定会被老师毫不留情当众批评。老师们说出的话，一字一句，坚硬尖锐，咯得人骨头疼。

偏着我极自尊，稍稍的风吹草动，敏感的心里，也会长出触角来，像刺猬。我用那样的方式，对抗我眼里的“不公”。我被贴上了“脾气古怪”的标签，老师们不大搭理我，同学们与我往来也不多。我不做任何辩解，低头，沉默不语。

所幸有个角落可以容纳我，让我藏在里面，不受打扰的，做做自己的梦。那个角落，就是书籍。学校门前有条大河，河边少有人家，只有草木在那里自生自长。河里偶尔有船只驶过，惊起一河的浪花，随后又复归宁静。没有课的时候，我就捧了书去，倚着一棵垂柳，或是一棵楝树，读，直读到鸟雀归巢，夜幕四垂。

读书读累了，我会停下来，发发呆，让思绪跟着河水漂上一程。也不确定自己能漂到哪里去。在那时年少的心里，迫切地想做的一件事就是，快点离开这里，到远方去。远方，都是好的，都是镶着彩边儿的，自在，幸福，无拘无束。

就那样，我独自度过了我的中学时代，挥别了我孤独又自卑的青春年少。那之后，我到过一个又一个的远方，它们并没有镶着我年少时向往中的彩边儿，而是一样的凡俗琐碎，一样的有着花开，也有着叶落。我渐渐融入，成为其中的一个。却常在自觉不自觉中，会想起老街上那段青春年少，一个人，独自在河边读书的时光，那样的单纯、安静，没有挂碍。

多年后，我遇见当年的中学同学。他们跟我聊起过往，笑着对我说，那时，你背花格子书包，爱低着头走路，我们看到你，都不大敢说话。那时，你总是一个人独来独往，最爱去学校门口的河边读书，你在我们的眼里好神秘啊。那时，你的作文写得好，让我们很羡慕。那时，我们的班主任，总在我们跟前夸你，说你学习很用功。

散落一地的光阴，被他们穿成了一串珠花，闪闪发光地戴在我那青春年少的头上。原来，我自以为的自卑、不堪和孤独的青春年少，也有光芒闪耀。而善意和友爱的花朵，一直开在我身边。

幽幽七里香

三层小楼，粉墙黛瓦，阅览室设在二层。靠楼梯的一面墙上，满满当当的，摆的全是书。朝南的窗户外面，植着七里香。人坐在室内看书，总有花香飘进来，深深浅浅，缠绵不绝。

这是当年我念大学时，学校的阅览室。对于像我那样痴迷读书，而又无钱买书的穷学生来说，这间免费开放的阅览室，无疑是上帝恩赐的一座宝藏。在那里，我如饥似渴，阅读了大量的中外文学书籍。也是在那里，我初次接触到《诗经》，立马被那些好听的“歌谣”迷上。野外总是天高地阔的，我一会儿化身为那只在河之洲的斑鸠，一会儿又变身为采葛的女子，岁月绵远，天地皆好。

其实那时，我心卑微。我来自贫困的乡下，无家世可炫耀，又不貌美，穿衣简朴，囊中时常羞涩。在一群光华灼灼的城里同学跟前，我觉得自己真是又渺小又丑陋。

读书却使我的内心，慢慢儿的，变得丰盈。那真是一段妙不可言的光阴，每日黄昏，一下了课，我匆匆跑回宿舍，胡乱塞点食物当晚饭，就直奔阅览室而去。看管阅览室的管理员，是个三十多岁的年轻人，个高，肤黑，表情严肃。他一见我跑去，就把我看的《诗经》取出来，交我手上，把我的借书卡拿去，插到书架上。这一连串的动作，跟上了发条似的，机械连贯，滴水不漏。我起初还对他说声谢谢的，但看他反应冷淡，后来，我连“谢谢”两字也免了，只管捧了书去读。

读着读着，我贪心了，我想把它据为已有。无钱购买，我就采取了最笨的也是最原始的办法——抄写。一本《诗经》连同它的解析，我一字不落地抄着，常常抄着抄着，就忘了时间。年轻的管理员站我身边许久，我也没发觉，直到他不耐烦地伸出两指，在桌上轻叩，“该走了，要关门了。”语调冷冷的。我始才吃一惊，抬头，阅览室的人已走光，夜已深。

我不好意思地笑笑，归还了书。窗外七里香的花香，蛇样游走，带着露水的清凉。我心情愉悦，摸黑蹦跳着下楼，才走两级楼梯，身后突然传来管理员的声音：“慢点走，楼梯口黑。”依旧是冷冷的语调，我却听出了温度。我站在黑地里，独自微笑很久。

那些日子，我就那样浸透在《诗经》里，忘了忧伤，忘了惆怅，忘了自卑，我蓬勃如水边的荇菜、野地里的卷耳和蔓草。也没想过自己到底为什么要迷恋，也没想过自己日后会走上写作的路，只是单纯地迷恋着、挚爱着，无关其他。

很快，我要毕业了。突然收到一份礼物，是一本《诗集传楚辞章句》，岳麓书社出版的，单价七块六毛。厚厚的一本。扉页上写着：赠给丁小姐，一个爱读书的好姑娘。下面没有落款。

我不知道是谁寄的。我猜过是阅览室那个年轻的管理员。我再去借书，探询似的看他，他却无甚异常，仍是一副冰冰冷的样子，表情严肃。我又怀疑过经常坐我旁边读书的男生和女生，或许是他，或许是她。他们却埋首在书里面，无波，亦无浪。窗外的七里香，兀自幽幽的，吐着芬芳。

我最终没有相问。这份特殊的礼物，被我带回了故乡。后来，又随我进城，摆到了我的办公桌上。我结婚后，数次搬家，东迁西走，丢了很多东西，但它却一直都在。每当我的眼光抚过它时，我知道，这世界哪怕再叫人失望，也有一种叫美好的东西，在暗地里生长。

老枣树

老家的院子一角，一直长着一棵枣树。

枣树枝叶蓬勃时，能遮挡住半幢房子。屋内的光线因它的分割，显得明明暗暗。我妈做针线，看不清针脚了，她会抬头看一眼窗外的枣树，自言自语道，枣树遮住光了。但从不曾想过动它，就这么任它任性地长着。

这棵枣树，到底活了多大年纪了？我爷爷在世时，也说不清，我爸更是说不清了。我爸说，打小，家门口就长着的。他们兄妹六七个，都是吃着这棵枣树上的枣长大的。

枣树原在爷爷的老家待着的。爷爷成年后，分家产，这棵枣树，也成了家产的一部分，被分给了爷爷。

爷爷带着这棵枣树，到百十里外的荒地里安了家。三间茅草屋搭起，这棵枣树，被植在了茅草屋前，成了我们家的标志。它结果时，累累一树，方圆一二十里的人都知道。

到我记事时，这棵枣树，已被人称为老枣树了。我小时，走丢过，站在大路上直着嗓子哭。人问，孩子，你家住哪里呀？我抽抽泣泣答，我家房子前长棵老枣树。人便一拍巴掌，恍然大悟，哦，是丁志煜家的啊。因了这棵老枣树，我被顺利送回家。

我十岁那年，我家搬迁到河对岸去。我奶奶不舍得这棵老枣树，执意也要把它搬走。我爸请了人来搬它，人一锹下去，损伤它不少的根。我奶奶心疼得不得了，拿些碎布头包住它的根。它被栽到了新家的院子一角，大家都说，怕是难成活的。但最终，它却活过来了，抽枝、长叶、开花、结果，从不怠慢任何一步。

这棵枣树上的枣子，甜了我们兄妹几个的童年、少年，成了我们心目中家庭中的一员。我们去外地念书，给家里人写信，在最后，也总要问候一下老枣树，老枣树还好吧？

我爸认真回，好着呢，开一树花了。或者回，又结好多枣子了。

枣子总能留到我们寒假归来时吃。我奶奶拣大个的，一颗一颗洗净了，晒干了，装在陶罐里。枣子红红的，一口一个甜。我们吃着，觉得安稳快乐，外面再多的繁华旖旎，也不及家里一颗枣子的好。奔波一路的心，终落到实处。

后来，我们兄妹几个，一个个离家了，有了自己的小窝。然每到枣子成熟的时候，我们都不约而同回老家去，屋前屋后转转，看看老枣树，摘下一颗一颗的甜。一家老小，围桌而坐，一个都不少，其乐融融。有老枣树在，时光好像还是从前的样子。

随着我奶奶和爷爷的相继过世，老枣树也一年不如一年了。先是枝条枯萎，继而，树干腐朽，脆弱不堪。起初，还有少量枝条硬撑着，在春天爆出新绿，在夏初开出花，在秋天果子成熟。到最后，它实在撑不住了，一树的衰败喑哑。

终有一天，等我们兄妹几个都在家，我爸跟我们商量，把老枣树砍了吧？

哦？我们都很意外。看看老枣树，它缩在院子一角，像衰老干瘪着的一个人，怕是连吹过的一缕轻风也扛不住了吧。我们相互看一眼，说，好啊，那就……砍了罢。

再回老家去，我在院子里转着、转着，竟意外发现，在原先老枣树生长的地方，竟冒出一棵小枣树来，探头探脑着，顶一身翠翠的嫩叶子，在阳光下笑意婆娑。

水烟袋里的流年

每次回老家，我都要翻箱倒柜一通，寻些旧物件。

从前穿过的小衣裳小鞋子，习过字的练习本，画过画的纸，翻到了，我都如获至宝。——我曾穿着这些小衣裳小鞋，在村庄的矮墙边跳绳。或在宛如水蛇般的田埂道上，追着鸟雀奔跑；我曾趴在小屋的煤油灯下，一笔一画，学写自己的姓名；我曾照着土墙上贴的仕女图，画古代女子，步摇乱插……生命的轨迹，清清楚楚地，都印在这些旧物件上的。唏嘘之余，只剩感恩，这些时光，我都曾一一走过。人生真正的拥有，是经历。

这一次，我翻到了水烟袋。

是的，一管水烟袋。白铜的，沉甸甸的。盛水斗的一面镂刻着梅花，一面镂刻着菊花。历经经年，上面的梅和菊，依然盛开盈盈。烟管上，竟也盘着些枝蔓和小花，很有雅趣。这是祖父的水烟袋。祖父是个风雅之人，一生不事农活，花鸟虫鱼倒是养了不少。

水烟袋被搁在了旧橱柜里，上面叠着一床旧棉被。我捧它在手，陈年的烟叶气味，扑鼻而来。那里面混杂着祖父的气味，父亲的气味，村人张木匠、王大个、李会计等人的气味。

一场突如其来的雨，让在我家附近地里劳作的村人，都跑进我家避雨。他们赤着脚，裤腿卷得高高的，一二三四五，或坐或蹲，很快把我家小屋挤满了。祖父或父亲，会装上水烟袋，招待他们。水烟袋从这个人手里，递到那个人手里。他们话语很少，只埋头咕噜咕噜吸食，半眯着眼。一圈递下来，那雨，竟是止了。他们拍拍手，站起身来，笑一笑，心满意足地走了。

或是夏夜纳凉，他们三三两两地来，坐在我家屋门口。水烟袋照例从这个人手里，递到那个人手里。暗影里，有一星点红，在他们的鼻翼处跳跃。烟草的味道，弥漫开来，咕噜咕噜的声音，绵长得很。他们劳累的筋骨，疲乏了的身子，又泛起活力来，他们开始谈笑起来，笑声很大。

我二姨奶奶也好吸水烟。二姨奶奶在离我家三十里外的另一个村庄。二姨爹早早故去，她膝下无子，一个人住两间草棚。这样的人，被叫做“缺后代”。听闻缺后代的人，脾气都古怪，性子要强，爱骂人。这个二姨奶奶，也被这样传说着，弄得我们小孩都怕她。虽她百般亲近我们，我们还是怕她。

她常来我家走亲戚。她来，祖母就捧了水烟袋递给她。她坐在我家桃树底下，咕噜咕噜吸。有时，花开满树。有时，有青果闪烁在青青的叶间。有时，是一树光秃秃的枝丫。那是冬天了，太阳光从树枝上筛下来，覆盖在她的身上，闪闪发光。她瘦小的身子，坐在一圈光里面，吸溜吸溜，脸色温润。旁边坐着我祖母，姊妹二人话些家常，说些她们的过去，那些我们小孩所不知道的人和事。

那样的时光，真是宁静悠长。烟草叶的味道，在空中久久飘散着，闻上去，竟很香的，有野草的香气，叫人心安。

这个姨奶奶老年光景有些凄凉，一个人悄没声息地在床上过去了。床旁边，搁着她的水烟袋，里面还装着未抽完的烟丝。

我跟父亲要了这管水烟袋。我把它带回城里，摆在我的书架上。它与我的书架，竟十分般配。我的眼光每每扫见，心里都会有感动跳出，从前的那些日常，都被它一一收着，风平浪静，不动声色。

我的中学时代

人都爱用“青衫年少，白衣飘飘”之类的句子，来描写中学时代，很纯美，远离世间烟火的样子。真实的情形，其实不是这样的。至少我的，不是这样的。

我的整个中学时代，都穿着土布的衣，脚着一双母亲纳的布鞋，肩背母亲用格子头巾缝制的书包，在离家三十多里的老街上念书。

那时，乡下孩子，极少有家庭富裕的。每个孩子，看上去都差不多，都是一枚不起眼的小土豆。我们这许多的小土豆扎堆在一起，相互取暖，一起成长。

书自然是整天读着的，整天挖空心思去念着想着的，还有吃。

是的，吃。

不知是不是因为正处在长身体的年纪，我们每天总处于半饥饿状态。每个月，家里会担了粮米送来，给学校食堂。早上是稀饭就咸菜。中午是白饭就咸菜。晚上还是稀饭就咸菜。这样清汤寡水地吃着，肚子里很欠油水。

那时的伙食费，委实不多，一个月八块钱。交全了的话，中午可以加一个小菜，和一碗冬瓜汤喝。但很多孩子交不起。比如我。我们就自创一种汤，叫酱油汤。做法极简单，倒出一勺酱油，拿滚开水冲泡了。奢侈一点的，里面再滴两滴麻油，汤就成了。我读了几年中学，就喝了几年这样的汤。

下午的时光，总是漫长得厉害。两节课后，是做课间操时间，肚子饿得折磨人，操做得有气无力。偏偏食堂的师傅又来招惹，煎出香喷喷的葱油饼来，一只只，黄灿灿的，摊放在食堂窗口卖，上面撒满碧绿的葱花，整个校

园都弥漫着那香。我们假装闻不到，把头埋到书堆里。可是，那香，从书上的每个字里跳出来。我们假装玩耍，大声说笑，可笑着笑着，鼻子不做主了，总要深吸一口，再深吸一口。周遭的每一寸空气，都是香的呀。有时，我们实在敌不过那馋，几个要好的女生去合买一只，分着吃。

盼着周六学校放假，真是归心似箭。一路马不停蹄奔回去，疼我的祖母，总会想办法给我弄点好吃的，煎两只鸡蛋，煮一碗小鱼。年少的心里，觉得世上最幸福的事，莫过于那样的时刻，可以有煎鸡蛋吃。可以吃煮小鱼。

周日返校时，每个孩子或多或少，都会自带些干粮。我的祖母会给我炒上几斤蚕豆，塞上两罐咸菜。还有一种吃食，是把面粉炒熟了，用沸水泡着吃。现在的孩子恐怕见都没见过，我们苏北人家，叫它焦雪。关于它，还有一段传说。相传久远的从前，六月天里，苏北地区闹饥荒，饿殍遍地。天上的雪神看不下去了，想拯救人间，遂降下雪面粉。但又怕上帝看见六月降雪，会治她的罪，遂把面粉的色泽，染得跟黄土地的颜色差不多。老百姓见天上飘下“泥土”来，人人惊奇。反正观音土都有人吃，这天上的“土”，更不可错过。于是家家争接这天上之“土”，拿开水泡了，吃在嘴里，竟奇香无比。饥荒过后，为纪念雪神，苏北人家就有了每年六月六，必吃炒焦雪的习俗。

学校宿舍老鼠多，一个个都能飞檐走壁，武艺高强。无论我们怎么藏着那些可怜的有限的干粮，它们都能轻易找到。即便我们把装了焦雪的布袋子挂到屋顶上，它们也有本事把布袋子咬出洞来，在里面大快朵颐。与它们几番较量后，我们甘拜下风，把吃食全转移到教室里去了。晚自修上到一半，就有孩子在位置上坐不住了，闻到桌肚子里的香呀。一俟下课铃声响，教室里立即沸腾了，瓷缸瓷钵子的，响成一片。不多久，人人都捧一碗热腾腾的焦雪在吃，整个教室都被焦雪的香给淹没了。

男生们都特能吃，自带的干粮，往往没两天就见底了，他们就偷我们女生的。咸菜，炒蚕豆，焦雪，饼片，见什么偷什么。女生们都心知肚明着呢，也不戳穿他们，有时甚至有意不锁课桌肚，任他们偷食去。其结果是，所带的干粮，往往支撑不到周末。我们又要过几天饿肚子的日子。

也结伴着去同学家打牙祭。有女生晚上要归家取东西，我们呼啦啦吆喝上五六个人去送她。乡下的夜晚，那么安静，我们的动作，却搞得那样大，齐刷刷站在女生家的院墙外，兴奋地说笑，等着她父母来开门。她母亲后来给我们做荷包蛋吃，一人三只。我们就那么心安理得地吃下去，不知一个穷家里，那么多鸡蛋，该积攒多少时日。

就这样，吃着吃着，我们也就长大了。吃着吃着，我们也就毕业了。

老古董

我家原是很有几件老古董的。我奶奶的铜镜，和冬天焐脚用的炭炉子，纯铜的。还有我爷爷的水烟台，亦是纯铜的，吸管上都镂着花。我爷爷在八十来岁上，有些老糊涂了，把这些老古董，都卖给一个收荒货的了。他举着得来的二十块钱，像赚到一大笔似的，笑呵呵地冲我爸说，卖了这么多钱啊。

还有张一滴水的床。为什么称一滴水呢？不知。我查阅了很多资料，也没找到满意的答案。问我爸，老爷子根本没想过这事，他也犯迷糊了，说，大家都这么叫着的，这种有踏板，有一道檐的床，就称“一滴水”。

好吧，我就当它是生命中的一滴水。这么想着，倒也贴切，睡觉是人生大事件之一，床是睡觉不可或缺的，如水之于生命。

那床，少说也有二三百年的历史了。我奶奶的奶奶曾睡过。全檀木的，上面精雕细镂着许多花卉，如牡丹、梅花、菊花、兰花等。小时我躺在上面，临睡之前，必做的功课是，睁着眼，把那些花啊朵的，数望数遍，且伸出小手指头去抠，想抠下一朵花来。

床至今我爸妈仍睡着。上面的花朵，有些褪色了，却还是一眼就能辨认出，哪是牡丹，哪是梅花，哪是菊花，哪是兰花。我伸手轻轻抚，我抚到那个叫岁月的东西，它还青嫩着，还是充满好奇和幻想，在暗夜里，把一朵花，想象成天堂。只是一个一个与它相关的人，却老了去。

我家还有件老古董——茶凳。昔时，是大户人家所用之物。我爷爷奶奶都出生大家，前几件古董，是我奶奶的陪嫁物，独这一件，是我爷爷家传的。这张茶凳长约一米，宽约两尺，外表是深茶色的，光滑，光亮，挺沉的。我们小孩单个儿是搬不动它的，遂得两个大些的孩子，一人搀一头，把它搀出去。

夏夜，屋子里是待不了的，我们都到屋外去乘凉，茶凳是必搬出去的。再热的天，那茶凳摸上去，也是冰凉冰凉的，从每一丝木纹里，都透出凉意来，如玉。邻里有人过来乘凉，我奶奶必让出茶凳给他们坐，几个大人坐在上面，一边摇着蒲扇，一边闲闲地说着话。

大多数时候，茶凳归我们孩子所有。我们追萤火虫追累了，轮流在上面躺上一躺。我们数着头顶上的星星，怎么也数不完。门口稻田里的蛙们，鼓着腮帮子，使劲儿唱着歌。虫子们在弹琴。南瓜花掉了，啪一声，打翻了一滴露珠。晚饭花的香气，若有似无袭过来。一个大地，陷入一种妙不可言中。

有什么可说的呢？什么也不要说呢。大人们也都微笑地静穆着，眼睛看着什么，或什么也没看，他们轻摇着蒲扇，等到露珠打湿眉毛，也就一个个站起来，打着呵欠，踱回屋里去睡了。

那张茶凳，后来不知所踪。是被我爷爷卖了，还是被谁顺走了？不得而知。但我想，它一定还在这个世上，被谁拥有着。那个拥有它的人，会不会在它上面触摸到，从前的夏夜，那些多如萤火虫一样的星星，那些风吹花落的时光？

写春联

我爸一到腊月脚下，就会变得格外吃香。村人们看见他，都一副巴结的模样。有烟的，忙着掏烟。没烟的，则一脸堆笑地拉他到屋里喝口浓茶。

我爸很受用。他一直是个好面子的人，受人尊重，那是无上荣光的事。他不客气地，这家的烟也抽了，那家的茶也喝了，然后，背着双手，轻声哼着《拔根芦柴花》的小调，踱着方步回家来。我们就知道，该忙乎开了。

忙什么呢？忙着收拾他的作场啊。堂屋里杂七杂八的东西，统统被我们塞到别处去了。地清扫干净了，一粒多余的尘也没有。桌子抹干净了，在堂屋中央摆开来。剪刀、小刀备齐。一年里也用不了几次的毛笔，被请了出来，清水泡着。搁在柜脚底下的墨汁瓶，被小心翼翼捧出来，上面落满蜘蛛灰。我们用抹布擦拭干净，拿瓶盖子或是破碗，倒了墨汁出来。

一切准备就绪。我爸方满意地走过来，在桌边站定，他深吸一口气，运笔在手，拿废弃的牛皮纸，先试着写几个字。写完，他对着那几个字，左端详，右端详，微笑。我们在一边看着，觉得我爸很了不得，能文能写。现在想着，有些失笑，我爸也仅仅读了个初中，他也未曾练过书法，写的字也谈不上什么笔锋。可是，在当时不识字或识不了几个字的村人们眼里，他写的字，就是天下最好看的字。

村人们络绎不绝上门来，腋下都夹着一张红纸。他们或站着，或蹲着，说着些家长里短，把我家的小屋挤得满满当当热气腾腾。我们兄妹几个，按我爸的吩咐，伏在地上帮着裁纸。大门上的，二门上的，房门上的，院门上的，厨房门上的，粮囤子上的。余下的边角料儿，也不废掉，我爸会大笔一挥，在上面写个“六畜兴旺”，给贴到羊圈猪圈鸡窝上去。

那时不甚明了，怎么是六畜呢？村子里日常所见的，明明只有鸡鸭猪羊，有牛的人家也甚少，这加起来也才五畜。也是到后来，我念书了，懂得查阅资料了，方才把心中的疑团给解了。六畜，原是指马、牛、羊、鸡、狗、猪。它们是被我们远古祖先最先驯化的牲畜，渐渐演变成了家畜。《三字经·训诂》中，对“六畜”有着精辟的评述：牛能耕田。马能负重致远。羊能供备祭器。鸡能司晨报晓。狗能守夜防患。猪能宴飨速宾。

我的村人们当然不懂这个。他们也不管这个，只道那是牲畜兴旺，吉利吉祥。他们拿着那张 “六畜兴旺”，高兴得不得了，眼睛眯着，笑嘻嘻地盯着看，似乎上面正跑着大肥猪和大肥羊。

一个村子的对联，很让我爸费脑子，他不想太重复，每家每户写的都不一样。他有时会停下手中笔，若有所思地问蹲着的一个人，你家大门上你想写什么呢？那人嘿嘿笑两声，回他，我哪晓得写什么啊，你写什么都好。我爸就写，金鸡报晓，红梅报春。又或是，春满人间福满园之类的。

有一年，我爸给我家大门上写的是“吃大肥肉，穿花洋布”，直白明了，清爽好记。村人们看到，都说这个好，都要求写这个。结果，那一年，全村人家，几乎家家门上都贴着这副对联。正月里在村子里走着，一个村子除了喜气洋洋外，又另添着一份跃动，满满的幸福的气流，在四处蹿着，似乎人人都穿上了新衣裳，人人都有大肥肉吃。真富裕！

年　画

过年的章节里，张贴年画，是不可或缺的一章。

年还隔得老远呢，老街上的年画摊子，已陆陆续续摆开了。祖父每隔几天，就要上街一趟。他也不急着买，只背着双手，在那些年画摊子中间，来回转着，看着。老寿星逗仙鹤、小胖娃娃骑鲤鱼、牡丹花上彩蝶舞，再来一幅喜鹊闹红梅，这几样，年年都有。没有谁会嫌着重复了，会厌烦了这些个。像是走惯了的乡间路，种惯了的那些庄稼，它们好好在着，一日一日陪伴身侧，才叫人心安。

那时，现实的愿望，简单，直接，带点童话色彩。花开富贵，年年有余，添福添寿，便是无限的好了。土墙上揭去贴旧了的小胖娃娃骑鲤鱼，换上一幅新的，还是小胖娃娃骑鲤鱼。拜年时，随便跑进路边一户人家去，墙上的年画，都相差无几，全都一副喜洋洋簇簇新的好模样。

我和我姐渐渐大了，有了自己的审美观。祖父买回的老寿星逗仙鹤，或是喜鹊闹红梅，我们不那么喜欢了。我们攥着平时积攒的零花钱，自己走上二三十里地，跑上老街去挑年画。年脚下的老街，像架在熊熊火堆上炖着的一锅八仙汤，噗噗噗地，只管一个劲地闹腾着，热气弥漫。各色糕点，摆满了一条长街，香和甜，厚棱棱的，粘着人的脚。最是那做糖人的，勾我们的魂。只见做糖人的中年男人，手握小小一支细竹签，上挑一缕红薯丝，迅速地七绕八绕，手持金箍棒的孙悟空就跳出来了。再绕一绕，英姿飒爽的穆桂英，骑在马上。再绕一绕，一只小鼠，在东张西望，尾巴翘得高高的，活灵活现。有小孩子在边上叫，给我变出一只小狗来嘛。中年男人也不看他，答一声，好咧。手并未停下，顷刻间，一只小狗已在摇头摆尾。

民间才出真正的艺人，——这是多年后我的感悟。那时，我还不懂艺术，只道神奇，在一旁一看就能看上小半晌。很想买上一个糖人带回家，不为吃它的甜，只为观赏。但口袋里的零花钱有限，我们还要买年画的。

卖年画的摊子，占满了另一片街。远远望过去，天上地下，花花绿绿，彩色的河流般的，浩浩荡荡。我和我姐，像两条小鱼似的，一头没进去，不知先看了哪一幅才好。我们一个摊子一个摊子看过去，再看过来。仕女图是我们最喜欢的，画上女子，眉目含烟，唇如樱桃，头上盘两个发髻，上面随意插几朵小菊，长裙曳地，淡淡笑着，风姿绰约地立在一丛芭蕉旁。真正是美极！我姐指着画上女子说，回去，我也给你梳这样的头。我嘴里应着，哦。心里欢喜，欢喜得不要不要的。我姐也真给我梳过那样的头，上面横七竖八插满了小野花。我不知害羞，顶着那样的头跑出去，从村子东头，跑到村子西头，看见的人都停下来笑，指着我说，哎呀，这丫头，这丫头！

挑完年画，已到黄昏。红彤彤的夕阳，像粒糖果似的，就要化了。我们这才感觉到肚子饿，也才感觉到惊慌，回家还要走上二三十里地的。我们没有钱买吃的了，只好饿着肚子上路。一路上，我和我姐轮换着拿年画。我们不时展开画来看，画上女子，眉目含烟，冲我们淡淡笑着。想到这么漂亮的年画，将贴在我们家的墙上，我们不觉得饿了，脚步也变得轻快起来。

正月半

年一过到正月半，我注定是要惆怅的。

怎么能不惆怅呢？那些撒开脚丫子，走东家串西家的欢腾；那些人人遇见，都一团和气说着吉利话的温馨模样；那些喷着香的馒头年糕还有糖果糕点；那些门上的对联、窗上的窗花，都渐渐褪去鲜亮、成了过往了。我的好衣裳，也要脱下来，被母亲压到箱底去。日子又复归到清汤寡水里，叫人想想，就急得想哭。

那时，我还不知道正月半有个更文雅的叫法，元宵节。那是上学识了字后，在书本上才读到的。它的历史长达两千多年，自秦朝，人们就开始有了吃元宵赏花灯的习俗，——我亦是不知的。

我尚小，能看到的世界，也只是眼前的那个村庄。村人们只叫它，正月半。

有童谣念：正月半，炸麻团，爹爹炸了奶奶看。

这童谣唱得有道理吗？没有的。我没见过麻团，我的小伙伴们也没见过。我们也只在歌谣里咂摸着，它应该是火烤油炸的，很香很香的。

我们没有麻团吃，没有元宵吃，但我们有火把可燃。爷爷如果那天心情特别好，他会坐在门前的桃树底下，给我们兄妹几个扎火把。所用材料，是稻草和竹枝。竹枝好啊，禁烧，一边燃着，一边能发出噼呖啪啦的响声，像放小鞭炮。奶奶是不大舍得我们用这个去烧的，那是上等的柴火啊。爷爷却禁不住我们苦求，往往会偷偷在稻草里包上些竹枝。爷爷扎出的火把，又大又结实，我们举着它，真是神气得不得了。

也就等着天黑。天一黑，各家的孩子，都举着火把出动了。田埂边，像飞舞着一群一群的流星。我们唱着“正月半，炸麻团，爹爹炸了奶奶看”，绕着田埂奔跑，这边呼，那边应，一个村庄的黑暗，都被火把和孩子的歌声，燃亮了。

也有在沟边河边，放野火的习俗。那是不用等到天黑的，河边的茅草，就被点燃了，火苗儿欢快地跳跃着，呼啦啦烧去一大片。像燃烧着一个大大的夕阳。我们站在边上，兴奋莫名地观看，并不知为什么要放野火。驱虫和祈求庄稼丰收，那是大人们的事。在我们看来，过年了，就要新鞋新袜地穿着，就要贴红对联和年画。过正月半了，就要放野火。这都是该派的。我们才不会去深究缘由的，只是快乐，单纯地快乐。

有一年正月半，我姐领着我和弟弟去放野火。屋后就是河，河边杂草丛生，是放野火的最佳地。我姐点燃了一堆杂草，火苗一下子蹿得老高，呼哧呼哧，像条巨龙翻滚腾跃。我们站在边上，高兴得又唱又跳。母亲不知打哪里，突然一阵风似的跑了来，揪住我姐，二话不说，就是一顿暴打。

所有的欢乐，戛然而止。那个正月半的晚上，我们没有举火把去奔跑，囫囵地吃了点什么，就上床睡觉了。半夜里，我听到我姐的哭声，很轻很轻，像秋虫在鸣。我的一颗心，恻恻的。年，真的过去了。一切的甜和好，也似乎都跟着走远了。

也是到一些年后，说起往事，我姐搂着母亲，开玩笑地问，那年的正月半，你为什么要打我？母亲赧然半天，轻轻叹口气，喃喃道，都是因为穷，穷人气多啊。

锦鲤时光

去秦岭深处的一个小村庄。

村庄里有老树。有古井。房屋多以平房为主，黄泥黑瓦，门楣低矮。草垛子搁在屋角头，鸡和狗在草垛子旁无所事事，见着来人，挺好奇，一齐抬头注目。碎石子铺成的巷道两旁，长满了芨芨草、野蒿子和鹅肠草。有一两枝桃花，从人家的院墙内探出头来，红粉乱溅。

我应邀走进一户人家。那户人家，女人患了软骨症，男人二十年如一日，不离不弃守护着。

男人得知我去，早早在院门口等着。憨厚的中年男人，脸上的笑容淡定而平和，不见被命运折腾的愁苦。女人被收拾得很干净，她整个的身体，除了头稍稍能转动之外，其余的，都软似面团。她半躺在院中的一树桃花底下，脸上的笑容，也是淡定而平和的。

我坐到女人身边，听男人讲他们的故事。多少年的守护，她已与他的生命血肉相连。没有她就没有我，没有我也就没有她。这辈子，我就把她当婴儿照料，我愿意。男人说得慢条斯理，一边伸手拂拂女人的额发。

说到婴儿，两个人都笑出声来。我们有个儿子呢，很出息的，一直没开口说话的女人，这时突然插话道。

我被领进他们的小居室。两间平房，一间做了卧室，一间做了起居间。墙上全被花花绿绿的年画贴满了，一幅《胖娃娃抱锦鲤》的年画尤其显目。男人说，儿子喜欢这幅画。小时候他照着上面画，画得可像哩。

说起儿子，男人的语气里全是骄傲。他取来儿子的照片给我看，二十岁的小伙子，眉目飞扬。目前，正在北京念大学。

我一时间恍惚，仿佛走回从前去。从前，也是这样的房，家里的土墙上，也贴满年画，花花绿绿的。年画里，少不了一幅《胖娃娃抱锦鲤》。胖娃娃穿着红肚兜，圆鼓鼓的脸蛋上，欢笑飞溅。他骑坐在锦鲤身上，一手抱着锦鲤的头，一手擎着一朵荷花。他身下的锦鲤，亦是胖乎乎的，笑哈哈的，尾巴高高翘起，好似小马驹要腾飞。小时的我，很爱盯着这幅年画看。有时盯着盯着，老疑心那孩子那鱼，会走下来。

那时，村子里家家户户的土墙上，都少不了这样一幅年画，既喜庆，又满含着美好的祈愿，祈愿日子就像鲤鱼跳龙门一样。当时不懂，这鲤鱼为什么要跳龙门呢，跳过之后又怎样呢？村人们怕是也没有深究过这些问题，他们只笑嘻嘻说，就是鲤鱼跳龙门呀。眸子里，有星子在闪亮。

家里的土灶上，也断断少不了一幅锦鲤戏荷图。砌灶的师傅真是很不简单，灶砌好后，他在一面灶墙上，拿红漆绿漆涂涂抹抹，三笔两画，他的手底下，就有了荷花在开着，锦鲤在活泼地游弋着。我在一边，往往看得呆过去。世间神奇，我以为那算得上是一种。

一日，我在厨房里写作业，奶奶在烧饭。锅上热气蒸腾，我看到灶墙上那条锦鲤，在雾气里忽隐忽现，上下凫游。正发着呆，一个远亲来访，我称他大大。大大是个人物，那时，他在杭州城住，面皮白净，气质儒雅。听我爸说，他读书很多，写得一手好字。他当时见到在做作业的我，脱口说了句，这孩子将来肯定有出息，她握笔的姿势很不一般。

那日，我们全家因大大这句预言，着着实实高兴了一番。我爸说，我家的鲤鱼，将来也要跳龙门喽。我似懂非懂。但因被我爸比作鲤鱼，还是很开心很得意的。后来，我坐在堂屋里读书，眼光常不自觉地溜到墙上那幅年画上去，笑嘻嘻的胖娃娃，一手抱着锦鲤的头，一手擎着一朵荷花。他身下的锦鲤，胖乎乎的，甩着尾巴，如一匹将欲腾飞的小马驹。门外的鸟叫声，密集如小雨点。我小小的心里，有着莫名的激动。

现在回过头去看，我一生中最美的时光，当属于那一段锦鲤时光吧，虽然贫穷，虽然卑微，却单纯，色彩明艳，无限阔大。且心怀梦想和向往，相信奇迹，并充满热爱。

谦谦君子

一

他躺在床上，盖一床旧的棉布花被，花被上盛开着大红的牡丹。年代久了，牡丹的大红色，已显黯淡。这让我有些恻然，他是那么一个讲究格调的人，盖这样的被子，怕是有违他的意愿。再一想，他亦是个旧式的人，遵守着旧式礼法，有谦谦君子之风。那些消失掉的古朴寻常，也许正是他所坚守的。遂稍稍心安。

房间向阳。天气晴暖，都听得见春天在窗外走动的声音了。我在来时的路上，看到一两枝小黄花，挣脱人家的铁栅栏，探出半张脸来。是早开的迎春花。野鹦鹉也出来唱歌了，还有画眉和黄鹂鸟。

春天真的来了，他却看不到这个春天了。

师母说，他已六天粒米未进。昨夜哼哼了一夜，哼得人心里揪揪的。他这里，都烂了肿了。师母抚抚腹部，轻声告诉我。

肺癌。医生曾说，他至多只能再活三个年头，他却硬撑了五个年头。精神气好的时候，他坐在阳台上，翻从前的学生录，和毕业照。也翻一些学生的来信看，看得都能倒背如流了。教室里，一届一届的学生，哪些人坐哪个位置，他都记得。

他常念叨你，常指着报纸上你的文章跟我说，那个女孩好啊，吃得了苦，从乡下步行几十里路，到街上来上学。

他说你不大爱说话，说你用功，别人在玩耍，你一个人跑去学校门口的小河边，把书读。

他托人打听过你，还一直发着狠说，要去找你。

他把你发表在报纸上的文章，都给剪下来，收着了。

你看，这里都是呢，八十多岁的师母说到这儿，拉开床边五斗橱的一个抽屉，让我看。满满一抽屉，竟都是我文章的剪报。

师母又拉开另外一些抽屉给我看，这个放着一届一届的学生录和毕业照，那个放着天南地北的学生写来的信。

他呀，把这些看得像他的命根子。师母看着躺在床上的他，泪在眼眶里打转。而他，早已陷入半昏迷。整个人看上去，像薄薄的一张纸，那么轻，那么小。

二

他教我们的时候，六十好几了。本已退休在家，安享晚年的，但因学校缺语文老师，他就又回到学校。

他见人一脸笑，没有老师的威严，一点儿也没有。没有一个学生怕他，当面背后，都称他，老头子。有时至多在老头子前面，加上他的姓，陈。陈老头子，——我们这么叫。他也不恼，看见我们，依旧笑眯眯的，和蔼温润。

他家住老街上。一条青石板铺成的巷道，小蛇般的，蜿蜒在老街上。两边各站一排黛瓦房，都是木板门、木格窗。他住在其中一幢黛瓦房里，小门小户的，外表看上去，跟其他人家别无二致，内里的摆设却大不相同。有一两回，下了晚自习，我伴着住在老街上的同学回家，走过他家门口，看到有灯光映着木格窗，像水粉洇在宣纸上。我们趴在木格窗上，朝里张望，看到满屋的字画。一排书架倚墙而摆，满满当当的，全是书。灯光晕黄，他在那晕黄的灯光下，挥毫泼墨。窗台边，一只肚大颈长的白瓷花瓶，里头插菊，静静开。

他的毛笔字写得好，那时我们并不觉得。也是到多年后，听人提起，人表示敬仰，说，那个陈老先生啊，毛笔字可是当年老街上的一绝的，笔力深厚浑圆，一般的书法家远远不及。

他对诗词歌赋也颇有研究，会写古诗。他有时写了，念给我们听，我们也不觉得好。也是到多年后，听人提起，人表示仰视，说，那个陈老先生啊，写得一手好的格律诗，才华非凡。

他还唱得一口京剧，铿铿锵锵，中气十足。学校搞元旦文艺汇演，他上台唱，听得我们忘了他的年纪，只拿他当英俊少年郎。我们在台下，拍得巴掌红。

他的课上得不算好，话语碎碎的，往往一句话，要重三倒四讲好多遍。教案被他圈得密密麻麻，上课时，他把教案凑到鼻子底下去，与其说是“看”，莫若说是“闻”更贴切。他“闻”着一本一本的教案，讲读“予独爱莲之出淤泥而不染，濯清涟而不妖，中通外直，不蔓不枝，香远益清，亭亭净植，可远观而不可亵玩焉”“三五之夜，明月半墙，桂影斑驳，风移影动，珊珊可爱”……

我们都爱上他的课，因为，不用端庄严肃，不用假装听话。我们想到什么问题，尽可以站起来问，也可以在课堂底下随便讨论。不高兴听讲了，还可以看看课外闲书。我有好多的课外书，都是在他的语文课上读完的。他不反对，甚至是支持的。要多读书啊，他拿我做榜样，鼓励全班学生读闲书。

老头子人好，这是我们的共同评价。没有人怀疑这一点。

三

他姓陈，名光明，是老街上出了名的谦谦君子。整天一件藏蓝色中山装，风衣扣子一直扣到脖子上。个子中等，清瘦着，待人接物，礼数周全。三岁小娃娃跟他说话，他也是认真庄严地听，认真庄严地回答，一双小眼睛，在玳瑁边框的镜片后，闪闪烁烁。我那时觉得，他那双眼睛特像星星。这比喻一点儿也不特别，但我心里，就是这么想着的。

他走路腰杆笔直，却又时常要弯下腰来，路上掉的纸屑、烟头、石子、碎玻璃啥的，他都一一捡起来。他走过的一路，身后必是干净的。

他爱喝茶。办公桌上，一把紫砂壶里，终日泡着茶。他有滋有味地呷上一口，在我的作文后写评语：只要持之以恒，他日必有辉煌。

他不知道，他随手写下的这句话，是闪着金光的。它照耀了我这么多年，在我想妥协的时候，在我想懈怠的时候。

偶一次，我大起胆来，跑去他家问他借书。他笑眯眯迎我进去，满架的书，任我挑。等我抱着一怀抱的书，跟他告别，他竟送我出来，一直把我送到巷子口。

他亦是不知道，他的这一举动，对我的影响多么大。乡下孩子，家境清寒，自卑是烙在骨头里的，我走路都是低着头的。他的尊重，让我有了做人的尊严华贵，我原来，也是可以昂着头走路的。

四

我受过他的恩惠，一本《新华字典》。

那时，我是买不起那样的“大部头”的。

他送我一本，说是奖励我的作文写得好。

我以为是真的，心安理得地收下，自个儿觉得挺自豪的。

毕业多年后，当年的同学遇到，聊起他，我始才知道，当年他的“奖励”，只是一个幌子。他通过这样的“幌子”，奖励过不少家境困难的孩子。有同学的学费是他“奖励”的；有同学的衣物是他“奖励”的；有同学的饭钱是他“奖励”的；有同学的文具用品是他“奖励”的。

他送走过四五十届学生。到底有多少学生受过他的恩惠？怕是数也数不清了。我们能做的，就是记着他的好，并尽量使自己变得美好起来。

他分散在世界各地的学生，正风尘仆仆地往他这边赶。师母红着眼睛说，谢谢你们，没有把我家老头子忘记掉。这句话，勾出我的泪。我俯身叫他，陈老师，陈老师。师母也帮着叫，老头子，老头子，你知道谁来看你了吗？是你一直念叨的那个女孩呀，是丁立梅呀。

听到我的名字，他似乎有了反应，紧闭着的双眼，微微睁开一丝缝。

那一眼的光照里，有星星闪烁。

第四辑

风知道

我们从风里来，最终，都将回到风里去。

愿全世界的花都好好地开

我曾经非常不喜欢一个人，这个人算是我的邻居。

那时新婚。家里那人的单位给分房，我跟着那人住。大院子里，一排青砖红瓦房，唇齿相依地紧挨着，我们住其中一幢。

这个人住我们家隔壁。有女儿比我小不了几岁，大学快毕业了。女儿骨架大，脸庞子也大，算不得好看，像他。遇人少有言语，神情淡淡的。家里的女人是个闷葫芦，一看就是那种性子很软的，整天见她家里家外乱转着，似乎有忙不完的活计。她很听他的话。

从前他是当兵的，据说都做到正团级了。日常行事待人，很有点跋扈。又喜喝酒，一喝醉了就骂人。三天两头的，听到他在隔壁叫骂，大嗓门撞击着薄薄的墙体，震得墙上的石灰粉，都要掉落下来。

为人也小气、抠门。大院子里一孩子过生日，大伙儿凑钱去买礼物，给那孩子庆生。他起初也跟着起哄，说要买礼物。但临了，找来找去，却找不到他。隔一天，他回来，说是回老家了。

单位分西瓜，他第一个冲上去，在一堆瓜里面左挑右拣，几乎把每一只瓜都拿手上掂量过了，拣了两只最大的。

因工作需要，他时常出差。每每出差归来，他都要骂爹骂娘一阵子，牢骚满腹，抱怨着外面伙食的欠缺、住宿条件的简陋、工作的繁琐。

他的女儿病了，百日咳。咳得山也震动水也震动的。

他们家尝试了很多治疗方法，不见好。

后来，他不知从哪里得一民间偏方，说用枇杷叶煎水喝，可治百日咳。

我们那儿没有枇杷树。

他去乡下找，装了满满一麻袋扛回来。

夏日午后，蝉在树上都困了，叫声有一声没一声的，一院子的静悄悄。他独坐在一圈树影子里，面前一盆清水，脚边一堆枇杷叶。他拿刷子仔细刷着每一片枇杷叶，把上面的绒毛和尘粒刷净。树的浓荫，在他身上晃动，水波一样晃动。他的身上，散发出粼粼的光。

我是从那一刻起，对他生了好感。这世上，人没有绝对的好坏，再强硬的外表下，也有他柔软的一面。就像在沙砾中、残垣上、岩缝里，也有花开明艳。

每个人的心中都有一朵花。

我只愿，全世界的花都好好地开。

五月花事

一

五月，我的城，是蔷薇的天下。

谁知那些蔷薇是怎么冒出来的？我也只不过才离家三四天，再回来，一个城，就都被蔷薇花占领了。河两岸，都是。小区的栅栏上，爬满了。人家的屋檐下，也趴着那么一大丛。花以粉红居多，间或有一两丛白。每一朵都是娇滴滴的。又都喷着香，也是娇滴滴的香。香得相当的小儿女，怎么闻也不会嫌腻。

“尽道春光已归去，清香犹有野蔷薇”，——春去了有什么要紧？还有蔷薇开着呢。

我在家是铁定坐不住的，每到傍晚，定会梳洗一番，出门，我要看蔷薇去。

远远望见了，它们都好好开着呢。一丛，一丛，再一丛。背景是绿。深深浅浅的绿，柔情蜜意的绿，波光潋滟的绿，配了粉粉的花朵。是郎情妾意，每一寸时光，都堪称良辰了。

我总是迫不及待奔过去，心里的欢喜，泛着小泡泡。虽说昨天才见过，可在我，每一次相见，都如初见，都有着巨大的惊喜。

这个五月，我注定要为蔷薇花消去许多时光。这些时光，都是香的。

我愿意。

二

一年蓬从不曾被当做花待过吧？

我小时，在乡下，提了篮子，一捧一捧割了，给猪吃，给羊吃。

可是，它的花，实在美。素淡的白，或是微微泛着浅紫的粉。花瓣儿细如丝线，裁剪成长短相当的，密密地扎成了一圈儿，中间顶着个饱实的黄花蕊，是实实在在的一颗心。一枝上会缀着三五朵，或七八朵不等，参差着，秀气着，似耍杂技的小女儿。

路边的草丛中，随处可见到它的影。一棵，或几棵，就那么独开独舞。素面朝天，自然天成。

我每每遇见，都要在心里面惊叹，真是美啊。

然后，某天，我就遇见了一大片的。对。一大片的。像谁特意栽种的。

谁呢？

是鸟么？是风么？鸟在不远处的几棵海棠树间啁啾。风吹着天上的云在跑。

它们，开成了沸沸的海洋，那么多。那么多的小女儿，在载歌载舞。

我望见了乡下的原野。我望见了山涧的小溪。我望见了清澈、纯净和静美。

我不能够走开。不能够。

我跳进花海里。

原谅我，我采了一束。不远几十里把它带回来，插在一只玻璃瓶里。什么时候望过去，它都能瞬间让我的心融化。我的嘴角边，不自觉的，浮上一抹笑来。

我跟那人说傻话，我说，假如，我也化成这花中的一朵，你会认得我么？

他答，会的。

我穷追不舍，你凭什么认得呢？

他答，凭感觉。你是不一样的一朵。

我很满意他这么答。

那么，那些小粉蝶，也都是凭感觉，寻到属于它们的那一朵的么？

我看到一只小粉蝶，向一朵花俯下小小的身子去。

我的心，就那么感动起来。

三

虞美人扛着美人的名头，似乎极高贵。

其实才不，人家很草根的。

去年丢下几颗种子，今年就能窜出一大片。也无须特别管理，它就那么开呀开呀，开出一捧一捧的花。红的白的，薄绸子似的。有单瓣的，有复瓣的。讲究点儿的，还自己给自己绣了彩边儿。

直接摘一朵，都可以当小女孩的喇叭裙来穿。

虞美人个个都是时装高手呢。

四

芍药花开得生猛。

我不知道这么形容芍药花它会不会不高兴。

它看上去，真的很生猛。

人家的门前，一边一丛。玫粉色。碗口那么大的花。

花不惊人誓不休。

我们的车，从它们跟前掠过去。

惊起了一地的颜色。我回过头去，心瞬间被一朵一朵玫粉淹没。

再难忘。

五

那人说，月季花该叫贵妃花。

也是。

怎么开出那么大那么大的花来？吓人一跳。

又颜色拼着命地往艳里面艳去。每一朵，都是涂脂抹粉的富贵相。

我看它，像看一个可爱的傻姑娘。傻姑娘心无蒂芥，无忧无虑，整天蹦着跳着瞎开心，反倒活得心宽体胖，丰腴富足。

这样，多好。

人一辈子追求的，莫若率真而活。

买得一枝花欲放

六七月的天，在街上走，常常能碰见卖栀子花的。

乡下妇人，篾篮子提着，里面躺着一朵一朵的稠白。为保新鲜，那每朵花上，都喷了水。绿枝横陈，花朵雀跃其上，水灵鲜活，仿佛就要从篮子里蹦出来，由不得你不心动。

每遇见，我心里总是一喜。我喜欢这卖花的妇人。我想象着她的家，小楼初砌，抑或就几间简陋的小瓦房，房前长着一两棵栀子。她养鸡养羊，还要伺候一田的庄稼，日子里，有着太多的辛苦劳碌。可是，却有花在房前开着，香着。

是哪朵花，先绊住她匆忙的脚步的？她每日都有了新的期待，走过花树旁，也总要停一停。哦，一朵开了。哦，又一朵开了。她站着，一任笑容慢慢爬上她的脸，她就那么，独自欢喜着。终得满树的花开，撑不住那香了。她不舍得浪费，一枝一枝，细心地采下来，提到街上来卖。也不当大价钱，一块钱能买好几朵呢。她卖的，是花，又不是花。她卖的，是她的欢喜。她也不叫卖，只静静坐那儿，花香自会替她招徕客人。

我买一枝栀子带回，放水碗里也好，插瓶子里也好，清水供养着，就够了。过后，我忙着自己的事，把花的事给忘了。一抬头，有花香扑过来，猛烈地亲我一口。我一愣神，笑了，记起自己买过花带回的。

有一回，我放在水碗里的栀子，花开过后，萎了。我扔了那萎了的花，忘了倒水碗中的水。那水碗，也就一直搁在那儿。我每回进厨房，总闻见一阵香。四处去搜，竟是灶角旁那养过栀子的水碗，散发的香。这让我惊喜了好些日子。

去福建的一个小城有事。小城看上去有些旧，不繁华，不气派。我在街上随便遛着，不喜，亦不忧。突然看见有卖荷的，一乡下农人，担着一担的荷和莲蓬，晃晃悠悠走在大街上。我看着他走过一棵梧桐树，再走过一棵梧桐树。阳光的碎影，在他身上，在那些花上，水波样晃动。那画面，让我倾倒。我瞬间对那个小城，无比好感起来。一担的花，让一个城变得温婉。

我问他买了一枝荷。他说，插水里，能开好长时间呢。黑瘦的脸上，笑露出洁白的牙。我点头，微笑。擎着这枝荷坐火车，几千里路带回，它居然还是鲜活的。后来，它在我书桌上的玻璃瓶子里，开了月余之久。

去广州。拥挤的街头，嘈杂的闹市口，热气蒸腾。不喜，我想着还是速速撤离吧。突然瞥见一遮雨篷下，有山里汉子倚墙而坐，面前搁着的红塑料桶里，插着一束一束野姜花。卖花的汉子说，山上的，刚采的。身旁满满的热气，就那样迅速退去，眼前只剩下一朵一朵莹白的姜花，带着山野的气息，拂着清香。不少路过的人，都停下来买。那一刻，卖花的，买花的，俱美好。

一个爱花的人，他的内心，一定是善良的柔软的，有着对生命的热爱。

是的，热爱。生活给予你的，或许不都是风调雨顺一马平川，有坎坷，有挫折，有困苦，甚至不堪。可不管你活得多么不如意，也别忘了，买一枝花回家，供养灵魂。

柔 软

初夏的天，是赏花的最好时节，你看这么多花，开得这么好看，真是不要命的好看。——说这话的不是我，是我的一个同事。男的，教生物的，瘦瘦小小。他领我去认校园里的一些花，合欢、单瓣栀子、吉祥草、绣线菊、金丝桃、矢车菊、醉蝶、美女樱、千瓣葵、金盏菊，每一朵花，都开得神采飞扬，溢彩流香。

看着这些花，就叫人舒服，我的同事说。他俯身到一丛绣线菊跟前，神情迷醉，像个拥有无数宝藏的王。

我看着他笑，笑出声来。我看出他的柔软。一个男人亲近花草的样子，真的有说不出的柔软，叫人心动。

忽然的，我在“柔软”这个词上怔住。这世上，倘若没有柔软，将是多么荒凉可怕。高山再高，大海再宽，失了柔软，又哪里有美好可言？岩石之中，有小花在开；老屋之上，爬满茸茸的绿的青苔；斜风细雨中，有柳枝轻摆；参天的大树上，有小鸟啁啾呢喃；蓝天上，有棉絮般的白云在飘；村庄上空，有炊烟袅袅……正是这些柔软的存在，这个世界才有着美妙无穷。

一切小的事物，都是柔软的。小鸡是柔软的。小猫是柔软的。小狗是柔软的。小老虎是柔软的。小孩子是柔软的。

一切善的事物，也是柔软的。比如说，好人。他从不戴盔甲。他宽容、温和，让人亲近。

最初的心，也是柔软的。我们走过一段路，却总想回到从前去。其实，不过是想回到初心。那个时候天很蓝，云很白，你很懵懂，我很稚嫩。是三月枝头鹅黄的芽。

花草为什么惹人爱怜？我以为，也多在于它们的柔软。你看见过哪一棵草哪一朵花横眉冷目冷若冰霜吗？没有的。你再坏的情绪，到了花草们跟前，也会慢慢稀释，——百炼钢化为绕指柔。

认识一个女人，人长得威猛，脾气也很威猛，人都敬而远之。就是这么一个人，一日我走近她，却看到她的另一面，她爱花草，爱到成痴。她跟我说起她养花的种种趣事，她曾不远几百里，跑去城里，只为买几十块钱的花。也曾追着一个花贩跑，只想要他手里最后一盆花。人家不卖，说是有主了。可是我喜欢啊，不行，非得卖我不行，最后，当然是卖给我了，她说。很得意。

她所在的小镇，路边的绿化带里，又新移进不少花的品种，她从旁边经过，看到那些红的花朵黄的花朵，朵朵都像招人的小情人，她的心，一刻也按捺不住了。好不容易熬到夜半无人，她蒙了头巾（怕被人认出），就跑去打劫那些花草了。——听她讲这样的“历险”故事，我笑了。世界，怕是也能原谅她这样一个“盗贼”的吧。我看她的屋门前，一缸一缸的花，开得澎湃起伏。她粗糙的脸，在那些花儿的映衬下，现出柔软的线条，竟有着几分说不出的可爱。

多识草木，慢慢的，你的灵魂，亦是柔软的，香的。

去新丰看花

新丰是苏北的一个小镇。在有花之前，它籍籍无名，跟其他成千上百个乡村小镇一样，普通寻常，窄小破落。这几年，它开始种花了。春种郁金香，夏种荷，秋种百合，冬天有喷香的腊梅。不是一朵一朵地种，而是成片成片地种，波澜壮阔地种，“地上长花，湖中生花，树上开花”，花浪簇簇，簇成海洋。美名曰：荷兰花海。

花香是遮不住的，何况，人家也没想过去遮，而是大张旗鼓地报告着他们的花讯，搞起旅游开发来。

我是花痴一个，自然不肯放过这样一处花海，驱车百十里，赶去。在那一眼望到头的小街上，随便扯住一个摆摊卖水果的，相寻，请问，你们的荷兰花海在哪里？

中年男人皮肤黝黑，憨厚诚实。他跳到路中央，热情指点，你们一直往西走，不用拐弯，看到很多的车很多的人，就到啦！

我们道了谢，顺着他手指的方向，一路开过去，果真看到很多的车，很多的人，颜色缤纷，逶逶迤迤有好几里，都是赶过来看花的。我们尚未走近，花香已率先来迎，浓烈扑鼻。说不清是什么花的香，百合有，菊花有，秋桂有，像东北的家常大菜——乱炖，好滋味一锅端了。

颜色们也都跑来相会。大红、深红、粉红、橘红、玫红、莹粉、乳白、雪白、橙黄、鹅黄、淡紫、粉紫、浅蓝……人的眼睛里，恨不能飞出千万只的蝴蝶来，每朵花上都要去停上一停，看上一看才好。哪里看得尽！坡上，坡下，湖旁，河畔，都是花呀，蜂飞蝶舞。成片的百合。成片的仙客来。成片的菊。成片

的马鞭草和向日葵。远方草原上的格桑花也来做客，它们带来了它们的豪迈，红花朵黄花朵，朵朵奔放。人在其中，一时恍惚，仿佛置身于辽阔的大草原，牛羊遍地，天蓝草绿。

最有看头的，还数花海里的人，男男女女，老老少少。寻常模样，一入花海，便都给描了彩绣了边了。俏啊！洁净的俏！

一壮实的男孩子，突然闪身躲到一丛格桑花后面，一边把自己藏着，一边探头望着一处窃笑。他偷望之处，一长发女孩，正顺着一棵棵葵花走过来，边走边四下环顾，似在犹疑着——满眼都是花啊，我的那个亲爱的人呢？

男孩子也只是小藏了一下，很快沉不住气了，他未等女孩走到近前，就跳了出来，冲上前去，紧紧拥抱了女孩，好似久别重逢。他低下头，用额头轻碰女孩的额头，温柔地笑问，你找不着我了吧？找不着我了吧？

我笑着轻轻走开去。想着，往后的岁月，他们若在一起久了，也许也会有小小的摩擦、磕绊，会拌嘴，会生气，然而，只要其中一个说一句，可记得那个秋日，我们一起去新丰看花？另一个的心，一定会立即柔软下来吧。这日的花事，在记忆里盛开、沸腾。和花事一同盛开和沸腾着的，还有他们的爱情，那么的干净、纯粹，散发着灵魂的香气。怎么舍得伤害和相忘！

蒲

我们叫它，蒲。

蒲，蒲呀，我们这样轻轻唤。像唤自家的小姐妹。

蒲是跟苦艾长在一起的。有水的地方，几乎都能瞥见它的身影，绿身子，绿手臂，绿头发，在清风里兀自舒展，翛翛复翛翛。

它是从哪一天开始进入我们小孩的视野的？实在说不清。它跟乡下的许多植物一样，存在得那么天经地义合情合理。我们熟稔它，也是那么天经地义合情合理。就像河里本来就有鱼，空中本来就有飞鸟。它生来，就是村庄的一部分。

端午节，家里大人一声令下，去采些蒲和苦艾回来。我们领旨般的，撒了欢的直奔它而去。都知道，它在哪块水塘里长得最茂盛呢。

这是一年一年承传下来的风俗，过端午，家家门上必插上蒲与苦艾。也在蚊帐里悬挂。也在家神柜上摆着。节日的气氛，被渲染得浓烈又隆重。

苦艾味苦，苦到骨头里，是愁眉苦脸的一个人哪，终年看不见他的笑。我们采一把苦艾，手上的苦味，搓洗很久，也去不掉，我们不爱。蒲却清清爽爽的，是喜眉喜眼的女儿家，又憨厚，又天真。它在水边端坐，罗裙青青，长发飘拂，那方水域，也都染着淡香。我们拿它绿绿的枝叶缠辫梢，每一丝头发，都变得好闻。

夏天，它抽出一枝一枝橙黄的穗，棍子一样的，我们叫它蒲棍。采了它，晚上点着了，可熏蚊虫。我们也举着它，当灯，去草丛里捉蟋蟀，捉蚂蚱。

家里也总有几样物件，与它关联着。比如说，蒲扇。蒲扇是轻的、软的，轻摇慢拢，不疾不徐，永远一副好脾气，适合温顺的女人和孩子用。乡下的孩子，人人都有一把自己的小蒲扇的。

还有蒲席、蒲鞋。冬天在床上垫上蒲席，又轻软，又暖和。蒲鞋则是好多贫穷人家，冰天雪地里的暖。那时也只道它寻常，不过是野生野长的野草罢了。并不过分珍惜，也没过分看重，只是日日相见的那个寻常人，在骨子里亲着，爱着，却不自知。

经年之后，我在一些书籍里遇到它，才吃惊起来，原来，它的来历，非同一般。它入得了菜，入得了酒，入得了药，还入得了爱情。它简直就是隐世高人一个。

早在《诗经》里就有："其蔌维何，维笋及蒲。"盛筵之上，蒲和笋一样，是当做佳肴被摆上桌的。春日初生，它白嫩的根和茎，是鲜蔬中的珍品。

还是在《诗经》里，它闯进一个少女的心扉，成了她辗转反侧的爱恋，"彼泽之陂，有蒲与荷。有美一人，伤如之何""彼泽之陂，有蒲与蕳。有美一人，硕大且卷""彼泽之陂，有蒲菡萏。有美一人，硕大且俨"。河畔泽地，它与荷在一起，它与兰花在一起，它与莲在一起，是那么的卓尔不群！英俊又健美的少年郎哪，怎不叫人相思！

蒲也被智慧的先民们，用来泡酒。"不效艾符趋习俗，但祈蒲酒话昇平"，唐人殷尧藩在过端午时如是祈愿。在那之前，应该早已有了这样的传统，在端午，必喝上几杯蒲酒，祈愿人世安稳太平。有些地方，更是把此酒引到婚宴上，拟出"喜酒浮香蒲酒绿，榴花艳映佩花红"这样的对联，真个是美酒飘香，花美人俏，地久天长。

蒲还是上等的药材，全草入药，曰"香蒲"。它的学名，原就叫香蒲的。花粉亦是入得药的，叫"蒲黄"。果穗茸毛入药，则叫"蒲棒"。带有部分嫩茎的根茎入药，叫"蒲蒻"。这样的药煎熬出来，怕也带着一股子香的。

小城新辟的观光带中，不知是谁的大手笔，竟辟出四五个浅塘，里面长的，全是蒲。阔别它多年，偶然遇见，我的惊喜不言而喻。我不时跑过去看它。它开花，嫩黄。它抽穗，橙黄的一枝枝，像棒槌一样的，昂立，长长的碧叶衬着，实在漂亮。它还有个别名，叫水蜡烛，真正是形象极了。它是替鱼照着光明？还是替莲和菱？还是心中本就生着一枝枝光明？

我每回去，都见有孩子在它边上玩耍。他们攀下一枝枝水蜡烛，在风中快乐地挥舞着。我为他们感到庆幸，有蒲熏着的童年，总有一缕清香在飘拂。

荷花过人头

夏日的盛事中，荷的盛开，算得上一桩。

从荷花初露峥嵘，满世界便都在传着荷的音讯了。这里那里，早早约好了，一起赏荷去吧。

这样的有备而去，这样的群体出动，自然是热闹的，隆重的，欢天喜地的。但，总让我觉得少了点什么。没有了那种乍然相见的惊，劈面相逢的喜。

我还是喜欢这样的遇见。指不定是哪日，你正在路上走着呢，也只是一段平日走惯的寻常路，你无意中一扭头，就瞥见了路边的池塘里，荷已亭亭。它在你毫不知情的情况下，竟全然盛开了！

哎呀，看，荷花，荷花开了！你来不及思索和犹豫，脱口发出这样的惊呼。这意外的惊和喜，在你心中激荡起的愉悦和欢快，远超过预料中的鼎沸和喧腾。

人生最美的相见，原来是邂逅，是不期而遇。

是在去年夏天，我去山东有事，返家的途中，乍然见到路两旁的村庄，全被荷给“淹没”了。人家的青砖红瓦房，像小小的岛屿，隐现于荷花丛中。朵朵的红，朵朵的白，像撑着长篙的红衣女子和白衣女子，那些青碧的荷叶，则成了她们驾着的青碧的小船。

这意外的遇见，让我止不住一阵激动，好比获得意外奖赏。

我停下来，看农人们采荷，他们把它一束一束扎起来，拿到集市上去卖。荷花深深处，密不透风，汗水湿衣。荷的茎上，密布着细细的绒刺，纵使戴着手套，小半天下来，他们的手臂也尽数被刺伤，汗水流过，红肿一片。

到挖藕时，更辛苦。他们得踩着很深的塘泥，蹲伏在地里，不一会儿，已成泥人。

他们的脸上，却没有丝毫的怨色。他们很坦然地笑，淡淡说，做什么事不辛苦呢？有辛苦才有收获嘛。

这话让我肃然起敬。我想起我故去的祖母，她在世时常说一句话，这世上没有落地的桃子吃。——只有付出，得到时也才能心安理得。

今夏荷又开，听说那里已拿了荷做文章，轰轰烈烈地搞起荷花节来。我打消了再去那里看荷的念头。我不想扎着人堆，做那纷攘中的一个，那会减损了荷的韵致。

赏荷，宜清静。

最好是小小的池塘，花也不多，就三五朵娉婷。

突然怀念起小时的乡下，几家人共用一个小池塘，平日的吃喝洗涮，全在里头。塘里面长菱角，也长荷。荷花开的时候，三五朵不等，撑着一张粉艳的大脸庞，静静站在池塘的一角，站在水的上面。它美，美得有些邪乎。在我们小孩的眼里，那是很奇怪的事。我们一度叫它魔鬼花，不敢去碰它。

荷叶我们却喜欢。我们摘下它来，当帽子，顶在头上。祖母还用荷叶做过粉蒸肉，真是天底下最好吃的东西。

午时，我走过小池塘，荷在池塘的一角，站着，红艳艳的。我静静看它，它也静静看我。天地间没有一点声响，鼓噪的蝉也停了鼓噪，小麻雀们也不闹了。我很希望它变成一个仙女，走上岸来。但到底没有。直到有大人走近，吓唬我，你这小丫头，一个人在这里犯什么傻呢，当心塘里的老鬼把你拖下去哦。我突然的害怕，转身就跑。现在回忆起来，我那时害怕什么呢？是害怕到河里去，变成一朵花吗？小小的心里，大约是害怕着发生变故的。你做你的花，我做我的小孩，这才是最好的。

朋友在小缸里养荷，三年了，终于打苞苞了。他欣喜得不得了，从小荷才露尖尖角，到花瓣儿慢慢绽放，他一一记录下来。这成了他每日里最大的欢喜事。

终一天，他热烈地宣布，我家的荷花已过人头了。

我在他的这句话上打转，喜极。“荷花过人头”，多好。只这一句，尘世的活，就透出无限的芬芳来。荷花与人，俱美好。

人间第一香

早起，一朵茉莉开了。

茉莉香。只那么细小的一朵，就可以香彻整个房间。“一卉能熏一室香”，古人说得一点也没错。

又白。是那种凝脂似的白。跟栀子的白很接近，却比栀子要秀气透明许多。它是含娇带羞的好女儿。

卖此花给我的，是个姑娘。她从小的梦想是开家花店，一路的兜兜转转，她实现了。她给自己的花店取名：春暖花开。她的日子里，便日日春天。她把此花捧给我时，像托付了一个孩子给我，满面含笑说，老师你要好好养哦，它很好长呢，年年开花。又说，茉莉花泡茶喝很香的，开时，你摘下，放茶碗里。

我不舍得喝了它。我要它自开自落，善始善终。我可以一整天，在那香里面做事，或是发呆。这样的时光，每一寸，都是馈赠。

宋代有个叫江奎则的文人，一生流传下来的诗文甚少，却因两句写茉莉的诗，被人惦记。他写下的是这样的两句：

他年我若修花史，列作人间第一香。

细究里面的词句，并无任何的绮丽和奇特，它类似于明志，或是盟誓，却在一瞬间唤起我们的认同感，很铿锵。我想象着，他该是个瘦长个子的青年，有一双小鹿般温润的眼睛，他路过茉莉跟前，被那细白的小花，摄了魂魄。香，真香哪！他深深呼吸，嗫着那一口一口香，在心里替它不平来着，明明是这么的香啊，怎么在花里面排不到第一位呢！不行，不行，等我将来重修花史，定把第一的宝座颁给它。

李渔闲话茉莉，则比较好玩："茉莉一花，单为助妆而设，其天生以媚妇人者乎？"——他认为，此花的存在，就是为了取悦女人的。并找出证据证明，"是花蒂皆无孔，此独有孔。有孔者，非此不能受簪，天生以为立脚之地也"，说别的花都没有孔，而茉莉有，此孔专门为女人插簪子用的。

我半信半疑，把我家那朵茉莉，仔细打量了又打量，就差一瓣一瓣扯下来，也没发现有孔。再说，这么细小的一朵花，纵使有孔，怕是簪子也难以插进去的吧。是李渔所见茉莉与我所见不同，又或是他所见只是个例？不得而知了。但古时女人鬓发上爱簪茉莉倒是不假，"谁家浴罢临妆女，爱把闲花插满头"，这插的，是茉莉；"情味于人最浓处，梦回犹觉髻边香"，这插的，是茉莉；"银床梦醒香何处，只在钗横髻发边"，这插的，还是茉莉。

草的味道

下班回家，路过一片草地，小草新割了，散发出浓郁的草香。我有种冲动，想躺到那草地上去，在那草香里打上几个滚。

怎么形容这香呢？还真说不好。它不似花香，染了脂粉味。它又不似露珠雨水，带着清凉。对，它似乎有种成熟了的谷物的味道，是小麦，或是大豆。再闻，却又不是，它香得那么独特，日月雨露的精华，全在里头。你不由得张大嘴，大口大口地猛吸，五脏六腑都被它灌得醉醉的，如饮佳酿。你猛然醒悟过来，它就是草香哪，用什么也比拟不了。就像一个独特的人，你怎么看，他都与旁人不一样。他有他特有的气质，别人模仿不来。

这是秋冬的草。牛或羊，一整个冬天，都吃着这样的草。牛和羊的身上，都是草香。

春天的草，则又是另一种味道。那些嫩绿的，柔弱的，不能碰，一碰就是一汪水啊。它们多像初生婴儿柔软的肌肤，浑身上下，散发出奶香。你走过它们身边，你的心里，满是怜爱。

怜爱真是一种美好的人类情感。你拥有了这种情感，你会对整个世界，都充满善意。

“青青河畔草，绵绵思远道”，我以为写的也是初春的草。这样的画卷，太容易让人沉溺。春回大地，小草甜蜜的气息，率先扑入人的鼻翼。独坐香闺中的女子，暗自吃了一惊，都春了么？推开窗户，草色入帘青，屋旁的河畔，早已是蜂蝶纷飞。突然的，她悲上心头，远行的人啊，我等你等到草都绿了，你怎么还没有归？——草最担当得起这样的爱情和思念，自然、纯真，绵绵不绝，直叫人柔肠百结。

草也最是宽容，从不计较个人得失恩怨，你踩它、割它，甚至是放火烧它，然几场暖风一吹，它又活蹦乱跳地跑出来。雨水越多，它越长得欢。所谓水肥草美，才是大自然最好的盛况。我在呼伦贝尔大草原，见识过这种盛况。

在那里，我跟着一棵草走啊走啊，走到呼伦湖，走到贝尔湖，走到根河去。两个老牧羊女坐在草地上。一旁的牛和羊，在安详地啃着草。草地上开着或白或紫的花，东一朵西一朵的，像淘气的孩子，满地打滚。我在草地里走，草生出牙齿来，咬我。咬我的，还有满地乱飞的蚊虫。

她们远远看着我笑，说，你应该穿长裤的呀，这儿的虫子多着呢。她们戴头巾，穿长衫长裤，脚蹬靴子，手握马鞭，坐在草地上，悠闲得像草地上开着的花。她们掐一根草，放在嘴里品咂，告诉我，我们这里的好多草，都是上等的草药呢，能治好多病的。问她们，那你们嘴里的草是啥味道呢？她们一齐笑了，答，就是草味呗，香。

她们说，野玫瑰也是一种草。马齿苋也是一种草。格桑花也是一种草。春天开花可好看了，红的，粉的，黄的，很大的一朵朵。她们这么说时，唇齿间，散发出草的香气。让我很想去拥抱她们。

我问她们可不可以拍照。她们很乐意，整整衣冠，端端正正对着我的镜头笑，笑得很像两棵草。

我的老家，也生长着众多的草。每次回家，我都会去看看它们。它们的名字，我一个也没有忘记，牛耳朵、苦艾、蒿子、茅、蒲公英、地阴草、一年蓬、乳丁草、婆婆纳……它们各有各的味道，闭起眼睛，我也能闻得出来。——故乡的味道，那是烙进一个人的骨骼里的。

我很高兴它们一直在，它们在，我的故乡便在。

杉树光阴

诚诚说，放心，老师，您若不叫我，我绝不会去打搅您的。我刚到大森林，诚诚就闻讯迎了过来。他是森林里的工作人员之一，年轻帅气的一个大男孩。大学毕业没多久，他就来到大森林。他说很久以前就读我的书，真心喜欢着。

您想吃什么，可以提前告诉我，我会让食堂给您备着。我们这里全是绿色食品，林下鸡蛋，林下蔬菜，林下鱼，保证您喜欢，诚诚热情地说。

一个大森林，捧出的每样吃食，都带着树叶和青草的味道。不用吃，光是想一想，也叫人满心喜悦。

我拥抱了可爱的大男孩，感谢他的好心和善解人意。

在客房里放下行李，简单地收拾了一下，我便出门去看森林了。

翻阅一个大森林，就像翻阅一本心仪已久的书，是不舍得一下子就翻完的。读两页，就要珍惜地搁下，掩卷沉思，微笑，赞叹，让文字一个一个，在心里面开花。那种幸福滋味，是一点一滴，渗透进每一丝的呼吸与记忆里的。只宜独享。

现在，我面对我的大森林我的“瓦尔登湖”，我屏声静气，小心地翻开它的扉页。一个杉树林，迎面而来。

对杉树，我实在有着好感。它算得上是草木王国里的“老祖宗”了，早在恐龙统治着陆地的白垩纪，就出现了。那时，人类还完全没有影儿的。

也是打小就认识它。小时，我爸在屋旁栽杉树。栽一行，再栽一行。我和我姐，提着小水桶，跟后边兴奋地帮着浇水。我爸说，丫头们，这是给你们做嫁妆的。

哦？我们惊奇地看着那些小树苗，眼前晃动着大红的木箱子和大红的木桶，那是嫁妆红。村子里人家的姑娘出嫁，都要陪上这样的嫁妆的，一派的喜气洋洋，一派的花开明媚。我们挺高兴的，高兴得有些发癫。想到有一天，自己居然也可以拥有那些大红的木箱子和大红的木桶，做人真的是华贵和有意思得不得了。

杉树长得快，也不过几年工夫，就蹿到比我家的屋顶还要高了，枝干挺拔，叶片秀气。我和我姐常跑去看，抱抱它们，看它们又长粗了多少。想着那些大红的木箱子和大红的木桶，心里欢喜着。

后来，我渐渐长大，出外求学，留在家里的时间，真是少之又少。接着是工作，离家越来越远，家终于成了故乡。少年时的那些承诺，那些欢喜，渐至被遗忘。等到某天，我想起老家的那些杉树来，已不见了它们。那里，栽着一些桑树，枝叶阔大，肥头肥脑的。我妈开始养蚕。

老家的旧屋也翻新过几回，又新砌了房。我爸说，房上的木料，用的就是那些杉树。这个时候，我和我姐，早已在婚姻里安稳。我们都没要那些老式的陪嫁物。偶尔我们回老家，站在屋角，会遥想一下当年光阴，那些属于我们的水杉光阴，很有些怀念。

杉树的性子刚直，倔，宁折不弯。个个都不甘落后，拼着力气向上，向上，向上。上面是光，是暖，是灿烂，是辽阔。杉树的心里，一定清楚着自己要什么。哪怕是一棵看上去还很幼年的杉树，细胳膊细腿的，它也一样地踮着脚尖，拼命地向上，向上，朝着阳光的那一头，一心一意，目标坚定。

面对一棵杉树，人容易心生惭愧。人往往目标太多，又太容易中途放弃，这山望了那山高，得了千个盼万个，于是，总在稀里糊涂地痛苦着，稀里糊涂地被一些额外的欲望支使着，纠缠不清，生生负累。

在杉树的眼里，人是好笑的吧？

我缓缓走在这片杉树林里。我成了一棵会行走的杉树。我和时光，都慢下来了。

有好一会儿，听不到声响，一点儿也听不到。没有鸟叫，没有虫鸣。它们也怕惊扰了这份宁静吧。这是十月，风，还有太阳，还有夜晚的露珠、星星和月亮，或许还有飞鸟，还有虫子，它们你一笔我一画的，在这些杉树的身上，描上了秋的影子。不算深，亦不算浅，是恰到好处的斑斓。

天光敞亮、透明。白日光幻化成无数条调皮的小鱼儿，在那些枝叶间，在林中空地上，在空地上的那些野花野草身上，蹦蹦跳跳。它们银色的影子，划过我的发，我的眉，我的肩，我的衣袖。待我想捉住它们时，它们又从我的脚跟边溜走。

突然，风起。哗哗哗，哗哗哗，所有的杉树叶，一齐欢唱起来。整个杉树林顿时山呼海啸，万马奔腾。看上去那么柔软的叶子，力量竟如此巨大！

随便一处，都可以坐下来，地上不脏的。铺着落叶的地毯，哪里会脏？我倚着一棵树，顺势坐下来，闭起眼，听树们说话。风轻时，它们的说话声也轻，有些窃窃私语的意思。像谁的手指，滑过琵琶，轻轻弹拨着。风大时，它们欢腾起来，竹板敲起来，胡琴拉起来，还有葫芦笙，还有架子鼓，还有萨克斯。好了，一首它们自编自导的交响乐，就这么热热闹闹地上演了。惊涛骇浪，仍又不失华丽浪漫。

它们这是为谁演奏呢？为我吗？我听着听着，独自笑了。

宝盖草

宝盖草为什么叫宝盖草呢？好奇怪的。

我小时就对此百思不得其解着。它喜欢长在地沟旁，或是田埂边。我坐在田埂上，伸出小指头，对着它的一点红，点下去。它弹跳一下，又挺直身子，顶着那一点红，不动声色看着我。我再点下去，它再弹跳起来。我们就这么玩着，不厌其烦的，能玩上大半天。

它的样子好看。一枝茎撑着，叶片子一圈儿一圈儿地缀着，每一圈都有八九片叶子到十几片不等，参差着。一圈与一圈之间，隔着一定的距离。它就这样一层一层的，一圈一圈地码上去，每一圈叶子都呈花开状。有些像宝塔。对，我觉得叫它宝塔草，似乎更形象。

春天刚苏醒，我们到地里去，就看到它了。它好像比春天醒得更早。

这个时候，它的叶片早已长成，是一棵完整的植物的模样。它从那一圈一圈的叶子中间，探出点点红来。那红，比桃红要深一些，比紫红要浅一些。像小星星，也像田鼠的小眼睛。它在向春天宣告，它要开花了！粗心的人见到，不以为那是花苞苞，以为是叶子本身就长那个样子呢。

它是个占有欲很强的孩子，春天的席位才刚铺开，它就早早抢得个好座儿。咋咋呼呼地说，我要拔得头筹。接下来，它却不急了。桃花开了，它还没开。梨花开了，它还没开。菜花开了，它还没开。它就那么顶着那些颗“小星星”，懈怠懒散地闲待着。总要等到荠菜花开烂了，它才慢悠悠的，撑开那些颗“小星星”，一点一点的，往外拖着好颜色。

开好的宝盖花，很特别。有人形容它，“像一只从洞穴里探出头来的小兽”。这只小兽粉粉的，有着长长的小脖子，俏皮着。

我们小时是等不得它开花的，就采了它，给猪吃。成篮子成篮子地采。那时的猪也幸福，吃的全是纯天然。猪不知，此草还是很宝贝的药草，若用它泡酒，可养筋活血。不过，我从没见大人们拿它泡酒。穷日子里，饭都难得到嘴，哪还有酒可喝！

现在难得见到宝盖草了，得去寻。小城的紫荆花开得沸沸的时候，我去看紫荆花。在紫荆花旁的一条水沟边，看到好些株的宝盖草，花也都开好了。真是意外。

去一所新建的学校做讲座。一进门就看到有个圆形的花坛，上面栽一棵松。松树的下面，野花野草们一派天真，扎着堆儿在玩耍。还有一两棵油菜花，也跑来凑热闹。我真替它们庆幸呀，没有人拿它们当杂草除掉。

我蹲下身去，一一招呼它们，就看到了几株宝盖草。它的花还未盛开，绿叶子中间，冒出点点的红。像谁不经意用蜡笔轻点了一下。我想起它另有个好听的名字，叫珍珠莲。细看，还真像镶着一颗颗红色的小珍珠。

旁边走过一些孩子，他们好奇地看看我，又走开去了。后来，我在讲座时，提及到花坛里的宝盖草。台下立即议论纷纷，哦，还有这种草？

身边的事物，被我们漠视掉多少？我相信，在我的讲座之后，会有一些孩子，跑去花坛那里，寻找宝盖草的。

对于宝盖草来说，尽管那是迟来的相认和问候，它应该，也很高兴了。

香　诱

每年桂花开，我都忍不住要为它唱唱赞歌。它配。

别的花想尽办法“色诱”，拼命往艳里头艳去，千娇百媚姹紫嫣红着。它呢，只素朴着一张小脸，不惹人注目地隐居一隅，默默积蓄着力量，不声不响地放着香。这一香就了不得了，把一个天地都给惊着了。香啊，太香了！香得无法无天，香得众生倾倒。细想想，它的手段才真叫高明呢，以无形胜有形，不争不喧，不露不显，却让人小觑不得牵肠挂肚。它是“香诱”。

多好，香诱！人闻香而至，多了盘旋，多了惊喜，多了寻觅的趣味。人甘愿沦为它的俘虏。

再多的人面娇花相映照，在时间的长河里，也会慢慢被汰洗得浅淡了，模糊了，唯有一些好闻的气息，能经久在我们的记忆里，让我们反反复复咂摸，隔再久，那气息似还在我们的鼻翼间停着。就像一个品质极好的人，分别一些年后，你早已淡忘了他的容颜，可你仍清晰地记得他的品质，你给他下定义，称他是好人，你很怀念他。一个人的品质，是一个人的气息，是一个人特有的味道和格调。花亦如此。

桂花是有格调的花。

每年，我们掐准着时辰，盼着它来。风里带了凉，雨里带了寒，知秋已至，心里便开始欢喜起来。桂花快开了吧？我们心心念念着。

这个时候，我也总是心神不宁着。我看书时，心是游离着的。我做事时，心是游离着的。哪怕我在吃着饭呢，心也是游离着。——桂花的香，在勾我的魂。直到我换衣换鞋走出家门，我的心，才算有了着落。我的脸上，有了灿烂，我独自微笑着走过小区里的几棵桂花树旁。碎米粒一样的桂花，藏在叶间，香味不负我望的，洒播得四下里皆是。人高马大的门卫，也被吸引过来，在它旁边转悠，他掐一枝，搁门房桌上，看见我，他笑得糯糯的，说，香呢。我赞同地点头称，是，是，香呢。

出小区，左拐，走不多远，就走上一条桂花道，道旁全是桂花树。我在那条路上，来回晃啊晃啊，从东晃到西，再折回来，从西晃到东。我不在乎路边凳子上坐着的人的目光，他盯着我看好久了。我旁若无人地微笑着，我相信，我的笑容里，一定有桂花香在飘。我继续我的晃荡，心里面感激着，栽了这一丛桂花树的人。直到一颗甜果子似的夕阳，融化在桂花香里。

暮色四起。暮色真是暧昧得很哪，有什么东西在发酵着。空气也是暧昧着的，是涂了脂抹了粉的。风也是暧昧着的，它吹着吹着，就软了骨头，香甜得有些妖娆了。满世界都浩荡着香诱。这个时候，真适合谈一场婉约的恋爱。或是，怀想一个温柔的人。

染教世界都香

秋风吹了几吹，桂花也就开了。

每年，它都是如此守时。不管你有没有在等，不管你有没有把它放在心上，它都会来，只为赴它自己的约。

它来，是高调着的，霸气着的。是锣鼓齐鸣着的，沸沸扬扬着的。它就是它的小宇宙。

没有人会嫌恶了它的高调。谁会呢！人家的底气在那儿摆着呢，不过一两枝花开，就能“染教世界都香”。

香是香得风也打着转转，醉醺醺不知往哪儿吹。我和那人，沿一条河边大道，慢慢走。桂花的香和甜，在身边缠绕不休。我们走到东，它跟到东。我们走到西，它跟到西。我们走到一座桥上去，它竟也跟到桥上去。像个懵懂可爱的孩童，抓一支蘸满香料的笔，逮到什么涂什么，想涂抹出一个它的世界来。你拿它是一丁点办法也没有的。也只好纵容着它，宠溺着它，任它爬到你的身上，乱涂乱画。哪一笔里，不是香和甜哪！是初入尘世的天真和好。

夜色在桂花香里弥漫。河里偶有船只驶过，呜呜响着。船头的灯，如萤火。我微笑地看着它驶过我的身侧。它是否载了一船的桂花香而去？辛苦的奔波里，拌了这样的花香，也算是慰藉是奖赏了。

虫鸣声变得轻柔，不知它们躲在哪一棵树的后面。它们喁喁着，很懂事的，生怕惊扰了什么。没到十五，月亮还不是很圆满，却更显得静美。像开到一半的白莲花，浮在靛青色的夜幕上。有人从身边走过，他们携来一阵香风，又携走一阵香风。我和那人，有一句没一句地说着些话。一切都好到不能再好，天地是。万物是。人是。情绪像鼓胀起来的风帆，意气风发，只想破浪劈涛，朝着远方航行去。

这样的时光，真真叫人舍不得。像小时候品尝那难得的一块麦芽糖，和月饼，小心地捧在掌心里，傻傻地笑着，看着，快乐在心里冒着泡泡，舍不得动口去咬它。怕一下口，就把它给咬没了。

想来小时也就知道，甜美的东西，是要珍惜着的，是要慢慢消化着的。不然，就是莫大的辜负。

那人对着夜空，深深呼吸一口，再深深呼吸一口，叹道，真好啊。

是啊，真好啊。一年有这样一场桂花开，人生里，也就多出许多的不舍来。纵使遇着这样的不顺，那样的艰难，仍有这般的好时光，它不会负你，活着，也便值了！

闻　香

天一擦黑，我就出门。

我要闻香去，植物们的香。

闻香，白天自然也可以，但我以为，不够味。白天的喧嚣和芜杂太多，人与植物，都有些心猿意马。到了夜晚却全然不一样了，夜幕一经四合，再多的斑斓和热闹，也都迅速消融、沉淀下去，植物们的气息，浮游上来，纯粹、洁净、甜蜜，心无旁骛。

比方说现在，夜色拌调，再蘸上夜风几缕，虫鸣几声，秋露几滴，外面的香，便越发的浓情蜜意起来。勾人魂。

这是秋天精心烹饪的一道大餐，“弹压西风擅众芳，十分秋色为伊忙”，偌大一个天地，都在喷着香、吐着甜。像刚出炉的蜂蜜糕。

对了，是桂花开了。

一出楼道口，花香就兜头兜脸地扑过来。我明明是有准备着的，还是觉得被它偷袭了，脚步欢喜得一个趔趄，哎，多好多好啊，是桂花哎。

小区里也不过植着三两棵桂花树，就香得无孔不入前赴后继的了。晚上，在小区里散步的人明显多了起来，人影绰绰。他们在花香铺满的小径上，来来回回地走，语声喁喁，搅动得花香，一波一波地流淌。我想，他们定也和我一样，闻着香的，有些贪恋。

总要忆起好几年前，也是这样的秋季，我远在秦岭深处，入住在半山腰的一幢民房里。入夜，一座山像死去般的寂静、空落，让我颇是不安，久久难以入眠。就在我辗转反侧之际，突然有花香破窗而入，甘甜黏稠，缠绵缱绻，那熟悉的气息，让我在一瞬间安了心。他乡遇故知啊，我微笑起来，深呼吸，再深呼吸，渐渐的，在花香里沉沉睡过去，一夜无梦。

晨起，我看到离屋子不远的地方，站着一棵桂花树，醇厚的绿叶间，撒落金粟点点。暗香浮动，静水流深。

“寸心原不大，容得许多香”——这是桂花的好品德。花品如同人品，宽容、大度、热情、善良，这些加在桂花身上，都配得。

它也总要开到秋末，把秋天完美地送走，才默默退隐江湖。想想还有一些日子的桂花香可闻，我就幸福得很了。

风知道

一

长得好好的文竹，一些日子后，竟莫名其妙枯死。

我试过一盆，又试过一盆。无一例外。

百思不解。我去请教花农。

花农扫一眼我枯死的文竹，说，它不是缺水，不是缺肥，它是缺风了。

缺风?

我怔怔。这新鲜的提法，我是第一次听到。

花农解释，你一定是把它放在室内，很少通风，它是被闷死的。

哦。我看到他的小屋门前，一盆盆凤仙花，在风中，盛开着，精神抖擞，喜笑颜开。

万物生长，都离不开风的。这个常识，却被我们天长日久地忽略着。

二

我站在一座桥上，等风。

夏天的夜晚，风捎来太多的好意。草木的清香，露珠的清凉，虫子们的欢唱，还有，幽深幽深的静谧。

多年前，我还是个小小女孩时，住在乡下。每个夏天的夜晚，我们早早搬出纳凉的凳子，坐在外面，等风来。

我们在门口的晒场上等风。晒场边上，长南瓜长丝瓜长向日葵，还长青椒和茄子。不远处，稻田里的水稻们，已沸沸扬扬开着碎粉的花。蛙们齐齐演奏，如吹萨克斯。

风来，步子迈得碎碎的。摇落一些花朵、露珠，和虫子的叫声，轻且温柔的。

乡人们手把蒲扇，眼望着繁星密布的夜空，有一搭没一搭地摇着，聊着天。风拂过他们黝黑的脸庞、胳膊和腿，他们很感激地轻叹一声，多好的风啊。白天再多的劳累和不堪，也被那样的风抚平了。人与人之间，即便有过芥蒂，也都能原谅的了。

夜过半，他们满足地拍拍被风吹凉的身子，道声别，各回各的家去睡。一片风，也跟着他们走进屋子去。

真怀念那样的夏夜，风自在，人安好，岁月不惊。

三

我把从海南带回的一只贝壳风铃，挂在屋门口。

一阵风来，风铃发出欢快的鸣唱。

我出门时，它在欢唱。我进门时，它在欢唱。

风不停，它的歌声就不会停。

我走过它身边，自觉不自觉地会抬头看看它，看着看着，就微笑起来。那日的沙滩、海浪、椰子道，和邂逅到的陌生人，一一涌现。

没有谁的记忆，比风的记忆更长久。我们以为许多的经过，经过就经过了，了无痕迹。其实，风都给细细收着呢。

受伤了，不妨去风里走走。

风知道一个人的疼痛，有多深。

眼泪掉进风里面。

风默默接纳、倾听，并一一替你拭干。

哦，只要天不塌下来，就没什么大不了的。在风里静静待一会儿吧，哭一哭，就好了。

风同样知道一座山、一块石头、一堵墙、一幢老房子的秘密。

我们说，是时间削平了所有。我们在“消失”面前，惆怅，悲伤，不能自已。

这个时候，风躲在一旁窃笑。哦，这世上，哪里有真正的消失呢？所有的秘密，都悉数被它带走了。

风最后也会把我们带走。

我们从风里来，最终，都将回到风里去。

四

季节的秘密，瞒不过风。

春天，哪棵小草先发芽，风知道。秋天，哪片树叶要凋落，风知道。

风唤来雪花的时候，是很冷的冬天了。

风送走最后一朵蔷薇的时候，夏天的蛙和蝉，开始断续地叫起来。

风知道一座山的前身是什么。风知道一条河流，为什么瘦了。

风知道什么样的鸟，会唱什么样的歌。

风知道天空中的哪弯彩虹，藏在了雨的后面。

风把一粒种子从一个地方，带到另一个地方。风把岁月，从远古的洪荒年代，带到今天，且带向无限去。

岁月再久，哪里久得过风？

世界再大，哪里大得过风？

在遥远的莫尔道嘎，我对着一丛野玫瑰发愣。山坡上放牛的妇人笑着对我说，只等南风一吹，这野玫瑰就全开了，可好看呢。

在人迹罕至的荒野的河畔，我相遇到故乡的苇和蒲，还有枸杞和刺儿草。几千里之外，它们惹得我的眼睛，一阵阵发热。

风轻轻走过它们身边，不动声色。

糊涂的美丽

在桂花的身边，人的大脑，容易迟钝。

想什么呢？什么也想不了。

那么香！香也罢了，偏还浸着甜。是活泼的少女身上，散发的那种鲜活甜蜜的朝气。

怎么办呢？

没办法的。只能沉溺，心甘情愿的。

我骑着诚诚提供给我的单车，那车真是轻便好骑得很。我从森林接待中心的客房那里出发，客房边上，就栽着几棵桂花树。花累累地开着，香甜的气息，一波复一波。我从旁边经过，它们慷慨地赠我一车的香。

我驮着一车的桂花香，穿行于杉树林和杨树林中。上午的森林里，起了风，一阵一阵的，树叶便跟着一声高一声低地应和着。一会儿吟哦，作诗一般的。一会儿长啸，豪气冲天。一会儿又变成淑女，素手弄琴。一会儿化身为壮士，敲着竹板，唱着大江东去，大江东去。

十月的天，有了寒。轻寒。这样的寒，让人的神经变得格外敏感，一点点暖，一点点亮，一点点声响，都能在心中铺出一片温柔来。何况，还有缠绵不休的桂花香。

是森林管理者的用心了，他们在森林里，也栽了些桂花树。不多，只在每条小径的拐角处，栽上一两棵。也只要那样的一两棵，够了。多了，就泛滥了。泛滥了，就流俗了。流俗了，就少了它应有的动人了。赏心只需两三枝。这两三枝，足以供养一颗心了。

我被桂花香迎着，觉得尊贵。我停车，在它的身边待上一待，也不知要跟它说些啥。只微笑着，望着那一树细密的金黄。

没有人。多好。没有人。早晨那些欢叫的鸟们，此刻，也不知去了哪里。偶尔一两声虫鸣，像呓语，响在林子更深处。天地间，只剩下静。除了风偶尔路过。

我在小径旁的一条长凳上坐下。一圈儿的阳光，泊在那儿，泄泄融融。我坐在那圈阳光里。不用急着去哪里，也没有什么人催着我走，也不要去想森林外的事。我做什么，或不做什么，完全听凭自己做主。

还是要想到梭罗，那个可爱的美国人，他住在他的瓦尔登湖，幸福满满地说，我浏览一切风景，像个皇帝，谁也不能否认我拥有这一切的权利。

这会儿，跟他一样，我也像个皇帝。

一只小虫子飞来，歇在我的衣袖上。它把我当做一棵草，还是一朵花了？我没有惊动它，任它歇着。我的身前身后，小野花们黄一朵紫一朵的，肆意无序地开着。它们好似来此游玩的仙童，在偌大的森林里，甩开脚丫奔跑。一只蝴蝶，橘黄的，艳艳的，和一朵蒲公英亲吻了许久。野葡萄的花，细碎得像小米粒，结出的果子，却有着透明的紫，跟小紫玉似的。能吃，我小时吃过。我跑过去摘下几颗，放嘴里，酸酸的，童年的滋味。几只蜜蜂也不知打哪儿来，它们忙得很，一会儿去问候小野菊，一会儿又来敲野葡萄的门。桂花的甜香，飘拂过来。

我不知拿什么来形容眼前的事物，只觉得眼前样样都好。包括我这个人，亦是好得不能再好。我想对它们说，我们就这么好下去吧，好到地老天荒。

翻开木心的书。木心在聊希腊神话，他说希腊神话有种糊涂的美丽。

我突然为我眼前的事物，找到最好的注脚。原来这一切，都有种糊涂的美丽啊！它们你中有我，我中有你，不问来处，不想去处。就这样，待在一起，待成神话。

花意已在

偶然间看到一幅国画，刊在报纸一角，黑白印刷，不很清晰，题为《花意已在》。我被“花意已在”四个字打动，不由得多看了两眼那幅画。画上叶子着墨极深，显出叶子的肥厚蓬勃。花枝斜倚其间，像犯了春困的女子，慵懒地倚着窗。上托大朵的花，花瓣张开，只争朝夕。似菊，又似蜀葵，还类似于一种叫木芙蓉的植物。我探究半天，不能明了。觉得花就这样开着，已是很好，又管它是什么花呢！这是画家的高明，有时他们着墨下去，就在于像与不像之间，这才有了意味。

花上题诗“花生初咫尺，意思已寻丈。一日复一日，看看众花上”。读着，很有几分闲趣。诗后面，隐着一个爱花之人哪，爱是爱到十二分的，从花初生，到花怒放，他频频相顾，竟无一日落下。

我查了查，得知这首诗是宋代文人吴子良所作。他的老师叶适曾夸其“文墨颖异，超越流辈”，可见他的才华何等出众。他留存下来的诗作并不多，仅存两首半。可是，够了，如同赏花无需多，有时只须三两枝，花意已在，也就足矣。

这首诗，吴子良是写给葵花的。乡下闲居，房前屋后，遍植葵花。这景象，遥想一下，也是很动人的。我以为，一个人，倘还存着颗爱花的心，这个人断不会轻易被生活的磨难打垮。就像吴子良，他曾一度辉煌过，高中进士，仕途坦荡，后因开罪当朝权贵，被罢官职。人生可谓大起大落，他却没有就此沉沦，而是在他的乡下，种上满地葵花，一日一日前去照拂。清风好日，花意已在，心随花喜，他的日子反倒变得洁净有趣。“复得返自然”，这才是上天对一个人最大的眷顾。

这几日，我也变得这么的洁净有趣起来。冬日清寒，气温一降再降，万物早已凋落成荒凉，却独有一种植物，精神抖擞，活泼活跃起来，清冷的大地，因了它，有了温度和欣喜。对，它就是腊梅。天气越寒冷，它越发的活泼活跃，掉光叶的枝条上，爬满了密密的小“疙瘩”。小区里长有几棵，下班，路过，那人看一眼，突然惊喜地说，啊，腊梅打花苞苞了！我只管抿嘴乐，我当然知道，早几天前我就发现了，那会儿，那些花苞苞，还跟小米粒似的，粘在枝条上，与枝条浑然一体，谁也不曾留意。

接下来的日子，我只要一得空，就晃去那儿看腊梅。看它瘦瘦的枝条上，那些奇迹般的小“疙瘩”，像调皮的小虫子，怀揣着一肚子的小秘密，爬着、挤着、闹着、嚷着。我站在边上，等着它们中的谁，再也禁不住了，率先“扑哧”一声，把秘密说出来，蜜黄的颜色，也将跟着流淌出来。我知道，一个小“疙瘩”，就是一个美娇娘，里面有着蜜黄的甜，蜜黄的香。

花未央，人未老

我和那人，静静地站在一座桥上。

桥下是河。河不宽阔，因久未浚通，整条河便显得很有些野性十足的了。

河边多杂草。白茅、蒿子、艾、狗尾巴草、野豌豆、看麦娘，总有不下几十种的。它们相融相生，不吵不闹，和睦亲厚。

这里远离闹市。天是它们的天，地是它们的地，河水为邻，清风做伴，它们心思单纯，日子简单。

这才有了动人的天真。

是的，天真。每一棵草，都是天真的。它们只认真地做着它们的草，不慕热闹，不慕荣光，随遇即安，自成风景。

那人忽然笑起来，说，我知道你在看什么。

我也笑了，说，我也知道你在看什么。

婚姻多年，我们对彼此太了解了。我在看河岸边的花。他在看水，猜测着水里面会有什么样的鱼。

一定有鱼的，他说。

我微笑，眼光一直盯着那些花。

花在杂草丛中。我是第一眼就看到了的，并在心里面准确地叫出它们的名字。两三串红。四五朵紫。还有两簇浅淡的粉。红的是红蓼。紫的是野牵牛。粉的是一年蓬。

没有一朵花不是美的。

它们的容颜是美的。它们的姿态是美的。它们安静的微笑，也是美的。

我以为，人类一切的美，都源于花朵。它们是诗和画。是音乐和舞蹈。是艺术中的艺术。它们是真性情真热爱。

想起呼伦贝尔大草原上的野玫瑰。它们点缀着山坡，点缀着河谷，点缀着草原，点缀着草原人的梦境。年老的牧羊女，安静地坐在山坡上。她用手比画着给我看，春天，这满山坡都开着野玫瑰呀，又大又香，可好看了！

她说着说着，笑起来，又满足又安然。

我为她那句“可好看了”动容。视觉带来的愉悦，有时超过一切。而花朵，是视觉最大的福祉。

亦想起布达拉宫山顶的平台上，大朵大朵艳艳的大丽花，沸沸地开成一片。着喇嘛红僧衣的僧侣们，走过那些花旁，衣映着花朵，花朵映着衣，让人只觉得眼前都是光明灿烂。那画面，实在美极了。佛的世界，也离不开花的。一花一菩提。

武汉的木兰山上，我气喘吁吁登上山顶，被石缝里的一朵小野菊，摄去了魂。它从石缝里，挣扎着挺起大半个身子，撑起黄艳艳的一张小脸蛋，微笑着向我致意。那会儿，我想到悲剧的美。可是，又不是这样的，对于那朵小野菊来说，这根本无悲可言。活着，能盛开，就是圆满，就是快乐。

杭州的山沟沟里，满目是秋的衰败，一撮红，现身在悬崖峭壁之上。是些盛开的野杜鹃。清冷的山谷，立时有了温度。那日，我在悬崖下站了很久，仰望着那撮红，直到脖子酸。

是的，随便走到哪里去，我首先寻找的，必是花。遇见，必止步，细细端详，静静欢喜。

有花在开，这个世界，就仍有美好在。

几千里的奔波，我只是来看花的。花未央，人未老。如此，甚好。

第五辑

一面之缘

人生中，有多少的相遇，只是这样的一面之缘，它让这个世界，变得有情有义，使我们日益蒙尘的心，生出热爱和眷恋。

枫泾虫鸣

江南的古镇，是离不开水的。枫泾古镇也不例外。周围水网密布，河道纵横。窄的地方，两岸树木能握手畅叙。宽的地方，可供十只八只小舟并驾嬉戏。水多，桥必多。说“三步两座桥，一望十条港”有点夸张了，十步一桥，那是差不离的。多，多达五十二座。或平或拱，或弯或曲，多为石头或青砖垒成，绿苔暗生，树木掩映。它们是古镇的骨架子，把一座古镇千百年的风情，给撑了起来。

市河算是古镇最主要的一条河流，贯穿南北。有人也叫它枫泾河。这个名字听起来更有意蕴，枫树成溪成泾，该多美。枫树我倒没见着几棵，或许有。一棵粗大的合欢树，撑在竹行桥的桥头，枝条俯身下来，几乎要匍匐到桥栏杆上去了。时序已近仲秋，合欢花们还如朝云般的，在枝头欢欢地开着，载歌载舞。

古镇当年的繁华，应聚集在这条河上。两岸人家的房子，和风雨长廊，都傍河而建。有意思的是，它们不是相向而建，而是这岸的人家面河，那岸的人家枕河。随便挑一处长廊坐下，喝点什么，或什么也不喝，就那么闲闲地望着对岸枕河人家。那真正是铺开的水墨画卷呀，仿佛谁在宣纸上，那么漫不经心地勾勒着，淡几笔，粉墙出来了。浓几笔，黛瓦出来了。然后，骑楼、勾栏、重檐、亭阁，一一都出来了。木格窗半开着。有后门可供出入，层层石级下到河沿，散漫中，透出匠心。植物们也都秀眉秀眼着，铜钱草，或是太阳花，或是小朵的海棠，或是绿萝，搁在窗台上，或吊挂在墙上。我想起王勃在《滕王阁序》里的描述：“披绣闼，俯雕甍。”觉得应用到这里来，也很贴切。眼前之景，虽没有滕王阁那样的精美华丽，却也是端丽可人的。这样的地方，适合缓缓看，缓缓归。

还是这条河。当年吴、越两国，曾在此河上立界，南归越，北归吴。我穿过界河时，想自己一只脚踩在吴国的领地上，另一只脚已跨到越国的家门口了，我如此轻松地一越，千百年前的人们，不知因此流过多少的血泪呢！人是顶顶奇怪的生物，占有欲极强，总喜欢霸占本不属于自己的东西。比如说，争江山。时间会证明给人类看的，江山最后谁也不属于，江山只属于它自己。

老百姓的日子却是家常着的，风雨不动安如山。小巷连着里弄，木门木窗青石板，抬头仰望，是一线天空。昔日的老房子里，生活还是生活，阿婆们就着一方长桶，剥着新收上来的菱角。做芡实糕的女子，裹在一团香雾中。有妇人手指飞速翻转，她的手边，已垒着一堆包好的粽子。有年轻妈妈抱着牙牙学语的小娃，坐在屋檐下，一遍遍教小娃叫，妈，妈。奶声里，就有了一声声，妈，妈。听得人心里软，继而眼睛湿润。再难懂的方言，一声“妈”，却几无分别。裁缝铺里，忙得很，布料子红红绿绿堆着，老裁缝拿着皮尺，在给人量尺寸。有丝瓜花和扁豆花，攀爬在人家屋檐上，安安静静开着。

晚上，在河边坐定，叫上三五个家常菜，慢慢吃。两岸的红灯笼，倒映在河里，一河的水，都变得妩媚起来。风轻轻吹着，耳边有吴侬软语响着。一时间恍惚，我是来看这灯光的吗？是来看这黛瓦粉墙的吗？是来寻访古桥、寺庙和牌坊的吗？都是。仍我似乎还在期待着什么。

八九点的时候，老街上的灯光，一盏一盏熄了。木板门“咔哒”“咔哒”上了闩。我走在深巷里，只听见我的脚步声在响，星星们亮在头顶上。突然，有虫鸣的声音，传了过来，从那幽暗的里弄深巷处。起初也只是一两声，瞿瞿，瞿瞿。清脆、空灵。接着声音多起来，唧唧，吱吱，蝈蝈，这里，那里，千万只虫子叫起来，共奏一段小夜曲。我循着虫声找去，它们伏在哪片黛瓦上呢，或是躲在哪块青石板下呢？或者，就在那一丛扁豆花里，在那一蓬丝瓜花中。或者，就在那石槽供养着的铜钱草和晚荷中。

一个古镇，淹没在虫鸣声中。夜，夜得相当纯粹，再无别的声响。

苦　趣

我称他黄师傅。

黄师傅是个挑夫，每天要上下黄山两趟，上午一趟，下午一趟。一趟承重二三百斤，挑着山上的所需，食物、水、蔬菜瓜果……山上的垃圾，也是靠他们一担一担挑下山的。

年轻时，我一担能挑上三四百斤呢，现在年纪大了，挑少了，黄师傅呵呵笑着，笑露出两排不算洁白齐整的牙。他站着，人半倚着担子。担子却不曾歇下，而是用根木棍子撑着。我仔细观察了一下，发现每个挑夫的手里，都有这样的一根木棍子。走路时，可当拐杖使。歇息时，可做靠依和支撑。

云雾一团一团袭过来，刚刚还是大晴天，转眼间飘起小雨。山峦隐约。碧树和红花，像在云雾中穿行，它们急急的，要奔着哪里去呢？瑶台仙境，不过这般吧。我和那人看得呆过去。

黄师傅看着我们发笑，他说，在这山上，什么时候看都是好看的，有太阳时看云，没太阳时看雾。四五月的天，看花。九十月的天，看叶。到冬天了，看雪。他的声音，沾着云雾的味道，和着草木的气息，令我不由得多看了他两眼。他约摸五十来岁，个子不高，瘦。眼睛不大，却有神得很，亮亮的，似夜露。

那会儿，我和那人正停在半山腰。下山路走得我们腿脚发软，实在走不动了，后悔着没坐缆车下山，却意外遇见一蓬一蓬的黄山杜鹃，下山之辛苦便变得无足轻重了。我盯着石凳后边的一棵黄山杜鹃看，花朵儿累累缀着，一枝花梗上，总有八九朵不等，呈欲放未放的姿态，好颜色呼之欲出。恰似女子犹抱琵琶半遮面，有娇羞之美。

黄师傅担着担子，路过我们身边。我们起初并未留意他，继续赏我们的花。他突然停下，递过来一句，这杜鹃花，这个时候最好看了。我惊喜他这么说，遂扭头看向他，问道，为什么呢？

你看呀，红颜色还都裹着嘛，饱饱的嘛，全开开来，颜色就淡了。

他的话让我听着高兴。花半开为最美，是我一直偏爱着的。

我和他很热乎地聊起来。知他从事挑夫这行当，已有二十八年之久。

扁担初次挨到肩上，挑着才走了一小段路，肩上那火辣辣的滋味呀，就像用烙铁在烙呐。

后来习惯了，也就好了。现在，我肩上的皮揭下来，都能直接做盔甲了。呵呵。

他说得很轻松，我听得却不轻松。我问，我们单身人走着都吃力，你还要担着这么重的担子，每天爬上爬下，又苦又累，就没想过改行做其他的事么？

想啊，想过，黄师傅的眼光落到他的担子上，久久的，没有挪开。那目光，有点类似于农民抚向他的庄稼，牧人抚向他的羊。

中途他的确改过行。他走家串户去收过荒货。也做过一段日子的泥瓦匠。后来，他还开过一家门市店，卖些日常所用，生意不错。但每当看到倚在墙角的扁担，他的心，便坐不住了，他听到大山在呼唤。

他就又进了山。每日里，在这大山里上上下下，他熟悉路边的每一块石头，每一棵树，每一种花。山里的小松鼠，和他也成了老熟人。他有时坐在石凳上吃干粮，有小松鼠就跳出来，嬉戏在他身旁。做挑夫虽苦，却自有它的妙趣，他割舍不了。

这大山多好啊，他这么感叹。复挑起他的担子，跟我们招呼一声，下山去了。他的身影，很快没进一团云雾里，和大山融为一体。

洁净的光芒

梭罗说，每一个早晨，都是一个愉快的邀请，使得我的生活跟大自然自己同样的简单。

想着他这句话的时候，我已起床，换上轻便的衣装，出门。我不想辜负了森林的早晨，那愉快的邀请。

清晨的林中，没有风。所有的树木，都安静着。连小小一片树叶子，都不擅自舞动。

静的力量，有时比喧哗更显巨大，明明济济一堂，却似乎空旷无一物。

这样的静，很合我心意。我本就是个不爱说话的人，在能沉默的时候，我坚决不会开口。我以为，人生的很多好光阴，是被淹没在废话里了。很可惜的。

我在林中走着。我尽量放轻脚步。我怕惊扰了那些树们，我也怕惊扰了我自己。

树们安静的样子，让我想去一一拥抱它们。灵魂简单清洁的模样，就是这般的吧，只认真地做着一棵树，按着一棵树的样子生长。

还有，那些鸟们。

我也怕惊扰了它们的歌声。鸟的歌声，有着穿透人心的宁静。大凡天真着的事物，都有着这般魔力。鸟是天真的。

森林是鸟的天堂。这个黄海森林亦不例外。在这里，鸟的种类，多达240种。

大白天里，却难得见到它们的身影。它们或许是在森林更深处。又或许飞去更远方。往东，就是一望无际的滩涂和大海。天高任鸟飞。对鸟们来说，飞翔是它们一生为之奋斗不懈的事。

清晨，这些鸟们刚刚睡醒，尚未出门。它们用歌声开始它们新的一天。唧唧唧，啾啾啾，稚语欢笑，响成一片，树顶上仿佛开着幼稚园。我能想象，它们一边梳洗着羽毛，一边歌唱。一边吃着早点，一边歌唱。它们对着清新的万物歌唱。对着薄薄的晨雾歌唱。没有一只鸟儿，不是属于歌的。

它们又似在热烈讨论着，今天要飞往哪里去，沿途会遇见什么样的新鲜事。——它们会遇见什么新鲜事呢？会看到一朵蒲公英，在小河边静悄悄地开了；会遇到牛，在树林里安详地吃着草；会看到彩色的蜘蛛，在一座桥的桥栏上搭窝。一丛小野菊，伏在桥的那头凝望；会看到滩涂上盐蒿的脖子，被秋给染红了；还会遇到赶海的人。他们背着背篓，走向海里去，背影越来越小，越来越小，最后，小到成了一只只鸟。海天一色。

太阳出来了，从森林的东方，从海的那一边。瞬间，一个天地，仿佛启开了无数瓶香槟酒，橘色的泡沫四处飞溅。庆贺吧，庆贺吧，新的一天起航了！这时候，每一棵树看上去，都有着洁净的光芒。像极一个精神明亮的人。

老铁匠

突然的，又想起那个老铁匠。

眼前并没什么事物让我触景生情。

一个黄昏，正在降临。天空好比一张宣纸，鸽子蛋似的夕阳，恰似随手涂抹上去的静物。我很喜欢这样的时光，安静，内敛。树木、花朵、街道、房子、车辆、行人，无一不变得轻盈，没有芜杂。

然黄昏与老铁匠有什么关连呢？没有的。

人的记忆，有时就是这么不可思议。本应记住的，甚至发着誓一定要记住，永远不相忘的那些人和事，经年之后，偏偏忘得一干二净。倒是无意中邂逅到的一些细枝末节，在记忆里生了根。比如，在武汉木兰山上，偶遇到的一只飞翔着的野鸭。在黄海森林公园，相遇到的一蓬会笑的草。在纳木错，看到的一个女人，面对一片蔚蓝的湖，双膝跪下，泪流满面。或许，俗世凡尘，本就是由这些细枝末节组成，一点一滴，穿成了我们的人生。

好比那个老铁匠。

老铁匠住在一个小村子里。小村子据说在魏晋时期，人烟就很繁茂。历朝历代，村子里的人们都以耕种为生。到明代，却出了大户，家有读书郎，高中榜眼，做了大官，回小村建了一座榜眼府。我是路过，听人说那里有个榜眼府，建筑奇特，匠心独运，值得前去一看。也便去了。

一进村口，迎上来的，就是一条黄石板和鹅卵石铺成的巷道，凸凸凹凹，印满岁月的波光涛影。两旁的黛瓦房，不可免俗地挂上了红灯笼。榜眼府淹没其中，要不是门楣上书着“榜眼府”三个大字，还真要把它给忽略了。进到内里，却乾坤大。房子套着房子，回廊连着回廊，天井接着天井。小圆门，石拱门，月亮门，各各生着情趣。也不知到底有几进几出了，人走在其中，像走在迷宫里。正暗自感叹不已，眼前忽然豁然开朗，人已站在一座小花园的边上。只见方寸之中，亭台楼阁，小桥流水，应有尽有。玲珑别致，雅韵十足。

榜眼的故事流传甚广，说他还是个大孝子。母亲中风瘫痪，他在外连官也不做了，跑回老家来，日日侍奉在母亲身畔，历经十年，不改初衷，直到母亲故去。有人质疑这故事的真实性，说榜眼都贵为榜眼了，不用说找一个人服侍他母亲，就是找上十个百个，也不是难事，何用他亲自动手，连官职也辞了？

您说，找人代劳行孝道那还叫孝吗？寡言少语的老铁匠忽然住了手，定定地看着那人，问。那会儿，不少的游人，拥进了老铁匠的铁匠铺。老铁匠的铁匠铺，正对着榜眼府的后花园。一出后花园，人的眼睛就直了，那铁匠铺，多像岁月暗影里的一帧底片，泊在那儿，不动声色。

老铁匠赤着膊，站在通红的炉火旁，轮着铁锤，一下一下，敲打着一块烧红的铁。那块铁，正慢慢变成一把菜刀的形状。游人们兴奋了，这古旧的风景，难得一遇。有人举起相机就拍，老铁匠伸手挡，很客气地说，请不要拍我，要拍，你们就拍墙上的它们吧。

众人这才留意到墙上。被烟火熏黑的墙上，挂满了打造好的铁器，铁铲、火钳、钉耙、锄头、镰刀、铁锹，沉甸甸的，静默无语。

有人笑问，这些，会卖得掉吗？

老铁匠不语，只一下一下，埋头敲打着他的铁。筋骨沧桑的手背上，疤痕叠着疤痕，紫红的，酱紫的，褐色的，深深浅浅。

没人再嬉笑发问，都屏声静气地待在一边，眼神里多了敬畏。看一会儿，众人默默地退出去。老铁匠忽然在背后说话了，他说，识货的人，自然懂，还是这些老家伙最贴心。

后来，听当地人说，老铁匠是榜眼的后人。老铁匠打了一辈子的铁了。他们村子里，家家户户，都用老铁匠打制的铁锅铁铲炒菜。

云　踪

一直喜欢听陈悦演绎的音乐作品。近些年来，她越发历练成精了，只要是她演奏的曲子，我不用看说明介绍，一听，就知是她的。一管箫或笛子在手，世间的悲欢离合恩爱情仇，便都在她的音符里飞。青衫素花，道阻且长，上下求索，人世间种种的追寻、探问、相聚和别离，九曲回肠，直逼你心灵最隐蔽处。所以，听她的曲子，容易中毒，又极安魂。

比如，她的《云踪》。笛子演奏的，钢琴做了底子。

曲子一开首的一段钢琴铺垫，就不同寻常。如天光开启。如山泉溢出。如小鸟轻振羽翼。随后，陈悦的笛声响起，几乎没有丝毫犹豫的，一下子就是风起云涌，波涛澎湃。很突兀。我记得我初听到，是在回家的路上。那是一个冬日，天边的云霞们在道着晚安，暮色四起了。这首曲子，从路边的一家卖水果的小店里飘出。水果店胖胖的老板娘，裹在一圈橘色的暮光里。当陈悦抚笛而歌，再看那老板娘，与往日竟有着大大的不同，似乎举手抬足间，都有着云的影子在飘荡。我当即怔在那里，有些发懵，不知道哪里被狠狠撞了一下，有些莫名的感觉。觉得忧伤，又有着疼痛的欢娱。

云有踪吗？当然有。世事万物，都各有其来处和去处，只不过我们身处其中，常觉茫然。——到底人过于渺小，这世界，太大了。

乐曲似一只大鸟在飞。它飞过连绵的山，飞过辽阔的草原，飞过茫茫的戈壁滩，前尘过往，皆无影踪，不可追了。它却执着地要寻，要问，生有何欢，死有何惧？四周寂寞，无有回应。只有天上的云，投射下照拂的一抹淡的影。

是宋代刘镇笔下的那个不知名姓的女子，独立于冷水桥畔，于疏风淡月中，倍尝相思。“白头空负雪边春，着意问春春不语”，—— 一年春色又起，她却相思白了头。情意虚掷，“流水行云无觅处”，怎不叫人伤感！自古多情总被无情误，情路之上，有多少人能善始善终？云聚云散，原都有定数。然却前赴后继，义无反顾。或许，这就是人世间的爱情吧。虽是粉身碎骨白头空负，但我愿意！

又似白发的老人，独坐太阳底下，不争不恼，不怒不悲，如老僧禅定。他脸上的皱纹里，息着阳光的碎影。一生奔波，浮浮沉沉，喜怒欢悲，都悉数收起了，他终能淡定地坐看云起时。岁月最终教会我们的，是自己跟自己握手言欢。

朋友小巫，年轻时因迷恋音乐，学业未满，就一个人跑去深圳，抱着一把破吉他，四处去兜售他的音乐。最徘徊无助的时候，他的口袋里只剩下几枚硬币，吃饭睡觉都成问题。他用最后一枚硬币，换了一个馒头吃。然后，跟着天上的一片云走，云走到哪里，他就走到哪里。最后，云把他带到一个建筑工地上，他在那里搬了两个月的砖，晒脱掉一层皮。他后来事业有成，回忆起这段经历，他说，真感谢那片云。有时命运如岩缝里的草，你没有退路，你必须挣脱出来，才能看到天光云影，迎来日朗风轻。

他的经历，让我渐渐养成了个习惯，喜欢不时抬头看天，看看天上的云，又走到哪里了。有一个夜晚，我又抬头看天，却没有看到一丝云。那些云，跑去哪里了？我犯了倔脾气，我非要等到它们出来不可，我就站着傻等。后来，月亮升起来，云突然全都跑出来，簇拥在月亮身旁，做了月亮的温床。

那一晚，我待在露天里，很久。直到月亮，被云朵抱回家去。这样的记忆，每次回味起来，都很有意思。他年若是有幸，我将择一乡间小屋而居，门前长花，屋顶上养云。

在博鳌

在博鳌，是适合过过慢生活的。

不大的一个小镇，主街道只一条。路两边遍植行道树，那是海南最具特色，也是最为普遍的树——椰子树。人从树下走，担心着树上累累的椰子，会不会突然掉下一只来，砸着了头。又猜测着，谁去摘那些椰子呢。那么多！

椰子树掩映下的房，高不过两三层，涂抹着大把艳丽的颜色，蓝，或黄，或红。门前或是窗下，都有花攀爬着在开。花在那里最不稀奇了，气温适宜，一年四季常开不息，朵朵奔放，色彩浓烈。三角梅多得像野地里的蒲公英。

色彩？对，一踏入博鳌，你就像走进一幅色彩浓郁的油画里，如海底世界的斑斓，炫丽得让你眼花。海风吹在身上，都跟带着油彩似的。外地人初来乍到，满是好奇，想着那些风情的房子里，到底有些什么样的风情呢。探头去看，不过是开着小饭店，或是卖着贝壳、珍珠类的工艺品，或是家庭客栈，或就是一杂货铺子。你所知道的日常零碎，店里面都有。椰子成堆儿垒在店门口。你渴吗？渴了就坐下来吧，劈上一只，捧手上慢慢喝。

老板娘会陪着你坐，笑眯眯地问你从哪里来。你要问的话，比她的多得多，比如这个小镇为什么叫博鳌。她会告诉你，鳌是一种神龙，且给你说上一段相关的传说。还辅之以别的传说，像女娃补天时，投下的圣公石，正好落在万泉河的出海口处，世世代代护佑着博鳌人。你后来查资料得知，“鳌”，是代表各种鱼类，跟“博”连在一起，是指鱼多鱼肥的意思。当年，这里最早的居民——疍家人，行走于水上，许下这美好的愿望，繁衍生息。

你觉得那老板娘的可爱，她对于传说，那么深信不疑，且引以为豪。因为爱，才有自豪吧，这种情感，你也有过。你后来又跑去问她买一只椰子，五块钱。你坐在她的店门口，听她告诉你，现在来博鳌定居的外地人很多。这里冬天不冷的，气候好着呢，适合人居住，她说。又告诉你，哪里好玩，哪里有好吃的。她说了很多，你也记不住，只是笑笑的，点头。

你其实不想去哪里玩，那些新开辟的旅游景点，人太多了，你对它兴趣不高。连博鳌论坛会址你都没有去看。你很愿意就这样捧着一只椰子，让自己还原成庸常，与时光对坐。你不急着赶路，它也不急着要走，就这样，都慢下来了，椰子汁的天然奶香，在你的舌尖上打着滚。

喝饱了，沿着主街道信步。主街道不长，一呼一吸之间，也就走到头了。主街道上有一家老房子，用斑驳的石块做着外墙。从外围看，老房子很像一艘小木船的船舱，也不知是哪一年的。裸露的台阶上，陈列着一些小花盆。墙角边，也有一大捧的花在开。红花朵，和黄花朵，一律的撑着笑，叫不上名字。老房子里的陈设，相当古董了，甚至有过去的留声机和老唱片。你要上一杯“歌碧”，慢慢啜。歌碧是当年南洋的老华侨们带来的，说白了，就是咖啡，有加奶的，和不加奶的。经当地人一演绎，变得风情得不得了。倚墙摆着老钢琴。旧的实木桌上，搁着从前的琉璃台灯。你坐在那里，似乎也成了一个古旧的人了。

街道的尽头，是南海。海浪拍击，日夜不停息。你很容易就想起那句话，子在川上曰，逝者如斯夫。那里，三江交汇的自然风光，是很值得一看的。三江分别是万泉河、九曲江和龙滚河，在亮如银箔子的日光下，江水河水，还真是分不清了。一条狭长的沙洲“玉带滩”，把万泉河和南海隔开，一边是风平浪静的万泉河，一边是烟波浩渺的南海。一如娴静女子，一似鲁莽大汉，相互交映，实属奇观。

如果你还想寻点静，就去“海的故事”里坐坐好了。那些像小孩子用蜡笔画出来的院子和房子，傍海而居，拙朴生动，稚趣十足。你人尚未踏进小院子，一抬头，看见门楣上书俩字：勿忘。心里动一动。进来，扭转身，看到反面书的竟是：记得。人世间最深的情，最真的爱，莫过于勿忘和记得啊。

你要杯白开水，或劈开一只椰子，坐在屋内，或坐在屋外，都行。眼中的一切，都是斑驳得恰到好处的。海风吹来，拂动起挂在屋旁的破渔网，你仿佛也就要出海去了。

一面之缘

在婺源，我徒步进山。山谷清幽，除偶有几点鸟鸣滴落外，少有声音。山路忽上忽下，曲曲弯弯。野蒜花儿，紫雾一般的，满山满坡弥漫着。不时会遇见油茶树，撑一树雪白的花。山坳处，一个村落，静静卧在那里。不大，不过八九户人家。住的还是从前的老房子，黄泥抹的墙，屋顶的瓦片，被烟熏得乌黑。家家门户洞开，我在村子里转一圈，没遇到人，只有几只鸡，在巷道里漫步。

转到后山，雨忽然下，大滴大滴的。山里的雨，是说来就来的。我撑伞，看到山坡上有庄稼地，地里蔬菜庄稼长得茂密。一老妇人头戴斗笠，弯腰在地里忙活，浑然不觉有雨。我冲她叫，老人家，下雨啦！她惊诧地抬头，定定看着我，显然我的话她听不懂。但她明白，我是在跟她说话，她便咿咿呀呀回我的话。她的话，我也听不懂。我们隔着一些雨，就那么咿呀了半天。临了，她突然拔一只水萝卜，穿过雨帘而来，递给我，示意我吃。脸上挂着野蒜花儿一般的笑。

那是我吃过的最好吃的萝卜。这来自陌生的善意、信任和友好，让这个世界，拥有着最原始的天真和美好。

在西藏，偶遇两个骑行者。一年长，一年轻。年长的，五十开外了。年轻的，二十岁上下。他们一个来自东北，一个来自海南，真正的天南地北。原本陌生，半路上偶遇，结了伴。这一结伴，就分不开了。年长的因高原反应，在旅馆里躺了两天，年轻的一直陪伴身侧。后来，年轻的在下山途中崴了脚，是年长的把他一步一步驮下山的。我见到他们时，他们都已恢复健康，正准备一起骑往纳木错。他们冲着我的镜头笑，高原的阳光，在他们的牙齿上闪亮。他们的头顶上，凫游的白云，如一大群白天鹅，又洁净又美好。

他们笑着的样子，定格在我的相机里，我时不时会取出来看一看，想想西藏，想想他们。他们一定都还好着吧？

登雪窦山。山中木栈道蜿蜒而上，山上树木葱茏，野花遍地。团团轻雾，忽而飘来，忽而又飘远，山顶上的房屋隐约可见，宛若仙境。一中年男子，气喘吁吁背着一老人，从后面赶上来。他们是父子。老人瘫痪多年，生平最大的愿望，就是能登上雪窦山的山顶，看一看雪窦寺，听一听瀑布声。游人闻听此事，全都止步，向他们行注目礼。目光里，多的是感动和赞许。突然，不知是谁带头鼓起掌来。然后，大家都鼓起掌来，掌声响成一片。

那日，那对父子的背影，还有那片掌声，成了雪窦山最美的风景。我相信，在场的每一个人，没有一个能忘得掉的。

人生中，有多少的相遇，只是这样的一面之缘，它让这个世界，变得有情有义，使我们日益蒙尘的心，生出热爱和眷恋。

老画室

我在宾馆等车。

约好上午十点的车，来送我离开丰县，此次的丰县之行，算是告一段落。残联的负责人突然托人约见我，问，能不能见一见刘社会？

刘社会是他们树立的典型。四岁时因患小儿麻痹症，导致左下肢残疾，走路极不利索。正是这样一个人，却两次奋不顾身，跳下冰水里去救人性命。

这样的事迹，——多少有些宣传的味道，不喜，我当即拒绝。却被他们送来的画册吸引，里面夹了数张画作，印成明信片大小。上面有树有花，有河流有草地，也有村庄和孩子。都以明黄色做底子，看上去又温暖又静好。

那种温暖打动了我，我问，谁画的？

答，就是这个刘社会啊，他经营着一家老画室的。

我要去看！我几乎不假思索。会不会因此延误了火车，都不去管了的。

于是，我见到了老画室。

乍见之下，实在意外，是因为，它太袖珍了。它的左边是家杂货铺，右边是家修理铺，店铺都很大。它挤在中间，委实瘦弱，面积绝不会超过十个平方米。

老画室的主人——刘社会，打老远就迎上来。这是个五十岁上下的男人，他穿一件普通得不能再普通的酱黄色外套，头大，身子小，其貌不扬。他冲着我笑，有些拘谨。若不是陪同的人介绍，我很难把他跟艺术扯上边。

老画室里却乾坤大。墙上挂满画作。地上堆着画作。椅子上架着画作。有他画的，有他的弟子们画的。都是温暖系的，大自然、村庄、孩子，那是他们取之不竭的源。他说，我喜欢画这些，我喜欢那种宁静和美好。

已是桃李遍天下了。弟子们都出息得很，全国知名的美术院校，几乎都有他弟子的身影。他先后培养出八九十个美术高材生。——说起这个，他脸上有骄傲色，笑个不停，是欣慰，也是幸福。

曾经，却是在不幸里跌打滚爬着的。四岁时的那场灾难，注定了他一辈子与残疾为伍。他受过多少的冷落欺凌，只他知道。——这些，都可以忽略不计了。最大的打击，是他高考那年，他考上了南京师范大学，满心欢喜地等着通知书入学，却因他是残疾，体检不合格，而被拒之门外。

那时，一个清贫的农家子弟，最大的希望和出路，就是上大学。这条路，对他来说，却完完全全给堵死了。老家的那几间土屋接纳了他，他守在那里，用手里的画笔疗伤。他画啊画啊，画出了一个“老画室”。县城一隅，这么不起眼的一小块地方，放他的艺术梦，足够了。

越来越多的人，知道了老画室，知道了他。不断有孩子被送来，跟他后面学画画。他自定一条规定，残疾孩子一律免费。

他的爱情，也因此降临。

女孩是他的学生，仰慕着他的才华，敬佩着他的为人，一日一日，情愫暗生。女孩在他的悉心栽培下，考入苏州美院，学成，没留在那座粉艳艳的城，而是回到了清贫的他的身边，与他携手。他们拥有了两个漂亮的女儿，一家四口，其乐融融。老画室里挂着他画的小女儿像，白衣红裙的少女，像蓓蕾初放。他自豪地介绍，这是我小女儿，今年读初中二年级了。

这个生在刘邦故里，叫刘社会的男人，有着不服输不认命的个性，他凭借自身的奋斗和努力，活出了属于他的精彩人生。他让我想起一句很哲理的话，你若不走近门，门不会为你打开。

而那种叫幸福的东西，往往就守候在门外。

小巷人家

单先生说，我带你去吃我们合肥的特色小吃，保管你喜欢。

单先生是我到合肥做讲学活动时刚认识的。瘦瘦削削的一个人，不多言语，只埋头做事，却是微笑的。笑容里，有着很浓的书卷气。

黄昏下的合肥，天空不是很明净，大块的云朵，染着灰。路上飞着尘土，车辆有些拥堵。单先生看一眼，很不好意思地笑，说，下班高峰期呢。

我点头，表示理解。跟着他，穿街过巷，七绕八拐，也就走到一条热闹的街道上。街道两旁，全是吃食店。锅碗瓢盆丁当作响，菜肴的味道，充塞着每一寸空气，仿佛全世界的烟火都聚了来。以为他要在这里停下来，带我走进一间叫“美味轩”或是“忘不了”的小吃食店去，却没有。

他解释，这里是我们的一条美食街，一到晚上，人就特别多。稍顿一顿，他接着说，我带你去的地方，比这里安静。我心里一动，是感动了。难得他如此体贴，知我怕喧闹。

我们继续往前走，渐渐走出了美食街，把一街的烟火抛在身后。行人渐少，房屋安静。五月的蔷薇花，趴在一户人家的铁栅栏上笑，我走过去摘了一朵。单先生站着等我，看看我手里的花，笑说，就快到了。

他带我再走了一段路，就拐进了一条不起眼的小巷去。小巷极窄，仅能容两人错身而过。巷道两旁全是老式民居，高低错落。人家在院子里长花，花探过墙头来。也是蔷薇花，红的，粉的，密匝匝地开着。我突然生出无限欢喜，不以为是去吃饭，倒像是去探访多年未曾见过的亲戚。那亲戚亦好安静，隐士一般，住在这陋巷深深处。

然后，就听到单先生说，到了。我抬头，只见一家普通民居，方砖包墙。木门楣上，有绿色植物攀爬。门旁挂着纸灯笼，亮着，红润晕染，古朴幽深。也不见有招牌，正奇怪着，有服务生迎出门来，问清了单先生是两天前就预定好的座，她很客气地说了声“请”，把我们引到楼上去。

楼上也就五六个包间，摆着家用的四方桌，长板凳。墙上也无过多装饰，只挂一幅静物画，画着一只陶罐，旁边随意摆放着苹果和梨，还有碗碟。是家居的模样。窗口却爬着花，走近一看，亦是蔷薇。

单先生释我疑惑，说，这家店没有名字的，但我们这里的人都知道它，都称它“小巷人家”。

服务生轻手轻脚推门进来，也不说话，只淡淡笑着，送来大麦茶。饭菜陆续上来，煨得很烂的鸡爪。蒸得很烂的糖南瓜。无一点喧闹嘈杂，只往那静里面静去，有着说不出的家常。花在轻轻放着香，菜在轻轻放着香，人似乎也在轻轻放着香，都好得很的。

小店的招牌特色小吃有两样，一样是腊味糍粑，一样是臭鲑鱼。单先生慢声细语劝我多吃，我其实，筷子根本就没停下来。特别那腊味糍粑做得好，自家腌制的腊肉，慢火细蒸，出油，浸没糍粑，糍粑变得又香又酥。

单先生看我吃了一块又一块，很开心，话也多起来。他告诉我，这个小店，开了三十年了。店里只有一个厨师，那个厨师，从开店之初就在这里做，那时他还是个年轻小伙子呢，现在都五十好几了，再多的高价挖他走，他也没有走。

我惊讶不已，又隐隐地感动，一跟三十年，这该有多么深的情分。

单先生说，这家店的老板，人特别好，厨师不舍得走。生意做的，是人心呢。

我在他的这句话上辗转。尘世相交，哪一个不是交心，才得以久长？“小巷人家”身居陋巷，生意却一做三十年。三十年里，他们的腊味糍粑和臭鲑鱼的味道，从未变过。每日里，生意盈门，若不提前预约，是没有座的。老顾客们多日不吃，想念，便又跑了来。有顾客跟着后面一吃几十年。

单先生说，他也是打小就喜欢吃这家的腊味糍粑和臭鲑鱼。七八年前，他有过离开合肥的机会，去外地发展，但最终，没去。我若走了，就吃不到这里的腊味糍粑和臭鲑鱼了，单先生轻笑起来。

我丝毫不怀疑他的话。眷恋一个地方，有时只是因眷恋这个地方的美食，和与美食相关的物事，那是生命中最体己最动人的存在。我举杯，敬了单先生一杯茶。对他的这种情怀，表示认同和敬重。

锦　溪

我原本打算去南浔的。

我在平板电脑上搜索行走线路，顺便搜索周边风景，结果，昆山的锦溪跳了出来。我承认，我在瞬间，就被“锦溪”这个名字，俘获了心。锦溪锦溪，是锦缎织成的小溪，这名字叫得真够绮丽香艳的。

它也真的与香艳有段牵连。

相传，南宋宋孝宗建都临安时，他的宠妃陈妃，偏爱锦溪山水，居于其中，不舍离去。陈妃不久芳龄早逝，孝宗大恸，把她水葬于此，并在她身畔修建莲池禅院，亲手栽下龙柏、银杏、罗汉松，佑她万古长存。能得君王如此宠爱的女子，史上怕是少有。民间有说，陈妃不同于一般的胭脂俗粉，她是女中豪杰，曾陪孝宗仗剑天涯，撑起摇摇欲坠的南宋江山。一说孝宗遇刺，她为他挡得一剑，剑伤太深，回天乏力。而我却喜欢做这样的揣测，他和她，也只是俗世里的恩爱夫妻，是眼对眼，心对心的那一个。君王爱恋，亦如民间，生生世世，唯你是我的最相思。

锦溪添了这段传奇，使得它的每一滴水，都浸染上一个女子的香。妩媚的山水，更显妩媚。在此后长达八百三十余年的时光里，锦溪曾更名陈墓。

我到达锦溪时，正是午饭时，家家炊烟不断，饭菜飘香。卖鱼的小摊子还守在古镇入口处，红色塑料面桶里，大大小小的河鱼，活蹦乱跳着。四面环湖的古镇，最不缺的，怕就是鱼了。一河穿街市而过，两岸碧树倒映，使得那河看上去，逶逶迤迤，像古代女子莲步轻移间，身后拖着的一条绿飘带。

河两岸，房屋高低错落，层层叠叠。房自然是上了年纪的房，有极富内涵的瓦当，和雕着图案的木格窗，黛瓦飞檐，哪一幢都入得了画。你若要看几百年前的旧物，甚至上千年的，根本不用寻找，随便一挑眼，就是。那扇门，那扇窗，那片瓦当，那座石桥，哪一样不承载着历史的波光涛影？一间老屋子里，有剃头老师傅，正替一老者理发。他使用的，还是老式剃刀。他一刀一刀剃着，如同在给老者按摩。座椅上的老者，很享受地闭着眼，可能睡过去了吧。一绺阳光，像绺银发似的，从沿河的窗户外飘进来，落在老师傅的手边。老师傅的动作不紧不慢，上百年的光阴，在他的手底下，似乎从未曾更改过。

打银首饰的，弹蚕丝被的，做袜底酥的，熬酱汁肉的，都是些旧时光，看着叫人很怀旧了。当地有民谣："三十六座桥，七十二只窑。"唱的也都是古事了。一眼能望到头的河流上，桥竟多达三十六座，真是够铺张。河流狭窄之处，几乎能盈手相握，上面竟也架拱桥一座。一样的石阶拾级而上，石础上雕花，一点也不偷工减料。有野草攀护桥身，在上面开出点点小黄花，古意盎然。我以为，这里的桥，更多的功用，不是用来渡河，而是用来装饰的。就像独具匠心的主妇，给家人的衣服上，订上漂亮的纽扣。

不能不提到长廊。江南的古镇，多的是长廊。而锦溪的长廊，又有着不同，它附设了美人靠。你走累了，这么倚着美人靠坐一坐，任清风随意吹吹。低头看下去，青绿的河水，涓涓不息地流着。乌篷船一只只，从你身边轻摇过去。船娘们的歌声前后相接，少有好歌喉，有的甚至唱走了调。可是，不关紧的，你听着，竟觉得悦耳得很。这就像吹在你身上的自然风，闻得见花香草香，反倒有种天然的味道。船上人望你，你也望船上人，彼此成为彼此眼中的风景。或许日后会被想起，或许想不起，这也不关紧的。不是有句话说，活在当下么。当下，你置身于这一方水土中，心是愉悦的，轻松的，享受的，这就好了。

想寻只古窑看看的，老街上是没有的，它应该在阡陌地头。窑多，烧出的砖瓦便多。锦溪的砖瓦之花样百出，堪称一绝的。有巴掌大的窗花砖。有浸润千年的墓砖。有世上罕见的琴砖。还有在窑中要烧一百二十天，又在桐油中浸泡一百天的金砖。是不是也烧瓦罐瓦盆之类的呢？我在一户人家门前，看到檐下蹲一瓦罐，瓦罐里开着粉艳艳的花。我弯下腰细看，屋主出来，她以为我在看花，告诉我："那是长寿花。"我点头，笑一笑，走开。我其实是看那瓦罐的，不知它经历几朝几代，又几个世纪的花开花落。

午饭没吃，觉得有些饿了，就近走进一家家庭小饭馆。点上几个小菜。再来一碗奥灶面吧。鱼是必吃的，淡水鱼，鲜嫩得很。时令蔬菜两道，一道炒黄花菜，一道炒菜苔。靠河放着桌椅，就坐那里好了，一边望水，一边慢慢吃，做一回千古江南人。不远处，一只黄狗站在河边，也在望水，望水里轻摇而过的船只，望得深情又专注。我笑了。想它日日望着，竟也还是没看厌。

邂逅红叶谷

济南有条河叫锦绣川。锦绣川南部的大山里，有谷名曰：红叶谷。

我是路过。听人说，近处有个红叶谷。当下心动。寻常见着一树两树的红叶，都足够让我欣喜了，何况那满山红叶铺成的山谷！去看，当然去！

已是晚秋，秋意浓厚，叶枯草衰，少见鲜艳。山路弯弯曲曲，曲曲弯弯。车子顺着山坡忽上忽下，如坐过山车，叫人提着一颗心。偶见一户两户的山里人家，散落在山坳。青砖青瓦的小房，简朴着。我在心里犯着嘀咕，这谷外，也未免太寻常了。视线却忽然开朗，一片宽阔地带展现眼前，彩旗飘飘，车马喧腾，——红叶谷到了。

登石级，入谷里，人仿佛一下子掉进了传说中的阿里巴巴的山洞，一洞全是金光闪闪的宝藏哪！眼观处，每一棵黄栌，都是披红挂金的。它们悄悄的，不胜喜悦的，商量着一件什么秘密事，满头满身，都泛着兴奋的潮红。

人顺着谷中小径走，头顶上是绚烂，身侧是绚烂，脚底下是绚烂。拐角处撞上的，还是绚烂。再普通的一个人，也变得绚烂起来。像梦，似幻，天上人间。

山坡上上下下。黄栌们跟着上上下下。红叶们，便也跟着上上下下。一簇簇盛开。一片片铺开。像红盖头，——山坡就要出嫁了。场面真是浩大，“红地毯”铺着，“红被子”卷着，“红灯笼”悬着，“红烛”燃着——喜事临门，满山谷的红艳艳，红透了的红。近处，远处，都是华丽到不能再华丽，富贵到不能再富贵。你手中相机的镜头，根本无须挑角度，闭着眼睛随便拍吧，定格下来的画面，也是夺目的，独一无二的。

山泉汇聚，蓄成湖，叫绚秋湖。湖边山坡倒映。红流淌到湖里面了。金黄流淌到湖里面了。间或的，一撮两撮的松绿，或是竹绿，也流淌到湖里面了。水成彩色的水了。有白鹅凫在这样彩色的水里面发呆，秋意如此浓酽，想它们也是醉了。人站在湖边，只剩下惊叹的份了，美，真美啊！瑶池仙境，莫过如此。

雾起。山谷隐映在雾里面。那些红，便在雾中浮浮沉沉，如红色的小金鱼在游。一簇簇。一团团。又如红色的轻舟荡过。我蓦地想起白居易《长恨歌》里的诗句：“西宫南内多秋草，落叶满阶红不扫。”一场君王之爱，也敌不过生死别离，人走后，只剩凄清荒凉。可分明情未断，思未了，她还在他的眷恋里。红不扫，红不扫！他日日见着，满阶红叶，哪一片不是旧日情思？上天入地，见它如见卿卿。

突然间，我读懂了那些黄栌，它们原是用红叶来寄情的啊。别离只是暂时的，活才是永恒的。所以，它们把一场生离死别，演绎得华丽出彩，叫人忘了悲伤，只有欢喜。

最美的时光

新疆归来，已有好几日了，整个人还是迷迷糊糊的，如坠云端。耳畔回旋着的，是牛羊的叫声。人声物语，都是呢喃。

就没见过那么多的草。

从巴音布鲁克，到那拉提，到喀拉峻，到夏塔，到赛里木湖，一路走过去，全是草啊。那些青青的草。那些绿绿的草。那些头顶着黄的小花紫的小花红的小花，伸着绿胳膊招展着的草，一座座的山峦上全是。一个个的山坡上全是。山谷里也长着。平地上也长着。绿在流淌，花在流淌，绵绵无尽。

还有雪山。

就没见过那么多的雪山。

雪未曾消融，莹莹的白披着，像披着件缀满了银珠儿的银袍子。那么近的距离，它们，就立在我的跟前，我只要一伸手，就可以触摸得到。雪山之上，云朵像巨型的猛兽匍匐着，白而胖的。而这些猛兽看上去，却是温顺的，收了性子的。它们伸着懒腰，打着哈欠，目光慈善又懵懂，似乎那冰雪，是它们最温暖的眠床。而雪山之下，绿草起烟，云雾般腾起，四下里弥漫。也时见冷松和云杉，在半山坡上，在山谷里，笔直地站成一排排，披着一身青绿，护卫一般的，守护着雪山。一年里的四个季节，不可思议地在这里相聚了。有春的烂漫，有夏的青碧，有秋的斑斓，有冬的洁白。

山峦连绵起伏，线条浑圆、柔和。看着它们，我老是要想到侧卧着的女人的剪影。那些绿草缀满的山峦，真的犹如柔情似水的女人，丰满的，又是幸福安康的。

哪里需要寻找角度？哪里需要选择地形？随便一处停下来，都能惹起你的惊叫，美啊！太美了！哪一处，都堪称经典。

你的眼睛看饱了，看倦了，那就拿耳朵听吧。躺到一块草地上去，听小花们窃窃私语，听小虫子们喁喁吟唱。还有牛羊的叫声，哞哞哞，咩咩咩。一丛草，被马儿的蹄子踩弯了腰，哈萨克六七岁的小童，骑在马背上，一路呼啸而去。等马儿走远了，草们又挺直了腰。似乎是被调皮的小孩子捉弄了一下，它们有些哭笑不得地扑扑身上的泥，望着远去的马和小孩，并不恼，神情里纵容得很。

如果你还走得动，建议你最好不要停下脚步。你走起来吧，一直地走。不定要上哪儿去，你就迎着雪山走吧。或者，择一处青草茂密处。就那么，走向青草更深处，走向野花更深处，在海拔高达两千多米的草甸上。喧嚣的尘世，纷扰的人事物事，那都是前世的事了。你只觉得你的洁净，洁净得就像草原上的一棵草，一朵小野花，还有那屹立不语的雪山。

也时而遇见放牧的牧民，赶着一大群羊。你原以为羊只有白色的，在这里，你长见识了，你见到黑色的羊，黄色的羊，还有白黄杂染的羊。它们的毛发卷卷的，大尾巴卷卷的，眼神天真，真是好看。那些牧民有哈萨克族的，有蒙古族的，他们住毡房和蒙古包。他们说着你听不懂的话。但不要紧啊，天下的笑容都是一样的，里面住着良善。你们遇见，对望着笑一笑，心底里有温暖浮起。

同行中有父女两个，女儿刚刚小学毕业，文静内向，言语不多。往常在家，父亲忙于工作，与女儿交流极少，女儿对他很生疏。这十多天里，他们形影不离地在一起，在能步行的时候，绝不去骑马或坐车，而是选择步行。他们一路走着，翻山越岭，看山，看草，看花，看牛羊，渐渐的，女儿对他，十分依恋起来，有着说不完的话。他感慨万千，他说，这次出行，真是值了。说着说着，眼中竟泛起欢喜的泪花。

我相信，这段时光，一定是他们一生中最美的时光。

第六辑

西行记

山间好是寂静，星星们悬在头顶上，那么大，像悬着一颗颗晶晶亮亮的樱桃。这样的生命体验，对我来说，一生中，也许仅此一次。

烟火应城

谋划已久的西藏自驾游，终于成行。

第一站，武汉。

从东台到武汉，七八百公里。因是五一假期期间，怕路上堵车，我和那人特地起了个大早，赶早走。

快入夏了。

泡桐花已开过。槐花把开花的接力棒接过来，不负重托地托举着满头的花，洁白如玉般的。我知道那花极香甜，能把风染甜，把雨露染甜。蜜蜂们有得忙了，该天天在枝头忙碌。人坐享其成，吃槐花蜜。青蚕豆也上市了。大自然是厚爱而慷慨的，人之福分总是源源不断。

碰到几个小事故，都是车子追尾，所幸无人员伤亡。

午后，至合肥西部，开始从平原进入山区，山山都是簪翠披绿的。

天空也晴朗，碧空染绿。我看到有绿绿的云，像野豌豆似的，缠绕在天上。

至武汉，看时候尚早，我和那人一合计，决定继续赶路。

车又行了很远，黄昏时分，到达应城。一个树木葱茏的小城。

入住的酒店旁，开满杜鹃花。粉粉的一大片，荡着温柔波。酒店里有婚礼正举行。黄昏为炬。很诗经。

出酒店不远，就是个大广场。太阳还高悬着，广场上已摆满各色各样小吃食摊，人头攒动，烟火蒸腾。对面是一条不长的美食街，也是人气爆棚。塑料桌椅一溜在露天里摆着，闻香而去的人，就坐在露天里。随口报上一个菜名，看着锅里油烟起，只一会儿，一盘子炒肉已端上桌了，额外送一碟酸萝卜，你且慢慢用吧。吃的人，举箸前，看看天，天上有绿绿的几片云在游，太阳又落下去一点点了。他吃一口菜，再看看行人，行人三三两两走，步子不紧不慢。他再吃一口菜，对着天边看看，太阳又落下去一点点了。我在不远处，看他很久，我看到时光，停在他的舌尖上。时光也是一副慵懒的样子，慵懒得叫人好生嫉妒。

我们在街上，也无目的，就那么闲逛，看到一家饭店，店名叫“回家吃饭”。为这名字叫绝。多有情怀！无论你从多远的地方来，这里有家，等你回。

好，就这家了。推门而进，只见店面不大，古色古香。

我们刚坐下，一碟饭前的小食炒黄豆，就端了来。开水壶随即提过来，——确实有归家的感觉。

我们点了水煮鱼，和两个小炒。端上来的烤馍馍让我激动了，它不就是我小时候吃过的锅膛炕馒头么？那时能吃上一块锅膛炕馒头，是难得的幸福。也只在过年前后那几天，有这个口福。我奶奶会在烧锅时，往锅膛壁上贴上一只馒头。馒头骨子里的麦粒香，会慢慢被烤出来，弥漫整个厨房。咬一口，黄脆松软，那好吃到极致的味道，至今还留在我的舌间。

百炼方才入得真滋味，人生亦如此吧。

吃吃喝喝，看着门外的夜色，慢慢倾城。月亮出来了，一弯秀气的眉。广场上的喧闹声始达高潮，跳舞的人，开始跳起来。孩子们三三两两，奔着跑着。又一边，在放露天电影，露天里，满是人，石阶上，石凳上，站着的，立着的。也有自己带着小马扎来的，三五成群地坐一起。因喧闹声大，电影里的声音，根本听不清。可看的人并不在意，仰头，津津有味看着。或许，他们享受的，只是这几十年不变的悠悠时光。

夜色里，不知什么花的香袭来，一笼一笼的。

丰都印象

应城的早晨很安静，几乎听不到声响，除了偶尔驶过的车，和不远处的火车的鸣响。

去酒店附近的一个小公园散步。我去，是为看植物。女贞、樟树、枫树，都呈繁茂状。太阳升起来了，透过树隙，划拉下一条一条金色的“小溪”。草地上的小花们，让我不得不一次次弯下腰。小个子的鸢尾花，花朵亦小巧，淡淡的紫，上面点缀着黑斑点，如睁着的天真的小眼睛，露珠在它的眉睫上晶莹。胡泥菜也好看，一枝上顶一朵粉紫的小花，像撑着一把用绒毛织成的小伞。打碗花刚刚睡醒，正努力睁开它蒙眬的眼，那半开半合的样子，最是惹人怜。还有数不清的蒲公英，还有数不清的野豌豆。

我在那里来来回回走了四趟。我把那些花的样子，一一记在了心里。

往重庆去，车子一直穿梭于崇山峻岭中，山上都住着人家。一幢一幢的房子，望上去，跟山上的植物已浑为一体，似乎生了根在那里。

傍晚，到达丰都，入住莱特贵宾楼。站客房的窗口，可以望见长江，和对岸的山峦，高低错落的房屋，沿山坡排开。这个地形看上去，有点像个巨大的扇面展开。

江边有小公园，这令我十分开心。一个地方有公园，这个地方就生动丰富得不得了，我又可以认识很多的树，相遇到很多的花和草。

公园顺山势而走，上上下下。逛了一圈，遇见众多的萼距花。这名字太学究气，不喜。它的别称倒是活泼可爱，叫紫花满天星，很贴切。这从墨西哥远道而来的花，跟这里的山水树木，一点也不违和。

去江边走走，任江风吹拂。江水倒映着青山，青山多妩媚。有轮船驶过，想它是从多少青山上驶过呢。走着走着，四周的灯笼亮了起来，天黑了。对岸就是著名的鬼城，“丰都鬼城”四个大大的字，在暗里头闪闪烁烁。光的彩带，把一江的水，染得五颜六色，一种神秘气氛，氤氲于江上。

临近江边有美食街。街上人头攒动。露天里，做菜的大锅支着，火锅底料的辣味儿，把每一寸空气，都填得满满当当的。我和那人从那里过，不适应，不停地打喷嚏。

却爱极这样的烟火，温暖可亲，粒粒饱满。我们也去吃火锅（这里除了火锅，好像还是火锅），当然，是不放辣的。火锅的底料相当足，鸡炖得极烂，我又点了不少的辅菜。服务员——一女青年，俯身看着我勾的菜单，笑着轻声提醒我，少点些吧，你们两个人的分量足够了。信了她的话，划去四五个菜，结果，还是嫌多了。

有个点心叫“嘟粑块”。像藕粉做的，外面裹着芝麻、花生、瓜子仁，油炸而成。我一边吃，一边在这个名称上打转，嘟粑嘟粑，该是嘟起嘴巴才是。因好吃，嘴巴自然给撑得鼓鼓的，嘟了起来。

因这份美食，我觉得也不枉来到这里。

误入大山深处

搜索丰都附近的景点，最后选定雪玉山。看介绍，觉得它海拔够高，近两千米。又山地、草甸、湖泊、森林、瀑布……皆有，简直是集自然景观之大成。

去看看，当然得去。

早饭后，我和那人就跟着导航，快快乐乐上路了。

道路颠簸崎岖，我们未当回事，说说笑笑，只当是为去西藏野练。

经过一些小集镇，经过一些村庄，直到一座大山矗立在跟前。一条窄窄的水泥路，水蛇样的，往山里游去。窄，只能容一辆车过。我们稍加犹豫，驶上去。山坡陡峭，一会儿上，一会儿下，前路看不见。我扭头望窗外，车轮挨着悬崖边，下临深不见底的峡谷，真叫人提心吊胆。一路上除了我们这辆车，再无别的车辆和行人。鸟鸣声偶尔滴答一下，更显得空旷寂静。

水泥路突然断了，我们到达一岔路口，一条路往山上去，一条路往山下去，皆是羊肠小道，是当地村民上山拾柴火或放牧牛羊给踩出来的。我和那人大眼瞪小眼一会，他下车步行去探路，很快回来，说，不能往前开了，前面的路更窄，车子根本过不去。

确信我们走错了，此处根本不是雪玉山。幸好前面有块开阔地，车子可以驶过去掉头。心上的石头总算落了地，——人生还有退路可走，是幸运。

回头，就没什么可惧怕的了，我们是从烟火中来，我们又将回到烟火中去。索性不那么急着赶路了，一路慢慢走，慢慢欣赏沿途。这才发现，这一路之景的秀美，结实结实，丝毫不逊色于一些名声嚯嚯的风景区。只见山坡上梯田井然有序，沙棘花儿大捧大捧地开，又热闹又天真，是与大山浑然一体的。

有牛掩映在山坡上的草丛里。那牛长得真好看，乍一看，像骏马。它看我们，我们也看它，彼此都是好奇得很的。

有小村庄，不过四五户人家。房子破旧，黄泥黄瓦，屋前却都很认真地长着一盆一盆的葱。屋角植着肥硕的芭蕉。屋后有树，是枣树和梨树。蒲儿根的花，沿山坡漫天漫地开过去，一朵一朵小黄花，也欢实，也秀气。我对着那些花发了好长时间的呆。欢喜。欢喜得不知怎么办才好。为了这些花，我愿意在这里住上一段日子。不去管世上何年何月，只管跟着花走吧，它开心，我就开心。

站在一幢木头房子前，和一山里人聊天。他说他的，我说我的，彼此都不怎么听得懂，却聊得兴高采烈的。在我，有偶然际遇的欢喜。在他，有得见外人的喜悦。木头房子有高高的烟囱，门口码着高高的柴垛。鸡和羊都是散养的，鸡跑来跟人亲，羊也跑来跟人亲，像家养的小狗似的。

打听此山山名，他说叫牛头山，或者是牛角山，——这是我猜的。他的话，我真没听懂。但我频频点头，表示我听懂了。这让他十分高兴，他不停地说啊说啊，我不停地点头再点头。他突然转身跑进屋内去，拿过一块玉米饼来，往我手里塞。我毫不客气，掰着吃了。真香。玉米粒的香，还有柴火的香。

坡上是玉米地，有女人在那里锄草，鲜艳的红头巾的一角，被山风撩起来，像朵艳丽的美人蕉。我跑过去，看她，和她的红头巾。她跟我说话，我也跟她说话，彼此都是笑笑的。听不懂有什么关系呢，鸟与鸟说话，羊与羊说话，鸡与鸡说话，没准儿它们彼此也是听不懂的。我们是同类，这就有了亲近。

玉米地头，开着一丛白萝卜花，紫色的一团团小花，紫衣紫裙穿着，是守在地头的小精灵。鸡伏到蚕豆植株下，无所事事。小猫突然一跃，上了山坡，对着一丛蒲儿根花发呆。狗不知想起什么来，对着远山，欢快地轻吠两声，停一下，想想，又轻吠两声。我觉得自己遁世了，“不知有汉，无论魏晋”了。

活着的趣味

到重庆，在垫江、铜梁、巴南我做了四场讲座。

在铜梁逗留两宿。

铜梁，是铜梁龙灯的发祥地，又被称为“龙之城”。我在城里转了半天，没看到龙灯，说节庆日里才有。

城不大，周边是山。晚八点了，天光还不曾暗，一枚月亮，很亮地挂在头顶上，天空深邃如渊。我和那人沿着一条街道，往山里去。

路边绿荫匝地。树木在换叶，老叶子掉了一地，新叶子已长成。新老交替，各司其职。一丛三角梅，攀着一铁栅栏，把花朵插在半空中。玉兰树的叶真真是阔气，花朵也阔气，摸上去如丝绒。

街上行人少，我们走了好长时间，才碰到一妇人。妇人很老了，满脸褶皱，她一边走，一边手捻着一串小佛珠。我盯着她看，从远处，一直看到近处。她注意到了，也看我，走至我跟前，突然粲然一笑。那笑，极亮，像星星。人与人偶然际遇之美，莫过于这样粲然的一笑了。

我揣着这一笑的粲然，愉悦地走了很远的路，一直走到山里面。暮霭这才四起，有人家在山坡上住着。独门独院，门和院墙皆被绿植牵着绕着。柴门里闻狗吠，炊烟在小黑瓦房上袅袅升起。屋子四周，漫天漫地的蒲儿根，举着朵朵小黄花。我一看到炊烟就激动，那是故乡啊。我想唱歌了。

到巴南。入住的酒店后面就是长江。街上多黄桷树，又粗大又蓬勃，叶片儿闪闪发光。

傍晚时分，江边人多。有人在垂钓。有人在跳舞。遇一老者在放风筝。他独自一人，把风筝放上天。风慢慢吹着，风筝慢慢荡着，荡得比楼顶高了，停下来。好半天，那只斑斓的“大蝴蝶”，就那么浮在半空中。似乎是玩累了，它躺到风上，休息休息。走过的人，有的仰头看上一眼，大多数不在意。老者也不在意别人的看与不看，他兀自仰头望着，望着。风筝的线，牵在他手上，他保持着一个姿势，不动，风筝便很听话的，也不动。

我们走一圈回来，空中的风筝不见了，只见老者在收线，风筝搁在他旁边的花坛上。他默默收好线，把风筝小心地举着，走了。

孤独，——我想到这个词。趣味，——我想到另一个词。孤独不可怕，怕的是失了趣味。这个老者，显然是在孤独里，活得很有趣味的一个人。

锦　里

离开巴南，往成都。天灰蒙蒙的，下着小雨。一切的景物，都笼在一片烟雨中，看不分明。怨不得四川人无辣不欢，他们要用舌尖上的火辣，来抵抗这样的潮湿。

下午一点多到成都，住汉室酒店，里面的一切陈设皆汉化。服务员告诉我们，那些家具、床，都是他们老板从各地千辛万苦搜集来的，少说都有好几百年的历史呢。

好吧，且让我穿越一回，回到古代。汉服穿起来，汉简翻阅起来。时光的河流里，我很高兴，我也是其中的一粒。

木格窗推开，外面是绿树红花。处处可见三角梅，又大气又浩荡，每家的窗台上，都攀着一大丛。

去逛锦里。一条汇聚着小吃、小物件、小艺术的风情之街。吃点小吃，煎包和粥，凉皮和面条，皆可口。

人多，烟火必多。有做糖人的，我站旁边呆看半天，看那人做完一只松鼠，再做出一只小猴子来。有意思吗？当然。反正我看得挺高兴的。

也在一些装饰极艺术的茶楼门前探探头，或者摸摸人家架子上摆着的牛角梳，或者对着一件老物件，比如罩灯，看了又看，时光在那些物件里哗哗流淌。买一只手工编织的小包包，一女子坐在摊子后面编织，她的十指麻利地上下翻飞。摊子上摆的，全是她的手工制作。问，多少钱？答，三十。我爽快掏钱，包包就归了我。斜背身上，我想装几颗糖果进去，再装几朵花进去，一路飘着甜和香。我做活神仙。

想坐在一个挂着红灯笼的檐下，喝点什么。什么也不做，就看人，看一街热闹。世间欢乐，这也是一种，不关乎世事，不关乎名利得失，只关乎内心的平实、喜悦。

去看了刘备陵墓和武侯祠。是非成败转头空。震惊于那里展出的岳飞的字，他抄的诸葛亮的《出师表》，有剑气，豪放飘逸。书法大家里，他应该算上一个。

晚上，去美食街。家家火锅，热火蒸腾的一条街。我、那人及另两个朋友，共四人，坐在一家火锅店楼上的阳台上，面前火锅沸腾着牛腩山蕨菜，朋友中一人吃得汗流浃背，大呼，真过瘾啊。

晴天，风凉凉的。可以看见不远处的植物，三角梅像粉色的瀑布一般，从人家的屋顶上披挂下来。

功盖千秋

去都江堰。人类历史上的智慧结晶，功盖千秋。

余秋雨来此曾惊叹，中国历史上最激动人心的工程不是长城，而是都江堰。因为它“实实在在占据了邈远的时间”“永远地灌溉了中华民族”。四川平原能成为“天府之国”，它功不可没。李冰，一个原本淹没于历史长河里的小郡守，因这一伟大工程，名垂青史。

宝瓶口，飞沙堰，鱼嘴，一个一个看过去。

看水。水奔涌而来，又奔涌而去，永远一副神采奕奕的样子。看绿，绿染遍山川。看人，人像红花朵绿花朵，簪在雾中。山川浩荡。人类浩荡。

登上，爬下。树木森森。遇一棵一千七百多年的银杏，蓊郁蓬勃得不得了，惊诧地站住，仰望。一棵树的内心，有着怎样的信仰呢，可以千百年地昂扬如此？

又何止这棵银杏呢，太多的古树，在江水滋润下，都成精了。

我还是追着花草不放。这里的草，似也比别的地方的更奔放，更焕发。还亮草，又名鱼灯苏。满山坡都是。叶漂亮，花也漂亮。是一只只扑翅欲飞的小紫鹤。蒲根草撒着欢地长，最是那庙宇之上也长着，黑瓦看上去，像披了件黄金袍。

前一脚还没在自然里，后一脚已跌进西街。热闹，烟火气浓。坠进去不想出来。

喜欢蔷薇攀扯着人家的门楣，嘻嘻哈哈的，像玩耍的孩童。喜欢一朵一朵的小花，撒欢地奔跑在人家的窗台上。那装花的花器，也拙朴也天真。喜欢小狗趴在店门口，好奇地看着来来往往的人。它该阅尽天下多少人啊。不知它的小脑袋里会想些什么。单单看人这一项，也叫它活得足够有滋有味了。

香味流淌的街道，美味层出不穷，每一样，我都想尝上一尝。人生有美食相待，堪比有美景相待，叫人如何舍得！

回到成都市区，天已晚，再去锦里。夜晚的锦里，像用琉璃水晶雕出来的辉煌。红灯笼一盏盏亮起，茶楼酒肆，进入最好时光。我们进了一所院落，露天里茶桌茶椅摆着，叫上一碟花生米，一碟牛肉，一边喝酒，一边听歌手唱民谣。歌手轮番来，一首接一首。后来，老板亲自上。服务员给我们来续水，轻声介绍，我们老板喜欢唱歌，所以开了这酒吧，每晚上他都会来唱。

声音真真好听。后得知，老板叫王哲，出过碟片。上网搜索，确有歌手叫王哲的。

一个人，过着自己想过的一生，需要勇气，也得有底气，二者缺一不可。

身上被露水打湿。回。看到一个亮亮的月亮，凫在天上。锦里的灯火，还闪烁在辉煌里。

蓝天下大地便是我家

晨起，告别汉室酒店，告别成都，踏上川藏线。

第一站：康定。全程三百多公里。

开始走的是高速，无惊无险。

十点左右，下高速，进入318国道，驶上盘山路了。途经雅安。山来迎。一座一座，像憨厚的大老爷们。时速每小时60公里。阳光把半边山擦亮。路上的车多起来，远观去，像玩具车，绕着山腰，蜗牛般的。山的坡度不算大。

路边有卖野生猕猴桃的。在入藏攻略里看到，这里的野生猕猴桃多，且便宜，停下，买了一箱。枇杷也只只个大，饱满，又买上一箱。在西藏难得吃到这样的水果。

到天全县。一个跟内地没有多大区别的小城。四周是山，保镖般忠实地守在一旁。房都不高，然整洁整齐。街头多电动三轮车。

出城，遇拥堵，车行如蚁。

翻越二郎山。

午时，停车吃饭。路边小店，豆腐鱼、砂锅鸡的招牌，堪比燃着的烟花。瘦小的小老板在路边迎客，满面春风。小小木梯子上去，有木头廊棚撑着，摆桌四五张。我们挑一张桌坐下，泡好的大麦茶随后奉上。装茶的器皿拙朴中显出别致，竟是一小陶罐。店是家庭经营的，一对夫妇，带着儿子媳妇。小老板推荐我们吃他们家的石锅豆腐鱼。微辣的。

只眨眼工夫，鱼已烧好。三斤多的黑鱼，烧了满满一大盆，上面浮着厚厚的红油。吃一口，又嫩又鲜。不吃辣的我们，居然把一大盆鱼都给吃了。

可见得，味蕾也是愿意尝试新事物的。吃完，余味绕舌，我对那人说，为了这一石锅的豆腐鱼，也不枉我走这一趟川藏线呢。

吃饱喝足，心满意足上路。路况不好起来，一步一颠。书是看不了的了，我索性看窗外的山。草木芊芊中，偶有一蓬的紫红，跳跃出来。我猜那是杜鹃。

雪山，蓝天，白云，正看得眼睛发胀，海螺沟到了。山路小心。

二郎山，且停一停，驻足观景台。看云和山峰嬉戏，看山谷里的人家，和隐在山谷里的羊肠路。也没做何思想，要想着那么多做什么呢？有时，只是为了看看。眼睛愉悦了，心情跟着愉悦了。仅此而已。

一辆江苏无锡牌照的车，在我们身旁停下。喜，上前搭话，问去哪里。他们说去稻城，我们说去拉萨。得知我们只两个人"独行"时，他们竖起大拇指，道，进藏的路不好走，你们要小心啊。

拐去泸定桥。康熙年间所修之桥，桥两边的桥头堡均为木质建筑。当年的炮火，已不见分毫。游人们在桥上笑闹，摆出各种造型拍照。河两岸居民往来不断。

对岸有寺庙，梵音悠扬。我听得心里一怔，越过桥去，抬头见：大悲庵。

很想找找纪念碑的，纪念 80 多年前那场炮火，却没有。许是有，只我没找到。桥头摆着些小商铺，出售或出租红军衣帽和鞋袜，供游人拍照。我四处看看，找花。找到一株野杜鹃，在河沿上开得欢实。

往康定去。山路曲曲弯弯，真不好走。一路提心吊胆，不敢分神，被迫放弃观赏沿途景物，只一心看着脚下。

下午四点左右到康定。

康定是进出川藏之咽喉，昔日茶马古道必经之重镇，是藏汉交汇的中心。它还有个别称：打箭炉。我初一听，一头雾水，这里箭多？后询问才知，原是音译，是从"打折多"译过来的。"打"指打曲河，"折多"指折多河，这两条河流在此交汇。

从小就知道这块地方，因那首《康定情歌》。冲着这歌，我挑了康定情歌大酒店入住。

晚六七点的时候，太阳还高悬在天空中，我们去逛康定的街。街上建筑自然很康定，雕绿镂红的，色彩浓烈得不得了。随便往一家房檐下一站，那颜色，仿佛都要滴到我的头上。哪一家都让我好奇，我想知道里面藏着什么好玩的，好吃的。哪一家我都想推门进去坐一坐。

街边有卖枇杷和樱桃的，问价，价格高得令人咋舌。庆幸入藏时，我们已备了一箱的猕猴桃和一箱的枇杷。带上水果入藏，真是明智之举。

山风吹凉，我穿了厚外套还嫌冷。紧紧身上的衣，一转身，见山。阳光的光亮打在山上面，像窝着一堆碎银子。

找吃饭的地，满街都是烤串串。我不爱吃烧烤，好不容易找到家家常菜馆，酸菜鱼、豆腐花、炒粉丝各来一份。

坐窗口，闲闲地吃，闲闲地看街景。这是好时光，不急着去哪里，也没有急着要做的事。我想象着，街上走的每一个人，都将有艳遇发生。天上有溜溜的云，地上有溜溜的人。

几个康巴汉子结伴走过，虽不见传说中的剽悍威武，可那粗犷之貌，任谁也模仿不来。

角落里，有人弹唱起康巴歌谣，很入景：

我骑在马上无忧无虑

宝座上的头人可曾享受

我漂泊无定浪迹天涯

蓝天下大地便是我家

听得呆过去。“蓝天下大地便是我家”，——我细细咀嚼这句话，情绪竟有些失控了，我站起来，想跑过去拥抱那个弹唱的汉子。一个人再一无所有，还有大地在。我们每个人，原都是从大地而来，终将又回到大地中去。跟一棵树、一棵草、一朵花、一只虫子、一只小鸟儿，又有何区别呢？

那人拉我衣襟，很严肃地问，你想干什么？我回过神，冲他一笑，我说我想艳遇。

广场上的舞蹈开始了。男女老少围成圈，一个搭着一个的肩头，跳啊，跳啊。游人和当地人，傻傻地分不清，都是一样的欢快，一样的轻盈。一圈跳毕，再来一圈。我也进去舞了几下，山风吹得又大又凉，本想等着看康定山上的月亮的，却架不住风吹骨头冷，我怕感冒了不好入藏，遂很识相地早早回了酒店。

山上，山下

早起，告别康定，继续西行，往海拔四千多米的理塘而去，途经摄影家的天堂——新都桥。

沿途雪山横卧，在阳光照射下，晶莹璀璨。雪山近旁的山上，绿意婆娑，紫花儿一簇一簇，天真烂漫得很。不时遇到骑行的驴友，我替他们担着心，这该骑到什么时候？他们会在哪里歇息？他们会有高反么？

人的毅力是个谜。就像我们进藏，只我和他，也是抱了极大的勇气的。

路不好走，窄，坑坑洼洼。大货车又多，又多拐弯，时时刻刻都要精力高度集中着。然心中却没有一丝悔意，这世上之美景，常在挑战中获得。

海拔渐渐升高，三千多米了。骑车的青年，弯腰弓背，很吃力地蹬着车。我们经过他身旁，对他竖起大拇指，喊，加油！人生最难之事，莫过于自己跟自己挑战。有勇气挑战的，都是英雄，不管结果如何。

我的耳朵开始轰鸣起来。车子一会儿到了山上，一会儿又下到山下。野花从车旁掠过。大大小小的玛尼堆，堆在道旁。它们经哪些人之手，一颗石子一颗石子，一年一年堆积而成？那些祷告与祈福都应验了吗？

也见到越来越多的经幡了，在风中飘。那些彩色的经幡，像天上的虹。是大山庇佑着人们，人们又在守护着大山。

进入雪山区。山坡上寸草不生。雪像白色补丁，东一块西一块的，补缀着山峦。山顶上，积雪厚实，莹莹发着光，似有无数的琼楼玉宇，我疑心有仙人居住。

到折多山了。海拔高达四千六百米。几天前，这里曾降下一场大雪。一对从南京来的年轻人，刚好走到山上，被热情的大雪给堵住，这一堵，就堵到次日凌晨两点。他们又冷又饥，后幸得有当地人带领，摸黑下山，九死一生。我们赶巧了，既避开了大雪封路，又饱览到雪端出的盛宴。堆积如山的雪，白得令人窒息。

山顶风大，寒冷穿肌入骨。许是雪神保佑着的，我竟无半点高原反应。我弯下腰，捧起一捧雪，把洁净和圣灵安放在心里。

有从湖北而来的骑行者，把车搁到一旁，他静静仰望着那厚厚的雪白，和那雪白搭建的“楼宇”，看着看着，他流泪了。他抬手抹泪，怕他难为情，我赶紧避开目光，也忍不住湿了眼睛。

下山。路边渐渐有了人烟。藏民的房子，彩砖砌的，两层。有些像魔术方块。也可见到牛和马，一副散漫的神情，在山坡上啃食。山坡上不见多少草，它们在啃食什么呢？石头？据说石头上有盐，它们是在舔食盐粒的吧。

到新都桥了。摄影家的天堂。路两边的树，现时都镶着新绿，是春天活蹦乱跳的样子。到秋天，该是一片金黄。哪一片叶子，都入得画的。

经过雅江，翻越高尔寺山。意外的是，山上呈现的，竟是秋天的景致，斑斓的色彩，在阳光照射下，闪耀着佛光。山峰托着一垛一垛的白云朵，那些云朵不动，很乖巧地一任山峰托着。山峰们似乎集体在举行什么仪式，隆重，圣洁。山顶上也有植物，透透亮亮，间或一蓬黄或一蓬红，不知那是什么树。

红、黄、橙、赤金、浅绿、嫩绿、青绿……不一而足，若是画家来这里，不定怎样惊诧呢。诗人不能来这里，诗人来这里，定写不了诗了。大自然已写好诗行，哪一行都超过人的想象。

过十八弯。翻海拔 4695 米的剪子湾山。稍稍逗留。山像剪刀。光线披挂下来，山与天齐。头微疼。高反了。

走天路 。路一直往“天上”去。

到理塘。海拔最高的一个县城。那人和我商量，我们不能在这儿住，若住一晚，说不定明天你就起不来了。我捧着头，说是。头真疼啊。

在地图上一通查找，决定到海拔较低的巴塘入住。

翻海子山。海子山平均海拔在 4600 米左右，有着青藏高原最大的古冰川遗迹——“稻城古冰帽”。山上密布着大大小小的海子，犹如上帝随手抛下的一颗颗钻石。我明显不行了，头疼，胸闷，稍稍动一动就气喘，想呕吐。

眼睛里所见到的，皆是雪。雪恨不得砸到路上来。白花花的，无边的寂静。也偶见村庄，房子连着房子。没见到人。

终于看到姊妹湖了。

来之前，就听说了这两个神奇的湖泊，是进藏路上不得不一观的景致。它们紧紧相挨着，倘到夏天，冰雪消融，阳光晴好，望过去，就像两颗蓝宝石，镶嵌于大山的怀抱中。有人形容，它们是两个待嫁的美丽少女，静静平躺在海子山上。

天空阴着，风大，两个“少女”看上去，面容上有些哀愁。极目之处，是冰帽，是雪峰。没有一棵植物，没有一只鸟，只有无边的寂静和洁净。空旷的空，邈远的邈，让人忘了时间和空间。

我高反太严重，只能在湖边稍作逗留。一眼，便是千年。

遇到一对从无锡来的年轻人，他们也是到拉萨去。我们和他们互留了手机号，相约，若路上出现什么状况，一定要让对方知晓。后来，他们一直跑在我们前头，不时发过消息来，哪里堵车了，哪里在修路，哪里下雪了，哪里遇雨了，让我们避开不少的麻烦。

到巴塘，路上没遇到什么危险，道路也挺顺畅的。巴塘的海拔只有两千多米，人舒服多了，先前的不适，自动消失。宾馆很容易找，街上到处都是。几经挑选，在迎宾楼宾馆住下，一晚上三百元左右，条件甚好。巴塘人看上去很和气很绵软，一个个跟小绵羊似的。难怪这个城是以羊的叫声“咩咩”而得名，藏语里，“巴”就是“咩”。巴塘也可译成“绵羊”。

小城不大，路边植着松树。一所中学是当地最好的建筑了。七点半了，太阳还挂得老高。城的四周全是山，做着天然屏障。我们去找吃饭的地儿，遇见一小菜馆，门面不大，女服务员着一身红衣笑嘻嘻在门口迎。菜都是家常的。问可有特色的？她推荐石锅鸡和石锅豆腐鱼。看来，这两道菜是整个四川的特色菜了。

继续吃石锅豆腐鱼。

孩子们放学了，说说笑笑打打闹闹从街上而过。

广场上慢慢聚集着人，人们开始消夜了。跳舞是不可少的，这里一圈在跳，那里一圈在跳。我知这里是“弦子的故乡”。“弦子”，藏语“嘎谐”，是康巴人跳的圆圈舞，集诗、琴、歌、舞为一体。我眼巴巴等着谁拉起胡琴，谁唱起古老的歌谣：“冬多霜雪，夏多和雨，寒温时适。”谁再领头，一圈一圈跳起来。在这个“会说话就会唱歌，会走路就会跳舞”的地方，不欣赏到一场真正的弦子，算是白来了。

遗憾的是，没有谁在拉胡琴，也没有谁在歌唱。都偷懒来着，一旁的音箱大开着，人们跟着音乐节奏，围成圆圈跳起来。有四五岁的小姑娘在里面，如小雀儿一般灵巧生动。我虽有不满足，然快乐是那么富有感染力，我终忍不住加进去，跟在他们后面舞了两下子。也是尽兴的。

街上牵马而过的老哥俩相遇，分外亲热，他们似乎分别了很久。事实上，也许他们早上才碰见。但他们硬是像久别重逢般的，手拉手地坐到一棵树下，聊开了。他们的马，守在一边，马头对着马头，也聊开了。人说人的，马说马的，很静好。

他们的对面，是一座山。月亮慢慢的、慢慢的，从山的后面，探出一张皎洁的脸，大而圆润，散发着佛光。

多　美

早晨八点五十，离开巴塘。

在离开巴塘前，去一小超市买水。前路崎岖，不知有怎样的险阻等着我们，心里忐忑。

小超市的老板是个中年男人，人极和善，他帮我们把一箱水搬上车，叮嘱道，前面的路很难走，七十里路，要开三个小时，你们一定要小心开。祝你们一路顺风。我们答应，好。很感激他。

天空晴好。昨日在路上遇雨，但也只是十几分钟的事。这里若不是雨季，雨往往来得迅捷，去得也迅捷。天空似乎打了个喷嚏，喷嚏完了就完了，也便时时能见到蓝天白云。

今天的云，是呈瀑布样的披挂下来，山体被洗濯得亮晶晶的。东部沿海一带的春天早已过完，这里的春天，尚在萌芽中。朦胧的绿意，像绿色的小指头，一点一点，摩挲着那些裸露的岩石，让硬汉子，也在一瞬间有了柔情。

竹巴笼。川藏路上一绿洲，有珍稀野生动物矮岩羊。我睁大眼睛想遇见一只，没见着。自己也好笑着，既然是珍稀的，它们又怎会跑到路上来呢？

入藏遇第一个检查站。过金沙江大桥，便真正进入藏区了。

过了检查口，山路开始崎岖起来，沙砾遍布，车行如蜗牛爬。路两边是光秃嶒崚的山，若是雨季，此处纵是插翅，怕也难以飞越。

沿着金沙江峡谷，水流断断续续。清澈的水，冲刷着河床，一路向前。不时遇见塌方遗留下的痕迹，一堆沙石堆在路上。也时见路面被大石头砸出一个大坑。兵们在路边清理，一锹一锹铲走塌方下来的沙石。我在心里向他们致敬。在这里，每一寸的平坦，都是他们无数的血汗凝结而成的。

隧道口，有几个骑行者，停在那儿拍照。峡谷溪流中，躺着辆千疮百孔的车。惊！不知何人，行至于此，车毁人亡。大概是出隧道时方向偏了，又或是遇上塌方了，一下子冲到溪谷里。

路，越发的崎岖。我们小心翼翼着。山上多碎石，走过时，真有点担心它们会不会突然砸下来。山上荒芜，只在临近水源的地方，有蓬蓬绿色，春风荡漾着。

遇一爆了轮胎的，车停在路边。两个男人站在车旁，一脸沮丧。我们下车，想帮忙，却帮不上。这里手机信号也弱，求救也难。只能等有大车经过，能把他们的车拖走。我们告别时，两个男人再三说，你们千万要小心开啊。行走在这条路上，最怕的，就是爆胎，前不搭村，后不搭店哪。走了很远，我一直在想他们，不知他们什么时候能赶上来。

山路仍是崎岖，山体却渐渐丰满圆润起来，植被多了，一捧捧绿，一点也不吝啬的，满山满山抛洒了。溪边有柏杨树，也是一派滋润的样子。

行不多远，却又进入一片荒寂之中，四周丘陵起伏，黄沙砾土，绿色不见影踪，仿佛刚刚经历的，是个梦。

宗拉山。海拔4100米。山谷养着一山谷的云。

路遇牦牛和马，踩出一派活的生机。

至芒康。一座小小城池。旁边山石呈赭色。又停车检查。这是第四个检查口了。

芒康过来，继续翻山越岭。路边时见经幡和灵塔。天有些阴了，云灰白灰白的，山峦浑圆。

拉乌山，海拔4800米。岩石都呈褚红色，像用颜料刷上去的，只那单一的褚红色，蓝天下，倍是耀眼。令人惊异的是，在半山腰平坦之处，竟开辟出一块块庄稼地。庄稼簇成一抹抹淡黄，不知是不是油菜花。想来这里的油菜花该开了。

经过拉乌村。经过多美村。

多美村真没有辱没了这个好名字，它就派有底气这么叫。四周都是光秃秃的山，中间躺着这么一个小村落，美得像个娇小的小姑娘。这时节，桃花红梨花白的，沸腾得厉害。花枝拂着人家红色岩石垒砌的墙。岩石铺的屋顶上，跑着些绿植，拖着长长的藤蔓，也分不清那到底是什么。每家都有个石头垒的小院子，院子后面是山坡，山坡上紫花披拂，如美人下山。一畦地上，种着菜蔬。韭和生菜。又有一畦地上开满菜花。下临一小溪，溪水潺潺流着。村庄安静，时有鸡鸣声，梦呓般响起。

我下车，在村子里溜达。遇马群。赶马的汉子忙吆喝他的马站到路边去，让我们走。他冲我们笑着挥挥手，我们也冲他挥挥手。路遇的友善，让人倍觉温暖。

又经日瓦村。村口颇有好几棵粗壮的杨树。房屋不多，仅十来幢。有水有植物，安享一方福泽。

再前行，进入一个小镇叫如美镇，有饭店宾馆，可供歇脚。有检查站，停车，接受第五次检查。有进藏车辆坏在镇上，一车人也不急，在旁边笑嘻嘻转悠着。一人在打电话，似在唤人来修。

出如美镇。山路继续陡峭，弯道奇多。那人手心里全是汗，眼睛紧盯着前面的路，不发一言。我也不敢跟他说话。寂寂。这么默默开了一段路，到觉巴山，海拔 3911 米。有观景台，停车收费 10 块。站观景台上，可俯瞰又宽又深的峡谷，318 国道如蛇游其间。想我们是从那“蛇”身上驶过来的，觉得好是神奇。山峰险峻巍峨，有雪痕斑斑。山峰后面，又浮出山峰来。再再后面，又是山峰。“层峦叠嶂”这个词，描绘的就是眼前景吧。层层山峦的色彩，又是各不一样的。一抹浅紫。一抹橘红。又一抹黛蓝色的。似扯下了一片天空覆在上面，可称奇观。一路的辛苦，此刻，都化成羽毛飞走。此生有缘得见一面，幸矣！

从觉巴山下来，又途经几个小村庄，路边不时见到藏民和他们的牛。我们和他们，很友好地挥挥手。

翻海拔 5008 米的东达山。很严峻的挑战。到山顶，有碑，上书“东达山”。山上有薄雪覆盖。我高反又开始了，下车走了两步，不行，头疼欲裂。胡乱拍了两张照片。前面有修路的，道又堵上了。山无言。

好不容易放行。才走几步，又遇修路。我在车里被折磨得上天无门，入地不行。我的脸煞白煞白的，把那人吓得不轻，然无计可施。一个小时过去，两个小时过去，道还堵着，我们被困在五千多米的东达山上。

我似乎昏迷过去，车启动了也不知。余下的路程，我一直处在极度难受中。好不容易捱到左贡，胡乱找家宾馆，一头栽倒在床上。

左贡，藏语意为“犏牛背”的意思。是因此地地形，特像犏牛的背。它的海拔平均都在3700米以上，我入住的县城，高达4200米。

也不知睡了多久，窗外一片金色。看时间，晚上八九点了。起来勉强泡了一碗面吃，撑到窗口，朝外看了看。我们住在八层楼上，一半的左贡，尽收眼底。窗外就是山，山后面大放着光芒，山体沐在团团金色中，十分的亮，亮得那上面岩石的纹理，似乎都看得清。我想着，夜晚的月亮，一定极亮。可惜，我不能出去，稍稍一动，就气喘。也没洗漱，就又倒到床上。天也不知什么时候黑下来的。小城安静，像一颗星星，落在山谷间。

山的光山的影

六点多，还是一片暗沉沉。窗外的山，像一尊猛兽，沉默地蹲着，整个左贡，还在梦里。

一夜几乎没能合眼，我到底不适应这么高的海拔。起床，对镜一看，自己都吓一跳，简直全没个人样了，嘴唇青紫青紫的，脸上全无一点血色。喝红景天，没用。吃头疼散，没用。只能快快逃离才行。

今日行程很有挑战性，要走著名的“怒江 72 拐”，从海拔最低点 3100 米，一路攀升到海拔 4658 米的业拉山口，再盘旋下降至海拔 4100 米的邦达镇，长约 12 公里。我们一面期待着，一面担心着。然开弓没有回头箭，走吧。

七点五十分，告别左贡。左贡尚未完全醒来，街上的店铺大多还都关着门。两条黑狗慢悠悠穿街而过。一藏族妇人穿戴整齐，站在路边，等着谁。

白云朵却早就醒了。我们进入大山里，看到它们在山顶上伸懒腰。这个地方好，每座山上都养着无数的白云朵。

山大多数还是光秃着，硬汉子的形象。却仍有村庄安居其间，村子口，总站着一两棵古老的树，成为村庄的标志。村子里的牛马悠闲得很，在路上随意溜达，它们身后，并无人跟着。这块土地是它们的，它们不会走丢，也不会迷路。

不时遇见骑行者。每每路过他们身边，我总要感动，人生是在不断的体验与挑战自我中，获得升华的吧。

太阳升起来了。远处的山脉，笼在云雾中，近处的山峦，披上了亮闪闪的金袍子。光与影变幻莫测，这才是大自然最得意也最得心应手的杰作呢。

人也只剩感叹的份了，又心怀感激，我遇见了山的光山的影。

遇雨，山谷中陡的变得一片迷蒙。一旁有玉曲河，欢畅地流着。山走多远，它就走多远。或者说，它走多远，山就走多远。它会走到哪里去呢？大地之上，所有景物，都各有各的去处。

也不过十来分钟，雨止。然云雾并未散去，它们贪玩了，在山顶上捉着迷藏。雪山就在那云雾中，忽隐忽现，仙姿仙容，撩人心魂。

天却是放晴了。一角蓝天，如一泓湖水，荡荡悠悠的，显现出来，山雾飘飘去迎。

又见村庄。一大群绵羊。疑是山上的云朵，跑下来了。山间有炊烟起，袅袅的一团，有着乡愁。我很想下车，轻叩门扉，去讨一杯水喝。

到达海拔 4200 米的邦达。过检查口，拿到一张限速单，95 公里的路程，必须驶足两个半小时。这也好，我们可以慢慢开，慢慢看。

出邦达。雪山来迎，云雾低垂，开始驶上“怒江 72 拐”。路边都是悬崖峭壁，雪山云端，缠绵不清，拐拐都往那雪山云端去。车外气温只有 2 度。牛三三两两，站在悬崖边上，让人替它们担心，这么陡的悬崖！这么冷的天！它们闷着头，安之若素地在咀嚼着什么。是咀嚼雪么？恶劣艰险，在它们眼里，根本不值得一提。它们是这块天地真正的主人。

到达业拉山山顶。山上在下大雪，漫天纷飞。我们换上厚厚的冲锋衣，爬上山头观景台。雪山威仪，不知要对它说什么才好。只默默看着，看得眼睛慢慢潮湿。是雪在眼睛里化了吧。

俯瞰，“怒江 72 拐”如巨龙盘踞山谷间，又像玉带飘闪，真是险峻。事实上走下来，除了多“拐”之外，路比昨天要平坦得多了。车辆也少，大多数时候，路上只我们一辆车，孤独得很。我冲窗外大声叫，你好啊！你好啊！我问候天，也问候山，也无回音。

下到半山腰，天是晴的。身后的那场大雪，好像诗经年代的一个故事，“昔我往矣，杨柳依依。今我来思，雨雪霏霏”，他归来，原来的姹紫嫣红鹅黄柳绿，都变成雨雪飘飘，多少年过去了，物已非人已非。

从那场雨雪中穿越而来，眼中所见，再无半点积雪痕迹，山石裸着。很奇怪的是，却有一棵树，站在裸露的岩石上，枝叶还挺蓬勃的。就那么一棵树。它是靠什么滋养着的？

山坳处突然冒出一村庄，像变魔术似的。同尼村。古老的树在路边站着，一棵棵。海棠花开在一摞摞木柴上。房舍无甚规则，这里一幢，那里一幢，因势而筑。村人赶着牛马，从村子那头走过来。山坡上辟出地来，种油菜，种青稞，也是小小梯田的模样。坡上，谷边，多中华山蓼。一丛丛，叶绿花红。

这之后的村庄，草木渐渐葱茏。一畦畦青稞，碧绿喜人，物产丰美的样子。山势曲折循环，盘盘焉，囷囷焉。周边还是岩石裸露，寸草不生，只那一块小小地方，供烟火生长，仿若沙漠之中的绿洲。

拐拐见山。有的山似斑马条纹，下到怒江大峡谷。峭壁林立。阳光明媚。白云从山谷口涌现出来，谷底水流湍急。此番景致，非亲临而不得见。

有山被红土覆盖，那突兀出的红，如大山的胎记。沿途，不时能见到田畴和树木，是白杨吧。叶片像是塑料做的。人烟渐旺，离八宿不远了。路较之昨天的，要好开多了。

午后的八宿街上，有孩子背着书包，三三两两结伴着上学去。一女人扭着腰肢，从街这边，跑到街对面去。几个男人站在店门口说话，眼睛都看向街面。一只长得颇像小牛的黑羊，闷头走过。

出八宿，去然乌。山坳处常遇惊喜，溪水一捧捧，清澈含翠。溪边坡上菜花一行，青稞一行。再菜花一行，青稞一行。似一幅水粉画，摊在那儿。有时也会突然遇绿荫一行，让人眼前一亮。雪山被云雾罩着，在拐弯处，突然露出真容来，满头银饰，璀璨得叫人眼睛直视不了。

石头垒起的篱笆墙上，趴着一丛丛泽当醉鱼草。紫色小花，一朵朵缀在一起。一片天地，全是它们的。遇草地。草地边上，有一眼清泉。清泉的后头，是皑皑雪山。雪山的后头，是膨膨的白云，缝隙处，露出一弯蓝天。在泉边徘徊许久，不舍离去。

然乌湖，藏语的意思是，尸体堆积在一起的湖。听着很恐怖，事实上，美得很。雪山一直蔓延到湖边，湖水碧玉一般，洁净，神圣，浩荡，广阔，绵延数千米。尽头是来古冰川，冰雪莹莹，终年不化。湖边堆着一些玛尼堆。天空阴晴不定。有乌云飘过时，湖水似乎有了忧郁色。乌云散去，白云朵像一床床棉絮似的，铺在山谷间，又蓬松，又轻软。湖里倒映着雪山和蓝天，湖水瞬间眉开眼笑起来。

一对夫妇在拍照。女人不满男人拍的，她有些着恼地说，要把湖水拍进去呀，要拍出我在湖边跳的样子啊。她看到我们时，如遇救星，把手机给了我，请我帮她拍。他不会拍的，她嗔怪地看一眼男人。难得来一趟，不拍些好照片留下来，亏了呢，她又说。

是是，我笑。给她拍了很多，她翻着看，很满意。又忙去挽起男人手臂，请我帮他们合影一张。男人宠溺地看她，无可奈何地听她摆布着。

我又帮他们拍了不少合影。女人高兴得很，连声道谢。她一张一张看着，说，走了这一路，我们终于有了像样的合影了。她对男人说，这张要放大，这张也要放大，我要把家里墙上都挂上。

男人温和地笑着，看着她，像看一个小女孩子。

女人和男人，是有着婚龄四十多年的老夫妇。

想搭个帐篷在湖边，什么也不做，就那么躺在帐篷里，看看湖，看看天。如果有点小酒，有点花生米，那就更好了。可以一边数着花生米，一边喝着小酒，直到把夕阳送进湖里去，直到把月亮和星星，从湖里迎出来。

想象很美好，现实却很凌厉，我的高反太严重了，走几步，就气喘得不行。不得不一步三回首，别然乌湖而去。

地图上搜索，必经之路有小城叫波密，是个世外桃源的好地方，海拔只有2700米，属于低海拔了。我和那人决定投宿到波密去。

从然乌到波密的路极难走，两步一颠，三步一震，人被颠得七荤八素。然路边的景致，却是一把一把的纷繁丰美。山上原始森林密布。帕隆藏布江一路随行，也是碧玉般的色泽。路边不时见到村庄，树木掩映，绿绿的小麦，一大片一大片的。

雨落。哗哗有声。不过几分钟的工夫，停了。雨后，山上的水雾，和天上的云朵，拼命纠缠到一起，滃滃溶溶，难舍难分。蓬蓬游动着的厚厚的白，给雪山套上了一个松软的围脖了。阳光照射得雪山山顶，如一颗硕大的钻石，在那云雾之中，光彩夺目。消融的雪，像牛奶一样的，流淌下来。帕隆藏布峡谷间，江水奔涌。谷边，林木森森。又村庄田舍俨然，牛羊安详，一派世外田园风光。

我们停下观看，有泪，一阵阵往上涌。沈从文说，美丽是使人忧伤的。真是感同身受。我眼前呈现的，这雪山，这云雾，这树木繁茂的山谷，这谷中恬然静美的村庄，多么让我心疼让我不舍！

遇几个从内蒙古而来的骑行者，他们已在路上骑行近两个月。他们也在看这雨洗过后的雪山、田园和村庄。我见到一人抬臂，擦腮边泪，我假装没看见。他说，太美了！我轻轻接话道，是啊，是太美了。

李哥的桃花源

波密在藏语里，是“祖宗”的意思。真霸气！

县城所在地，扎木镇。

小街上全是宾馆客栈。我们几经挑选，入住到雪山江景大酒店。门前有江，推窗可见雪山。

高反没有了，身体感到异常舒适，似乎从来没有这么舒适过，幸福感一下子爆棚。——这是很值得玩味的一件事。寻常日子，我们一直处在这种舒适之中，从不觉得有什么好，然经历过高反的折磨，一旦得以大口呼吸，大声歌唱，流星一般阔步而走，那是何等惬意！我们认定，这是福报，由此心怀感激。——只有经历过失去，方知拥有的珍贵。

去街上溜达。随便站一处，往四周看去，映入眼帘的，都是绝好风景。山上积雪未融（怕是一年到头都不会融的罢），跟少女的肌肤一般的，皓腕凝脂。又时有云雾在其上轻舞飞扬，目光乘着云雾扶摇直上，天上，也倒映着一个雪山。

帕隆藏布江一路奔腾，涛声不绝。江水在深处是泛着翠绿色的，到了浅处，却白净如奶。沿江漫步，走一圈，恋恋。再走一圈，恋恋。临近子夜了，还是不舍离开。四周的雪山，如同夜明珠，那么晶莹闪亮。月亮又大又圆，浮在雪峰上头。白与白相互辉映，那不是人间，是天堂。

站住，久久傻望。除了傻望，我实在无能为力。

那人说，回去睡觉吧。

哪里舍得！这样的遇见，今生怕只此一次，再无可能。我想把它牢牢刻进我的脑子里。人生中，有多少的遇见，都不可再来。记住它，揣着这份美好，装在人生的行囊中，便算不得辜负吧。

三条夜归的牛，从桥上低头走过，牛蹄子踩在静夜里。牛蹄子上，似乎带着某朵花的哨音。不知这夜里，它们因何游荡。因那轮明月？因那些雪山？它们日日相见，应早已泰然自若了呀。我冲它们打招呼，喂，喂。它们不理，一径走了。

在波密，是不必问景点在哪里的。背上小包，包里装些面包、水果和水就可以了。然后，你只管迈开腿，随便往一处走着去吧，每一步里，都是风景。

我们沿着帕隆藏布江而行，抬头，是蓝天，是白云，是雪山，是云雾。低头，是峡谷，是碧玉般的江水。茂密的森林，在路侧，遮天蔽日。鸟叫声稠密。水声从森林里奔涌而下，如白练般的瀑布，耍杂技一般的，从高空跃身而下。我们已进入一片原始的崇山峻岭中。

逢村庄。田畴茂盛。菜花闪着流金，麦子已然抽穗，棠梨花儿放着香。黑猪领着它的小猪崽，在路上漫步。见车见人，不避不让，继续着它们的漫步。每粒土它们都用鼻子嗅过。

世外桃源啊。

果有客栈名桃花源。三屋楼房，全是木质结构。一排坐北朝南。再一排，坐西朝东。探头去看，厨房里有烟火，听得香油在锅里嗞嗞作响。快到午时了。一女子听到动静，迎出来，连声招呼，啊，不好意思不好意思，我在做饭，你们是要住宿么？我们摇头，啊，不住宿，我们已有住处了。她忙说，不住宿也没关系的，你们可以随便看看。要不，我带你们去客房看看吧。她忙去关了火，也不等我们应答，就率先走在前面，笑声响若铃铛。

这都是我们李哥自己盖的房子，全是他自己设计的，每个到我们这里来的客人，都喜欢得不得了呢。啊，李哥就是我们老板，她回过头来，冲我们一笑，他这会儿去村子里了，待他回来，你们可以见见，聊聊。我们李哥人很好的，特别有想法的一个人呢，好多客人都成了他的朋友，这里的小孩子也管他叫李哥的。

她说了一路的李哥，我们实在插不了嘴。待到上了楼，看到房间，吓一跳，何等体贴舒适的小窝啊！粗糙的木地板铺着，屋内陈设也不芜杂，就一床一桌一椅一茶凳，都是木头的，尽量还原着树木本来的样子。大大的落地窗外，是庄稼地，麦子青菜花黄。花的尽头，江水如带，雪山巍峨。天蓝得透心，云白得透心。一时恍惚，不知身居何处。

很想在此借住一晚，听听虫鸣鸟叫，看星星们在雪山顶上聚会。无奈行李全丢在波密县城了，只能抱歉地冲热情的女子说，不好意思了，你们的客房真好，只是我们已有了住处。她赶紧说，没关系的呀，我就是领你们看看的，你们就当是参观好了。

知她是安徽人。有老乡在波密打工，她跟着过来了。然后，辗转来到李哥的桃花源。来了，就不想走了，一待四年有余。我很喜欢这里，这里生活简单，想要吃什么嘛，地里种。人也不复杂，大家相处得都很和睦。还有这么好的大自然，有这么好的空气，天天可以看见蓝天，看见雪山。她这么说着时，我一直盯着她看，我怀疑她是个诗人。纵使不是诗人，也该是个有艺术情怀的人。然而，她说，不，我只念了个初中，不懂什么诗的。

回到客栈门口，女子口中所说的李哥，正站在门前跟一村民说话。我有点意外，因与之前脑中构想的有些不一样的。之前我想，能跑到这世外之地，开出这么个客栈来，这人，在外貌上，该是有着魏晋文人的气质。至少，也该留着长发，面皮白净，手指修长，颇有艺术范儿。

真正的李哥，却像一介老农。人瘦削，皮肤黑得像紫檀。眼睛倒是十分的清亮，跟小星斗似的。女子冲他叫，李哥，这两个客人来自江苏哎。李哥听闻，脸上灿灿一笑，热情邀我们进去喝茶。无法拒绝，随他进屋喝茶去。

茶室也雅，窗户上映着棠梨花的影子。李哥等水烧开，倒进茶壶，把壶拿手上晃，晃，晃，再慢慢斟进小杯里，递给我们。一时间我们都微笑着沉默，不紧不慢喝着茶，有种很奇怪的感觉，好像跟他认识了多年。我脱口说，李哥，我也想在这里开个客栈，不用大，两间屋子足矣，我来长住。

李哥笑了，说，好啊，这里老百姓的房子都可以出租呢，你稍稍改造一下就成，我可以帮你讨个便宜价呢。

有藏族小伙子进来，如进自家门。小伙子长得虎背熊腰，浓眉大眼，见我们在，小伙子笑对李哥说，李哥，有客啊。李哥赶忙介绍，这是我的藏族朋友洛桑。洛桑双手合掌，对我们道一声，扎西德勒。

小伙子是李哥的电工。小伙子进来转一圈，又晃着手出去了。李哥说，他是来看我的，半天不见我，他想我了。哈，哈，李哥说到这里，自己忍不住笑起来。

说起他到这里来，完全是偶然的一个念头。七八年前，他跟几个朋友一道出来游玩，到达这里，那时，这里还没铺水泥路呢，全是土路，进山的路不好走，全靠徒步。他们徒步进村，只看一眼，他便爱上了这里。这是真正的世外桃源啊！他在心里激动地对自己说。后来回家，他的心怎么也归不了位，索性筹集了一笔资金，跑到这里，开了这家客栈。有客时，他陪客坐。无客时，他就在村子里走走，看看花，看看草，看看鸡鸭牛羊猪。三岁的娃见到他，都会高叫一声，李哥。这是他最开心的。

客也只在四月桃花开的时候，或七八月草湖的水涨起来的时候，会多些。平时稀稀的，他不介意。他开这个客栈，就没有以赚钱为目的。倘若要赚钱，我这么多的投资，投在广东，早该滚成一个钱庄了，李哥说。

人生的账不是这么算的，你得明白自己到底想要什么，每个人心中都有一个桃花源，有的人能顺着自己的心，走到那个桃花源，有的人却不能。

我享受的是这种自然，是远离喧嚣的这种宁静。早晨起来，窗外的雪山上，云雾缥缈。晚上，星星们亮得像葡萄粒，落在雪山上。这里的人也单纯，他们就是种种庄稼，养养猪牛羊。不忙的时候，聚在一起唱唱歌，跳跳舞，喝喝酒。这里的气候也好，夏天从不用开空调，冬天有柴火取暖。我告诉自己，这就是我想过的田园牧歌式的生活。

也许，用不了几年，这里的宁静会被打破。你们看，门前在修路了，地方政府在搞旅游开发了，当车辆多起来，这里的宁静，也就被打破了。李哥一方面忧虑着，一方面又很想得开。发展是必然的，他旋即解开微皱的眉头，笑了，说，我曾有过这样的好日子，对我来说，一辈子，也无憾了。

我们听得心旌摇荡。我祝福李哥选择了自己想过的理想生活。然这样的理想生活，是需要勇气和底气来支撑的。这里面不单单是舍得舍不得那么简单，还有个最现实的问题，那就是，要有一定的物质基础做保障。说到底，人是活在现实的土壤中，而不是在真空里。

李哥从前，手头是很有一点钱的。

天上的云朵，地上的草湖

去草湖。

从一片原始杉木林中穿过。满眼都是树，随便一棵，都上百岁了吧？老了的树，极有尊严地老去，无人砍伐烧烤。而新的树，又在重新茁壮生长。

风起，松涛阵阵，如涨潮之水之声。蝉声被没进去了，鸟声被没进去了，山鸡野鸭的声音被没进去了。山路上，只有我和他。

帕隆藏布江在林子边拐了个大弯，冲积出一大片细软的沙滩。碧玉般的江水，倒映着后面的雪山。云怎么那么白！天怎么那么蓝！寂静无声。

我们穿过林子，跑去沙滩上。大太阳照得沙子滚烫，我不顾那烫，踩进去，跑向江边。这江多像湖啊。天在水底。云在水底。蓝在水底。白在水底。我们，也在水底。

寂静，还是寂静。碧玉一般的寂静。

林子后头有蝉音袅袅。山鸡的叫声，像拉警报似的，那么突然地，来上一嗓子。我伏在沙子上写“感谢”二字。此时此刻，唯这两字能表达心意。感谢天，感谢地，感谢父母，感谢他，感谢相遇到的一切，感谢这自然中的美好，感谢这样的雪山，这样的江水，这样的森林，这样的自己……一切都是恰恰好，景正好，我未老。

和他坐在沙滩上，一人吃了两块面包，算作午餐。餐毕，继续寻着草湖而去。这期间，他弄丢了他的墨镜，那是他过生日时，我买给他的礼物，价钱不菲。我们在江边寻了好一阵子，又在林子里寻了好一阵子，都没寻到。最后确信是找不回的了，干脆放弃。也好，算作留给这片土地的一个纪念罢，

或许它某天，会开出一朵眼镜花呢。——这么一想，竟很是快乐了。

在林子中间左拐右拐，误闯一幢民居。木结构的小屋，蹲在林子边的一块空地上。门口长油菜长小麦，也有几棵棠梨树，在开着花。屋主人尚未出现，狗倒警觉地先吠起来，不是一条，而是两条。我是怕狗的，远远站着，不敢动弹。屋主人被惊动了，出门来。一个矮个子男人，后面跟着他的女人和三个娃。他和女人喝住狂吠的狗，叽里咕噜冲我们说了些什么，我是一句没听懂。等他们停下来，我们笑着说，不好意思，我们走错路了，请问，草湖在哪儿？男人听了，侧头和女人说了句什么，女人哧哧笑了。三个娃也笑了，争着伸手往右边一指，呶，那儿，那儿，我们的草湖。一家人的手，就都这么指着。

我们道一声谢，顺着他们所指的方向而去。走了一段路，我回头，见三个娃还站在门口，冲着我们看，屋顶上有炊烟起。我的心，软了软。为这片烟火，为这片与世无争的宁静。

再沿着林子走，从一棵一棵松树间穿过，终于看到一片开阔地，草湖到了。

草湖顾名思义，是草们齐聚的湖。草也只两种，一种开粉紫的花，一种开金黄的花。我们赶巧了，草湖里的草，正值青春妙龄，个个清韶娇嫩的，绚丽得如织毯，把这块小小的峡谷平地，描成画卷。

草湖的腰身上，束着一弯水带，不很宽阔，但极深，想要跃过去，不大可能。清澈的水，倒映着蓝天白云，和不远处的树林、雪山。水的另一边，紫色小花黄色小花一直铺排到一片林子的脚下。林子背倚着大山，山峰上，白雪盈盈，云朵盈盈。马和牛，在林子边上吃草，吃花，不见人。

我蹲在草湖里数花朵，数着数着，数迷惑了。太多了。我又蹲在水边数水里的云朵，数着数着，也迷惑了。雪与云朵，分不清的。风吹得松林唰啦啦的，如涛如波。可是，分明是静的啊，静得连心跳声也听得见。

来了一家四口，当地人。爷爷奶奶，带着儿媳妇和小孙孙。他们自带了花地毯来。他们把花地毯铺在水边，然后盘腿坐到上面，一边摆上吃喝的东西，是要在这里久待的样子。小孙孙刚学会走路，他们放他在草地上摇摇摆摆，指给他看天，看山，看水，看地上的花。

他们告诉我们，他们一家常来这里玩。

他们说，若是你们晚些时候来，这里一大片的，全是水，很好看的。

我们并无遗憾，我们看到了这么多的花。问他们，这些花叫什么名字？他们想想，答，草花呗。我们这里的草地上，都开这种花的。

我很满意这个答案，草开的花，自然叫草花了。连带着这片草湖，我也十分的满意。

“江南”好风光

夜里下雨了。

这里下雨，是根本用不着和谁商量的，前一刻风和日丽，后一刻也许就来个阴雨绵绵。波密的山峦，瞬间都没在缥缈灰白的云雾中了，迷蒙，梦幻，不知所往。

简单用过早餐，上午九点，我们告别这块神仙地。心里有着私念，希望这里的交通保持现状，不建高速，不建高铁，也不设飞机场，那么，它与外界，将永隔着一道屏障，不管走多久，它都将初心不变，有着田园牧歌，日升月落，岁月静好。

可是，会吗？想起李哥，他因村子里那一道道新砌起的粉墙而忧伤，他说，只不过四年的时间，这里的商业气息已越来越浓了。

发展是必然的。我唯愿，它能够发展得慢一点，再慢一点。

往林芝去。天放晴，阳光打在雪山的峰顶上，璀璨耀眼。路边植被蓊郁，层峦叠嶂，浅绿一层，深绿一层，乳黄一层，再披一层嫩黄或嫩绿。阳光照着的地方，像披着一件金缕衣。阳光未照着的地方，像敷着一层湖水。谷间平坦处，时见村庄，大片黄灿灿的油菜花，满地打着滚。

车子驶入一条林荫道，树影斑驳，让我们误以为是行走在江南平原上。山谷却是幽深幽深的，绿植一直铺排下去。山山奇秀。薄雾，雪山，蓝天，各色的云，这一些在这里，是太过稀松平常的景。

因修路禁行，我们把车停在一峡谷拐弯处，慢慢等。并无焦虑，刚好下车赏赏景。几座山峦，恰似绿透的一蓬蓬菜花。它们腾云驾雾，似要仙游而去。

到通麦。小小镇上，只有几十户人家。帕隆藏布江和易贡藏布江在此交汇，地势险峻。过通麦大桥，就进入昔日所说的“通麦天险”，万丈深渊就在路侧，帕隆藏布江深不可测。从前人马车行走到这里，无不胆战心惊。虽万般小心，还是常常人马俱翻。一坠下去，万劫不复。近年来，通了几条隧道，路也修好了，天堑变通途了。

我们顺利过了“通麦天险”，帕隆藏布江在此拐了个大弯。江水奔涌，峭壁悬崖，云缭雾绕，壮阔雄伟。

色拉山山脉，森林茂密，水草肥美。一路看过来，眼睛和心被染得翠绿。难怪林芝被称为“西藏的江南”。

至鲁朗，山水妩媚。山峰上头，也是积雪莹莹。山下面，连绵着的，却是一派春日景象。河水清澈见底，岸边野花点点，牛羊从容恬然。

鲁朗镇的石锅鸡非常有名，自然要品尝一番。街上到处都是石锅鸡的招牌，不是旅游旺季，客不多。随便进一家，石锅鸡已炖好，只需点上火，就能开吃了。服务员给盛上鸡汤，撒上香菜和葱花，喝一口，直鲜透到心里。要一只馒头，泡着鸡汤吃，实乃人间美味。

鲁朗镇海拔 3700 米。对于已历经更高海拔考验的我，这个海拔，已完全在可接受范围内了，没有过多的不适。我晃着胳膊在街上大踏步走，看到很多店里有卖墨脱石锅的，我很想扛一只石锅回家。那人好笑地问，你想天天炖鸡汤喝么？我思索一番，回家天天炖鸡汤喝好像不太现实，那鸡汤，可是用当归、党参、沙参、百合、莲子、薏米、手掌参、大枣等精心熬制而成，我肯定备不了这么多食材。遂作罢。

鲁朗，藏语的意思是“龙王谷”。龙王居住的地方，自然不会差。它的美，是带了仙气的。可圈可点的景点有很多，其中闻名的有色季拉国家森林公园和鲁朗林海。我和那人商量一番，决定放弃去这两个景点，因为沿途都是森林，都是林海。我们要把有限的时间，用在行走上，边走边赏，收获更多偶遇的惊喜。

路上无波折。哪一处的山水，都能让人想待上一阵子。翻过海拔 4720 米的色季拉山，我们进入到一个雪的国度，雪山与蓝天连在一起，仿佛孪生姐妹似的。海拔高，又冷，也没敢多做停留。但只看过一眼，也足够回味经年的了。那种空寂，那种眇漫，人似装在玻璃罩子中的小虫子。当知道自己原是这么渺小，从此也就更趋平和了。

下山之后，路况越来越好，平坦大道一路向前，树影匝地，波光粼粼。路边时见开阔地，一片草甸，连着一畦菜花或一畦麦子。一派江南好风光的样子。

美丽的“情郎”

夜宿林芝，一夜雨敲窗棂。

晨起，雨歇。山上云雾腾起，隐约露出点点绿意。莹莹积雪，已与云雾交融在一起。分不清哪是积雪，哪是云雾。或许，云雾就是积雪变幻出来的，轻盈又自在。它骗了我们的眼睛，它远不是望上去的那么冷艳。

到林芝的人，南伊沟是必去的，它是神秘的藏医药文化的发源地，有“藏地药王谷”之称。沟内动植物资源保存完好，被誉为“地球上最高的绿色秘境”。我和那人五年前曾前往游历过，我们曾陶醉于密集的原始植被中，商量着要在此落脚，搭一棚屋终老。这次，这一处就不做故地重游了。

也没再去瞻仰南迦巴瓦峰。几年前我去，狠狠赏了一通它。当时的导游小闫直呼我们运气好，他说他带团来此不下三十次，每回来，都是云遮雾挡的，南迦巴瓦峰从不肯现身。我们去，竟轻而易举就看见了它的真容，它头戴洁白的银冠，眉目楚楚地端坐在云端里。

不知小闫现在怎么样了，有没有回他的山东老家。那时，他女儿在老家，尚小，他揣着女儿的照片，有事没事就掏出来看一下，弄得我们一团的人，都熟悉他的小女儿了。那时的他，很是向往地说，再干两年，就回老家去，跟女儿团聚，再也不分开了。

我念叨，小闫的女儿该念小学了吧。

那人说，应该吧，这都过去四五年了，他女儿怕是有八九岁了。

我们在去巴松错的路上，说起小闫。远在天边的小闫当不知，他会被两个陌生人记起，并温暖地想念着。这世上，谁会被谁记起？谁又活在谁的惦念里？不可解。

西藏的“错”多，寻常得一如江南的老街、小巷和池塘。哪一个“错”，都美若珍宝。就像江南的哪一条老巷子里，都有青石板路。哪一个池塘里，都掉落着星星和月亮，也都长着菱和藕。

然“错”与“错”，又各有各的风姿风情，有的含蓄内敛，有的奔放豪迈，有的多情，有的多意。巴松错多情，人称之美丽的“情郎”，在藏语中，它的意思是绿色的水。

我们一路行去，尼羊河相伴身侧。河边有森林，有草地，有小木屋，不时晃过一片菜花黄。天空不高远了，它就歇在一座山的上头。

进入山谷。林荫道弯弯曲曲上上下下，村庄就在路边，花斑点的奶牛，散落在青草地上。小黑猪在路上晃晃荡荡，它们是最无所事事的。背着竹篓的妇人，往着云雾飘荡的山里去。我想起梭罗的话：别再向往天堂，那是对大地的侮辱。是的是的，大地如此丰富，哪有天堂可比！

巴松错景区几无游人，我们买票进去，坐上景区的车，等半天，才上来几个人。也不急，眼睛随便往一处看去，都是美。雪峰顶上的云雾，变轻了，飞上天空，变成白云朵。太阳出来，光芒万丈，天空又现出明净来。

第一站，直抵湖心岛。岛有个名字叫扎西，小巧得很。如果说，湖是一只巨大的蓝盘子，那么，小岛就是一蓬青菜，在那盘子里盛放好。岛上有建于唐代末年的“错宗工巴寺”，两层土木结构，殿内供莲花生大师。进去参观，一次最多能容纳二三十人。我套上鞋套，走进去，屏声静气观望。我喜欢墙上挂的唐卡，色彩艳丽，人物丰满。我喜欢丰满的事物，给人敦厚慈祥的感觉。我站那里凝望良久。出门，寺前一棵连理树，是桃和松，不知哪年哪岁，它们长着长着，就缠绕在一起，再分不开了。关于它们，有古老的传说，我没去打听，我想保留着这份神秘，留我天马行空去瞎想。

站岛上，远观雪山，如看大片。湖水厚棱棱的，像匹上好的蓝绿缎子，翻卷而来。风吹着凉，深吸一口，甜的。人的灵魂似乎要出窍了。

出岛，乘车去结巴村。一个掩映在大山深处的自然村落。

车也不知行了多久，树木从窗外唰唰而过，透过树木间隙，可以看到蓝蓝的湖水，似蓝眼睛般的迅速地一闪。我知道，我们一直跟着巴松错在走。然后，车子开到一个空旷处了，周边全是五彩缤纷的房子，像花朵一般盛开着。结巴村到了。

村子袖珍得很，从村头，跑到村尾，绝对用不了一盏茶的工夫。结巴，在藏语中的意思是“一个未被发现的地方”，那是指它的曾经。现在，旅游业发展起来，这里的藏人，渐渐的，也汇入到这股潮流中来，家家门前都挂起了家庭宾馆的牌子。房子装饰得绚丽鲜艳，一律以木头盖顶。

有老人走过，手里持着转经筒，不停地转啊转。一老妇与一老翁坐在闭紧的大门口，身旁卧着一条像狗一样的小猪。老翁一手持一串念珠，一手握着转经筒。他们并不说话，只默默望着门前的路，望着村子后的神山，或什么也没望，让眼光，就那么放养在一段虚空中，他们静好在他们的岁月里。我们走过，他们便一齐望向我们。

有个当地小女孩，迎面而来，女孩边跑边跳。几头头白尾白身子黑的牛，排着队，跟着她，从一幢一幢寂静的房子前走过。我跟小女孩打招呼，嗨，你好小宝贝！那小姑娘吃了一惊，她止住脚步，愣愣望着我，但很快反应过来，冲我绽放出一朵笑，说，你好。

村子里建有观景台。站观景台上，一个村落，和村子后面的巴松错湖，和湖对面的雪山，就像一幅巨大的画卷，尽收眼底。

我和那人不满足只限于在观景台上远观，我们穿村而过，绕到村子后面去，翻过一道紧锁的小铁门（得到当地人许可），沿着收割机曾走过的田间小路，向湖边走去。小路旁的植物，浑身长满了刺，不时偷袭我们，脚被划破了，衣服被划破了，顾不得的。也见满地小花，各有各的俏模样，就那么开着，很认真地开着，开在少有目光眷顾的地方。它就是它的小世界。小麦尚青，蒲公英星星点点。湖边的巨柏上，缠满经幡。湖边堆满石头，垒起的玛尼堆，一座座。

我一弯腰，就能触碰到湖水了。有好一刻，我无法呼吸。我被眼前的大美震慑住灵魂，我不敢动弹，我怕一动弹，这梦境，就碎了。

我见过湖水之蓝，却没见过如此之蓝的，蓝得掏心掏肺的。又是如此清澈，微波不兴，如镜。天空、云朵和雪山，悉数被它兜着，丝毫不走样，在湖里面描出另一个天空、另一些云朵、另一些雪山来。这是午后，天空中的雾气早已散去，白云如丝如缕，缠绕在对面的雪山上头。晶莹的雪峰望上去，像银塔，耸立云端。

没有人，除了我们两个。我们站着，不说话，静静的，对着这面湖，对着那犹如银塔似的雪峰。我们有太多的话，说不出来。想哭。

我也堆了个小小的玛尼堆。我不会诵经文，但我的心意，我想说的话，都倾注在那一块一块小石头中了。

天色将晚，不得不走，我们慢慢往回走。那人低着头，看着脚下，突然无限伤感地说，我不敢回头，我怕我舍不得。我轻轻答，我也是。我们硬着心肠，就那样，一步一步往前走，不回头。一回头，我怕我的眼泪会夺眶而出。

邂逅工布江达

工布江达，是隶属于林芝的一个小县城，地处藏南谷地向藏东高山峡谷区过渡地带，地势相对来说较低，因而得名：工布江达。藏语的意思是，凹地大谷口。这里的藏人，被称为工布人，他们有自己的方言和风俗习惯。

从巴松错出来，我们在工布江达城住下。街不大，酒店客栈却不少，很容易就能找到住处。几经比较，我挑了广场边上的一家酒店，内里设施干净，门前宽敞，又有江水从门前流过。客房西临大广场，站西边窗口，广场上的热闹尽收眼底，周围雪山围拢。

我们正在前台办理入住手续，大厅里突然涌进来几个女人，叽叽喳喳。一见我们，兴奋得大叫起来，呀呀呀，是你们呀，我们又见面了！

我和那人抬头，惊诧得脱口道，呀，你们也到了这里？

是途经八宿的时候，和她们遇见。当时，我们同进了一家路边店吃饭，桌子挨着桌子，彼此就搭起话来。她们说来自山东，孩子们读大学去了，好容易得一身轻松，几个人一商量，就结伴跑出来了。来西藏看看一直是我们的梦想呢，这次终于实现了，我们也来了一场说走就走的旅行，哈哈，她们笑得很大声。

这一路美啊，太美了！她们叽叽呱呱。把自家带的酱牛肉和煎饼分一些给我们吃，又热情地邀我们一起拍照。背景不用挑，跑到屋外去就是，蓝天，白云，雪山，天然的背景一抓一大把。

我和那人吃完饭，先告别走了。根本没想到，几天之后，我们会再次遇见。彼此都欢喜得很，站在大厅里，很是热烈地说了一些话。她们翻着手机里的照片给我看，照片里的她们，花枝招展千娇百媚，倚着蓝天和雪山，倚着湖泊和森林。

因宾馆的价格没谈拢，她们觉得贵了，最终没有入住。她们去找廉价的住处。钱要省着花呢，我们还想多玩几个地方呢，她们一阵风似的走了。走前，一个女人回头，冲我笑着说，说不定我们还会再见的哦。她眼角的皱纹里，漾着花朵。

我真诚地祝福了她们，希望她们一路顺利，玩得痛快。虽然，我不知道她们的名姓。可这又有什么关系呢？一缕风掠过一朵花，应该也不知道名姓的。能够相遇到，靠近过，就很好了。

我们去工布江达的街上转，三转两转也就转到头了。没什么游客，当地人三三两两，坐在廊檐下发呆，孩子们在追逐打闹。我们去一成都人开的小饭馆里吃晚饭，老板娘长得漂亮，她踩着几寸高的高跟鞋，出出进进，端菜递饭。我替她累，我说穿平底鞋么，好走些的。她粲然一笑，说，习惯了。我喜欢穿高跟鞋，显得个子高么，她又是粲然一笑。

说起她的成都，她的话匣子打开。她说，生意不好做呢，在成都我们也是开饭店的，赚不了几个钱，就跑这里来了。这里还好吧，旅游旺季时，店里每天都客满的，我们两个都忙不过来，要雇人呢。这里的海拔也适应了，人也不复杂，都挺好的。

正说话间，外面进来一拨人，男男女女十来个，以中老年居多。他们一到门口，就叫起来，啊，终于找到了。原来，他们是特地来找这家店的。

是我们成都人开的么，上次我侄子他们几个来时，也是来这里吃饭的，说饭菜口味都很成都，所以我们就来了。老板娘闻听，高兴得很，忙忙递茶，用家乡话跟他们热烈地聊起来。等一阵热烈劲儿过了，那拨人才发现我和那人的存在。一个人跑过来跟我们搭话，问从哪儿来。另一些人在桌子上布菜，都是他们从家里带过来的辣货，他们夹了熏肉熏肠来，端了辣豆来，殷勤地请我们吃。我们不好拂他们的好意，吃一筷子熏肉，辣得直伸舌头，逗得他们哈哈笑。他们说，江苏人文气呢，吃不惯我们的辣。

我们投桃报李，给他们送去我们从家里带的自酿米酒，他们喝了，夸好喝。

他们是组团过来玩的，已去看过南迦巴瓦峰。可惜的呢，起了雾，没看清呢，他们说。却并没表现出多大的失落，照样兴高采烈的，连连叹，这一路看过来，美啊。当得知我们只两个人“独自”进藏，他们很是佩服，啧啧叹，不简单。又问我们都玩过哪些地方，又邀请我们去成都。我们成都也很美的，他们说。

我笑着听。我喜欢这偶然的际遇，无芥无蒂，浅浅喜悦。

告别时，我们照例也不问对方名姓，也不问归路，只在这一刻交会的时候，彼此像光与光，你照亮我，我照亮你，这就够了。

八九点的辰光，工布江达的天还亮得很，看太阳缓缓地消融于一座雪山后。广场上人气渐增，当地百姓在健身器材上健身。跳舞的人，转着圈儿在跳。几个五六岁的小孩子在踢球。我见一小姑娘的头上，扎了无数根小辫子，用红红绿绿的丝线缠着，煞是可爱。遂抱住她问，谁给你扎的小辫子呀？她的普通话出乎我意料，相当好，她告诉我，我姐姐。你带我一起踢球，好不好？我要求道。小姑娘眨巴着大眼睛看我，点点头。她叫了一个小男孩的名字，说了几句什么。那小男孩抱着球就跑过来，把球放到地上，然后，一脚踢开，他跟着球跑，边跑边扭头看我，示意我跟过去。我也就跟着他们追球，这么追了一会儿，追出一头大汗来，气喘得不匀了，到底也是在海拔 3600 米左右的高处呢。

一旁的花坛上，坐着几个当地妇人，一直笑微微地在看我。那微笑，真是动人。

思金拉错

高原的日出，只能用“耀眼”两个字来形容。

当太阳从山后面爬出来时，一个房间像装满了无数的探照灯，眼睛根本不能直视它。

上午九点，我们告别工布江达，往拉萨去，途经思金拉错。思金拉错在当地百姓心中，是个具有威力的神湖，是“财主百龙之神”居住的地方。它的形状看上去，也颇为独特，高山峡谷中，它就是一只端端正正搁着的聚宝盆。关于它的传说，几乎洒满它周边的每座山头。如神湖后面的山上，有莲花生大师修行的“仲巴”岩洞。当地百姓说，凡来此转湖拜山的人，必能积累下无限多的福运。每年藏历六月十五日那天，历代班禅、达赖喇嘛以及直贡活佛，也都要到思金拉错神湖来，进行一系列祭拜活动，并在湖中投下大量的金银财宝，以报神湖的恩赐。

我之所以去思金拉错，不是冲着这些传说去的，而是冲着一行文字介绍：

思金拉错湖边，药材植物就多达几十种，其中有雪莲花、金腰子、冬虫夏草、黄连花等珍贵上等药材。山间随处可见雪鸡、雉鹑、岩羊、鹿、高山岭羊、香獐等，有时还会看见狼、豹等野兽。

我要看花看草，特别是雪莲花。当然，如果能顺便看到些野生动物，就更好了。

继续山路。继续观山观云。少了茂密的森林了，山呈现出冷峻坚硬的样子。天空却是一往情深地蓝着，白云不计其数，每座山头都养着一些。

翻越海拔 5013 米的米拉山口，雪痕斑斑。我又出现高反，胸口发闷。山坡上牦牛们低头在啃石头。这么高的海拔，它们却安然若素。我有一刻很是羡慕它们，羡慕它们的勇猛，那种举重若轻的勇猛。

去往思金拉错的路上，少有车辆和行人，道路弯弯曲曲，山峰如刀削斧劈。车前忽然出现了三只岩羊。小家伙们不紧不慢，从路的一侧，跳到另一侧，又跳上几块岩石上去。我们赶紧停车取相机，对准它们。它们的色泽，跟岩石几乎浑然一体。它们并不惊慌，也不讶异，看我们如同看石头。在我们的注视下，它们慢吞吞的，下到山谷里去了。这意外的邂逅，让我开心非常，直觉得自己十分幸运，福分匪浅。

又不知拐了多少弯，山依然是荒寂的，寸草不生。四周没有任何喧响，遇不到一个人。我们以为走错路了，正思量着要不要回头，一泓湖水，猛地扎入眼睛里。山坳之处，那泓水显得很特别。天上云层很厚，照得湖水也呈灰白色。许是周围群山太过高大，衬得它有些瘦小了，一条灰色的带子似的。

湖边五色经幡飘扬。石头垒起的玛尼堆，一座座，比这一路我见过的都要高大，肃穆庄严。湖边的草未萌芽，残留的草根，还是去冬的枯黄色。然在那枯黄的草根里，却冒出星星点点的黄花朵、紫花朵。黄也黄得天真，紫也紫得天真。花蕊饱满，花瓣丰盈。看不到一枚叶子，只有花朵。我趴下来，仔细端详。我确信，我这几千里的奔波，就是来看它们的。后来，我查阅得知，开黄花的叫侧金盏花，又叫冰凉花。开紫花的叫粉报春。一冰凉，一粉春，冬天和春天，就这么相亲相爱着。

湖边坐着两个藏族妇人。她们的身下，铺着藏式花地毯。她们刚刚转完湖，盘腿坐那儿歇着。她们掏出随身携带的经文念，脚跟边搁着茶杯，还有面包，看样子，她们是要在这里待很久了。我们跟她们友好地打完招呼后，她们问，转湖了吗？我们老实答，没有。她们就建议，转转吧，你们既然来了，就转一转吧，三个小时也就能转一圈了。我们说，不转了，还要去拉萨呢。她们很高兴，说，那你们去拜拜布达拉宫，会给你们带来好运的。我们点头称是。

跟她们告别。她们齐齐说，你们是有福之人，能到这神湖来。

一日拉萨

在拉萨，我做了两场公益讲座。主办方一直担心我的身体，怕在高海拔的拉萨，我会吃不消。但我一到孩子们跟前，就犹如神助，所有的不适，全都不翼而飞。我居然一口气讲了近两个小时。孩子们很活泼，问了我很多问题，问我有没有写过他们西藏。

老师，你写写我们这里哦，我们这里很美哦，孩子们说。后来，孩子们围着我拍照，这个来拥抱我一下，那个来拥抱我一下。有孩子甚至邀请我去他们家吃饭。我跟他开玩笑，你准备用什么招待我呀？他腼腆地一笑，说，羊肉，吃烤羊肉。

真好。

去罗布林卡，达赖的夏宫。

金碧辉煌的宫殿，始建于达赖七世，二百多年间，不断扩建，移花植草，成了西藏人造园林中规模最大、风景最佳、古迹最多的园林，被称为高原的植物园。

走进园内，树木稠密蓊郁，完全一副江南水灵青碧的气派。现时，丁香花开得正盛，左一棵，右一棵，也不知有多少棵。密匝匝的紫花朵，插了一头一身，香气扑鼻。有一刻，我疑心我走错了地方，我是走进江南哪个大户人家的后花园了。

一藏族妇人，领着四五个孩子来。她每到一座宫殿前，必先双掌合起来，念念有词。小孩子不懂，睁着眼睛四处张望，摸这摸那，全无禁忌。妇人并不制止，而是宠溺地看着，由着他们去。

我喜欢那率真的眼神，和那全无禁忌的好奇。人所参拜的，原是心中的那份混沌，那份本真呢。因此，人人得而成佛的。

从罗布林卡出来后，我去了布达拉宫。我走着五年前我走过的路，每迈一步，我都有着重逢的喜悦，感觉上，我是与五年前的自己相遇了。世事多变幻，然一颗心，总还能守住一些什么，比如，信仰。比如，热爱。

上午十点多，我们站在布达拉宫的广场上，本来有些阴霾的天空，不知为何，突然的欢喜起来，把脸蛋擦得干干净净的。白云朵从后台蜂拥而出，穿着蓬松的白裙子，如一群训练有素的跳芭蕾的女孩子，很快乐地跳起芭蕾舞。天上是在举行什么庆典吗？还是为这人间的虔诚？广场边上，朝拜的人们，长叩首长跪拜。

一藏族妇人手上缠着红红黄黄的带子，走过来，说要帮我辫小辫子，辫一根五块钱。她说，辫起来好看呀，好看呀。我顿发少女心，爽快地应，好。

坐到阴凉处的阶梯上，任她在我的发上缠缠绕绕。和她聊天，她说她是昌都的，为了小孩念书，跑到拉萨来。说小孩读六年级了，她呢，一边带孩子，一边就赚点小钱，补贴补贴家用。我问，为什么孩子不在昌都念呢？她笑了，拉萨教学质量好嘛。

我肃然起敬，我说，你是个好妈妈。顶着满头小辫子，我很开心地谢她。她灿灿一笑，看着我的头说，好看呢。旁有人悄悄告诉我，你上当了，别人辫一根才两块钱。我回头，冲那人道，哦，没事，我乐意。是的，我乐意，只因她是个好妈妈。

又租一件藏袍穿，可惜没有马，要不，能做一回马上的卓玛的。

去了大昭寺。这座由松赞干布所建造的寺庙，在藏传佛教中，拥有至高无上的地位。最初称“惹萨”，拉萨的地名就是由惹萨而来。藏族人每隔一段时日，都要来给寺庙里的酥油灯添油。他们提着暖瓶（里面装着酥油），带着儿女，虔诚地奉上他们的信仰。千百年来，他们都行进在这条路上，酥油灯的火焰，像豆花一样，永不熄灭的，照着他们。

八廓街，又称八角街。在藏语里是“帕廓”的意思，即围绕大昭寺的街道。它以大昭寺为中心，圈成一个圆。当地人见到你，会劝，既然来了，就转转街啊。就像你到湖边，他们要劝你转湖一样。他们认为，转转八廓街，会带来好运的。街上随时可见转街的藏人，手里擎着转经筒，嘴里默念着“唵嘛呢叭咪吽”六字真言。

八廓街上多的是小商铺小摊位，卖些南瑚、绿松石、蜜蜡之类的首饰，真真假假，不计其数。

客少，摊主们有的捧着经书在念，有的坐在摊位上发呆，有的在忙碌地编织着那些珠啊串的。我停在一摊位前，挑拣着看。摊主是个三十岁上下的女人，脸上有两坨很显目的高原红，她本是坐着在编织的，见我停下，忙站起来招呼，样子憨憨的，望之可亲。我指着一串南瑚手链问价，她报价，二百六十块。在我，可要可不要，便随口道，贵了。她忙忙说，那您说个价，您怎么说，都没关系的，这个是真的南瑚，不会褪色的。她操起那串手链，就要在玻璃上磨，以便证实她说的话不假。我忙说，哦，不用磨了，我信你。然我并没打算买，移步要走。她极力挽留，那您说个价，随便说个也行。我便跟她开玩笑道，半价吧。这么说时，我挺心虚的，觉得不大可能。谁知她只稍稍一犹豫，爽快应道，好，今天我还没开市，您算帮我开市了，我谢谢您。

真意外。我不好意思了不买了，想着，就买一个玩玩也好，遂掏出一百三十块给她。她却退给我三十块，笑着说，您今天到我这个摊子上来，也是缘分，我今天只收您一百。

我愣住，她的实成让我对她刮目相看。我当即在腕上套上那串手链，欢喜得很，我觉得我是捡到珍宝了。

出门，在街上转一圈，什么也没再买。我看看腕上的手链，想起女人来，我说，要不，我们再回去，问她再买两串带回去送人？那人笑了，说，我也是这么想的。

女人看见我们，她惊喜得很，像招呼亲戚般地说，哎呀，是你们呀，快进来坐坐，喝口水。说着，忙着从帘子后面搬出凳子来，又倒了两杯水端出来。我说我们还想再买两条同样的手链。女人激动了，颊上的两坨高原红显得更红了，她忙忙应道，好啊好啊。摊子上没有现成的，她就给我们现做。她解开一串珠子，拿了线，麻利地穿起来，一边和我们聊开，她说她是芒康的，是为了孩子才来拉萨的。说到孩子，她停下来，笑眯眯的，翻开手机，给我们看她姑娘的照片。照片上，三个小人儿长得很可爱，头挨着头，大的上幼儿园了，小的才六个月，她带在店里照料。这会儿，小女儿在帘子后睡觉。

我没生个男孩，她似乎有些不甘，但旋即又自我安慰道，啊，现在女孩男孩都一样的，你们说是吧？

我笑了，我说，当然，我们不都是女孩子么！

她释然，对，有出息的女孩子也不比男孩子差。

我没文化，没文化做什么事都做不好，她轻轻说着，有些羞赧，我不想我的女儿们也像我一样，我希望她们多读书，就算将来她们也做生意，有文化与没文化，是绝对不一样的。拉萨这里教育资源多，所以我就带她们来这里了。我摆了这个摊位，我男人也跟着来了，他也摆了个摊位，卖藏药和藏刀，我们一家子解决吃穿是不成问题的。啊，你们要不要带些藏药回家？我让我男人给你们最低价。

我笑着摇摇头。女人不介意，她笑了笑，继续絮叨下去，说大女儿在幼儿园表现可好呢，都会用汉字写一家人的名字了呢。我深陷在她的絮叨之中，很感动。说不上的，就是那么感动。

手链很快穿好。我们收好手链，跟她再次告别。她恋恋不舍跟着我们走，一直把我们送出店门外。我们已走了很远，还听到她在后面说，手链你回去戴，若褪色了，你寄给我，我给你重换新的。这个是真货，会越戴越亮，不会褪色的。

这之前，她已把她的联系方式给了我，她说，若需要西藏这里什么东西，只管告诉我，我会替你们买好，快递过去的。我深信不疑，把我的联系方式也给了她。我想，一个深爱着三个孩子的母亲，她的心眼坏不到哪里去的。

一山过四季

从拉萨出发，去日喀则。在上午九点多。

拉萨河跟着走一程，山山棱角分明。天起初有些混浊，洒下几滴雨，但走着走着，放晴了，蓝天如洗。

过村庄，遇庄稼地。路边有成片的川西白刺花，站得高高的，擎着一串串紫花。花美，茎多刺。我跳下车去，跑进那花丛中，被它们很不客气刺着了。不恼。还是喜滋滋地蹲下来，和它们合了一个影。想起王阳明的“一朵花”，他说：“你未看此花时，此花与汝同归于寂；你既来看此花，则此花颜色一时明白起来，便知此花不在你心外。”人的一生所遇有限，浩渺之中，有多少本归于寂寂。在这有限之中，我要让我遇见的每一种颜色，都鲜活起来，欢欣明白起来，成为我生命底色上的一抹，方不负我所遇。

翻岗巴拉山。天空半边阴着，又半边晴着，这边雨点飘落，却见另一边天蓝云白，山谷披着光辉。我想到我们的人生，莫不如此，悲欢交集。

下雪珠了，很猛烈的，如无数蛾子急飞。丝丝的凉，惊醒了春梦。

过了山头，雪珠已抛在身后。一山过四季，果然。

也就到羊卓雍错了。五年前来见它时，我高反严重，挣扎着跑到它跟前，被它的美震得无话可说，双眼濡湿。五年来，我时常梦见这片土地，梦到这片蓝。

现在，我又站到它跟前，却狠狠愣住了。眼前的羊湖，很陌生，湖边砌了高高的观景台，旁边摆满了各式小摊子，堆着成堆的所谓绿松石和红珊瑚。密密的人群里，走着牦牛、羊和马。藏獒也被牵出来，当了道具，一律的披红挂绿。牲畜的排泄物到处都是，气味冲鼻。离湖还尚有一段距离，人却走不上前了，已被招揽生意的给团团围住。跟藏獒一起拍张照吧。跟牦牛一起拍张照吧。跟羊一起拍张照吧。不贵，一次才二十元，他们说。

好不容易挣脱出来，摊主们的吆喝声，又铺天盖地而来。我站着，不能言语，觉得很受伤害，又不知被伤在哪儿了。五年前我来，这里没有一点喧闹，只有蓝绸缎一般的湖水，飘曳在山谷间，看不见头，望不到尾。那么蓝透了的蓝，仿佛一个蓝天，倒扣在湖上。而今，湖还是那个湖，还是一样蓝着，只是，它被染上杂尘了。

我们转身离开，避开这喧闹嘈杂，走向少有人迹的地方去。羊湖这才呈现出它的本心，浩荡处，如一匹蓝绸缎铺开来。狭窄处，如女孩子的发带一样飘起来。湖畔的草甸，犹如蛇舌一般，探入湖中，牛羊安详于其上。白云朵从湖边的山谷间，大团大团喷涌出来，像一群羊奔跑着。“天上的仙境，人间的羊卓。天上的繁星，湖畔的牛羊”，我想到这首西藏民歌，真想听听谁唱。

风起，天忽然变了色，噼呖啪啦下起雨来。再看羊湖，仍是那么的蓝。滴滴的雨，砸碎那蓝，形成一个一个的小伤疤。然旋即，它又愈合。再砸碎，再愈合。它胸揽风霜雨雪，处世不惊，千秋万代。它的大度和气魄，人学不来。

天色不早了，我们不得不走。湖伴着我们走了很远很远。

途经海拔 5060 米的卡诺拉冰川。不过五年未见，冰川已明显瘦了许多。那时，我们站路边，可伸手触摸到冰川，现在，须仰视了。仍是美，美得清心寡欲。

我们放慢车速，缓缓过。车窗突然被人敲得啪啪响，吓一跳。摇窗一看，是个男人，语气极端不友好，他凶巴巴说，快走，快走，不许停！原来，这里亦开始“门票”了。冰川前，有块大石头竖着，上书“卡诺拉冰川”。也有卖些珠啊玉的小摊在一旁摆着，花花绿绿的。若想一睹卡诺冰川的风貌，须买他们的“门票”，方才可以停靠。

我们从它跟前匆匆过去，心里说不上什么滋味。

接下来的路，比较难走，陡，拐弯又多，200 公里的路程，开了七八个小时。我因在羊湖边逗留的时间长了些，湖边风急且大，吹得我头疼起来。

路上又遇阵雨，下了好大一阵子。

星星们悬在头顶上

在日喀则休整一天，我才缓过神来，决心去珠峰大本营看看。

早晨八点，从日喀则出发。天空好得很，浅浅的蓝，配了莹莹的白，阳光透明，光华耀晔。

路过的山，都光秃着。山谷空旷处却神奇般的，有树木，有草地，有庄稼和人家。也见到马耕地和牦牛耕地，农人挥锹，挖着黄土疙瘩。一锹下去，扬起如烟的灰尘，锹下粒粒沙石，碰疼了手臂吧？他继续挖，不晓得要种下什么。想着这么贫瘠的土地上，也生长着红花绿草庄稼人家。生命的存在，实在是个奇迹。

路边时见灯心草。据说扎什伦布寺等寺庙里的酥油灯，都以此草做灯芯。此草寿命极长，能存活上千年，砍去还复生。可用“顽强”二字做注解。

看云。云的影子，像只大蝴蝶，歇在一座山上。又一堆云躲在一座山的后头，像顽皮的小兽。月亮还挂在天上。这也是西藏特有之景，日月同辉。大片的谷地平原，大概是未到季候，草根还都枯黄着，牛羊就啃着那枯黄的草根。牦牛好玩，在光秃秃的山上漫步，也无人看管，它们不时低头啃上两口。那里有什么可啃的？莫非岩石上也附着了什么可果腹之物？弄不懂。更弄不懂的是，前不见人烟，后不见村庄，它们从哪里来？它们会找到回家的路么？

经过草原。成群的羊。牧羊人背着干粮，走在一边。那一群群羊，远看去，像一群群鸭子。

过拉孜。拉孜有“堆谐之乡”之称。“堆谐”有近千年的悠久历史，优美的歌声，伴着悦耳的琴声，和欢快的舞步声，是藏族群众喜闻乐见的一种民间传统歌舞艺术。在拉孜，只要有聚会的场所，都能见到堆谐。

我很想遇到一场堆谐呢。听到牧羊人的歌声，很嘹亮，不知响在哪座山谷里。想这个牧羊人，说不定就是一个堆谐高手呢。

过了不知多少重山。见到雪山如雪人，端坐在草原尽头。云朵低垂，似伸手可捉。遇到未消融的冰。有些山上，留着一点两点雪痕。白，白得耀眼醇厚。像谁有意撒了一把白糖，用甜蜜诱惑着。天空晴朗得一塌糊涂，云朵像小绵羊，一只只，挤着挨着拥着奔跑着。

进入珠玛公园了。遇到第一村：切村。小小村落，躺在山窝窝里。山路开始如羊肠子似的扭曲。不知拐了多少弯，拐得人头昏眼花。握着方向盘的那人，手心里全是汗，眼睛直盯前方，眨都不敢眨一下。

到加吾拉山口，5189 米。珠峰近了。有石头立在那儿，上书“珠穆朗玛”。我们爬上山顶，遥望这天下第一峰的真容，周围群山蜂拥，它在其中，如仙鹤独立。对着它，也不知要说什么，我想到童年，在课本里见它，老师说，这是天下最高峰。说这话的老师，人到中年大病一场，就走了。我也记得我的同学，长辫子的丫头，和我同桌，她有个名字，叫凤。不过是出了一场天花，就要去她的命。我们一起用蜡笔，在纸上描过这天下第一峰的。

原谅我，面对这世界最高峰，我脑中所想的，尽是我小时候的事。我在心里面默念着，这就是珠穆朗玛峰啊，这就是珠穆朗玛峰啊。

遇当地人，前来邀我们去大本营，说那里有他们家的帐篷，可以入住。我们家的是 12 号啊，你们一定要记住了啊。又有别的来招揽生意的，也是邀请去大本营的，你们去大本营最好住 20 号的呀，20 号帐篷又大又干净啊。

我们含笑，不置可否。有人迹的地方，难免沾染上烟尘了。然转念一想，人世不就是因这烟尘，才有了生机，才有了眷恋的么？物也好，景也罢，倘若没有人的光顾流连，也终是寂寂于虚空之中，又有什么意趣？因有颗心去热爱，因被一颗心爱慕，彼此才有温度的吧。对人来说，是这个理。对物事来说，亦是这个理。

遇一群岩羊，在山坡的岩石上跳跃奔腾，很是欢脱。我们停车，惊喜地望着，看着它们跑到山谷中去，像一片一片褐色的云游进去。

终于到达大本营。峡谷口的风，大得能把人刮飞起来。珠峰就在跟前，许是我们所站的地势本身就高，它不是我想象的那么巍峨，却自有着一种冷峻威严，银盔银钾，披挂整齐，一副出征模样。它是要跟谁战斗呢？

山下一片开阔地，地上沙石遍布。帐篷一顶顶，搭在沙石之上，每一顶都编了号。我们的车刚一停下，招揽生意的就都围过来，个个热情相邀，住我家的帐篷啊，住我家的帐篷啊，我家的干净。

一小女孩头发蓬乱，坐在一顶帐篷前，吮吸着一小袋牛奶，她两只眼睛很亮地看着我们。我弯下腰逗她，我在你们家住好不好？她不吱声，扭头看身后一老者，老者忙忙招呼，好啊好啊，我们家的帐篷也大。

我笑着谢过，并没有打算在此宿营。我们只是来看看，看过一眼也就好了。

站到一个坡地上，仰望珠峰，一时不知说什么才好。多少人梦寐以求，想攀登上它的顶峰。又有多少人，把命留在这里。他叹，这到底值不值呢？我接口道，对他们来说，自然值得。生命的意义，不是单一的，每个人有每个人的活法。有的人喜欢安顿，现世安稳，有的人却喜欢挑战和逃离。一个人的生命，若能遵照自己想要的活法，无论好与不好，都是值得了。

风大，冷，有些气喘，该走了。一回头，看到刚刚的小女孩，跟在我们身后。我走过去，抱了抱她。她害羞地笑了，伸手摸摸我的脸，低声要求道，阿姨，你住我们家吧。我侧脸望过去，看到她爷爷，正站在他们家帐篷门口，远远看着我们。

多么不想让她失望，但我还是让她失望了，我说宝贝，阿姨今天不住这里。

去那里的邮政窗口买了一套珠峰明信片，留做纪念。想想，掏笔在一张明信片上写下这样一行字：宝贝，希望有一天，你能到我们江苏去看看，那儿也有很多美丽的水，美丽的树和花朵，还有，美丽的人。我把这张明信片，送给了小女孩。

返回日喀则，天已黑，车子只能缓缓开，一步一险。山间好是寂静，星星们悬在头顶上，那么大，像悬着一颗颗晶晶亮亮的樱桃。这样的生命体验，一生中，对我来说，也许仅此一次。

无边的寂静

出西藏，走青藏公路，是个不小的挑战。

这条线路，建在冻土层上，是西藏和外界相连的生命线，外面输送物资进藏，基本上都靠这条线路，路上车辆日夜不息，出现拥堵已成司空见惯。曾有人在这条路上，走了三天也没能走出去。

我们头一天晚上住在那曲，4600 米高的海拔，折磨得我们一夜不曾合眼。凌晨四点多就起来，摸黑往格尔木赶。

虽是五月末的天，这里仍是冷得慌。夜里刚下过一场雪，路边的草地上，覆盖着一层厚厚的积雪。

天越走越亮。眼前见到的，除了白，再无别色。山是白的，草地是白的，天空是白的。白连着白，白压着白，白抱着白，白驮着白。一个世界，就是一个白的丛林，我们看上去，该像是出没于白色丛中的一只熊。

天大亮，眼见着天边现出一摊血红，那里孕育着一个白白胖胖的太阳。我不错眼地盯着，想赏一场高原日出，看太阳怎么褪去它的胎毛，缓缓爬上山头。然未等我安下心神，初升的太阳竟一跃而起，它大刀阔斧的样子，把我吓了一跳。光芒一下子逼了过来，一个天地都镶金戴银起来，闪耀得人睁不开眼。

天上跑出来无数的白云朵，像冒泡泡似的，好像那山后头搁着架制造白云朵的机器。一个恍惚，我疑心我们的车子，跌进那白云堆里头去了。寂静，复寂静。

翻越海拔 5220 米的唐古拉山山口，最担心的事发生了，前方出现堵车！

我看一下时间，上午十点半。越来越多的车，塞到一起，像聚集着越来越多的蚂蚁，搅成团了，前望不到头，后看不见尾。眼巴巴的好不容易望来一骑行者，每个车窗都速速打开，向他寻问，堵多远了？那个戴着头盔，包裹得像个粽子的男人一路忙着解答着，啊，堵了有二十多公里呢。

我高反激烈，胸口有什么紧紧压迫住似的，想吐，又吐不出来。我瘫软在车座上，一点也动弹不了。

等待真是煎熬，每一分每一秒，都似在冰窟窿里冻着。我听到前面一辆车里，传出女人的哭声。一男人下车，前后看看，他无可奈何乱晃着身子，急得像头困兽。有好心人围上来问，怎么了怎么了？他摊开双手，冲自家车窗里看一眼，叹口气。原来，他的女人高反太严重了，受不了了。就有人转回去，到自己车上拿来巧克力，又有人拿来氧气瓶，又有人拿来红景天，统统往他们家的车窗口递。弄得车内的女人不好意思哭了，她轻声道谢。我看着笑，胸口的紧迫感似乎减轻了一些。陌生的友善，是不掺杂一丝一毫假意的，是最能照得见人心的。

一辆越野车不甘心等，车上几个男人一商量，竟把车下到路边草地上去，想超车过去。结果，开了才有两丈远，车轮子陷进泥坑里，出不来了。五个小时后，路通了，我们走了，那辆车还陷在泥坑里，等待牵引车来救援。后来的一路上，我都在替他们担心，天黑了，他们怎么办呢？

有时，静静等待，才是解决问题的最好办法。

我们驶上了被人戏称为“搓板路”的一段路。这条路，表面上看上去一马平川，跟镜子一样光滑，实际上大坑大洼布满其上，如同搓衣板。稍不留神，车轮子就陷进坑里去了，被弹起老高，然后又重重摔下。在这样的路上，最容易出现翻车现象。我们走得异常小心，虽如此，还常常被弹跳到半空中，吓出一身的冷汗。

穿越可可西里，我的高反持续着，人只能半躺着。真佩服那人的体力，就跟没事人似的，稳稳地开着车，还不时叫我看窗外，啊，你快看，那么多的藏羚羊啊。又或是那么多的野毛驴啊。又或是那么多的牦牛。啊，头上还有角！他惊喜。我实在忍不住，喘着粗气，支起半个身子朝外张望。眇漫的荒漠，像电影里的慢镜头，慢慢移过去。旋即，天空和大地，又进入另一个眇漫之中，藏羚羊就奔跑在我们的车子旁。无边的寂静，与无尽的轻俏活泼，就这么自然而然融合在一起。那会儿，我想到所谓的地老天荒，就是这个样子的。

走到天黑尽了，我们还没能走出可可西里。黑天里，也看不清路，也不知前面的路况，只能摸索着往前走。车过昆仑山口了。车过五道梁了。车过三江源了。他不时说给我听。最怕拐弯，车子贴着山石和峭壁，似乎就要撞上去了。我不敢表现出害怕，怕他分心，只能不停安慰他，也安慰我自己，慢点开，慢点开呵，咱不急。

凌晨两点，我们终于安全抵达格尔木。

我们充满感激。感谢老天保佑！那会儿，实在没有什么样的幸运，能敌得过安全抵达。

重返可可西里

在格尔木狠狠补了一觉后，我的身体复原了。

有“劫后重生”的喜悦。

问他，昨晚我们是怎么走过来的？他也茫然得很，眼神迷离，反问我，我们是怎么走过来的呢？

两个人你看看我，我看看你，恍惚着。昨晚的经历，真像一个梦。

要不，我们重返可可西里，重走一遍昨晚的路？两个人一拍即合。

掉转车头，我们又往可可西里开去。还没出格尔木，就堵上了。大货车一溜排着，等着称重（青藏线上是限重的），排了足足有十余里路，漫天都是飞扬的灰尘，不见天日。

我们费了好大的劲，才甩掉这段拥堵路段，驶上了昨晚所走之路。这一走，惊心动魄起来。昨日夜的黑里头，只觉我们的车是舟，驶在蛮荒的海上。这会儿，那些“蛮荒”逼进眼睛里，原来都是戈壁。陡峭的，断层的，连绵无数重。路，宛如小蛇，扭着小身子，游荡在那戈壁的“隧道”里，稍不留神，就会一头撞上坚硬的戈壁了。又时临深渊，倘一失足栽下去，绝不是闹着玩的。想想真是后怕，多少的祸从我们头顶掠过，——这样的勇猛，不可再有。

再不用急着赶路，我们拿出旁观者的姿势，在戈壁滩的“迷宫”中，闲庭信步起来。到小干沟了。到大干沟了。到雪水沟了。到秀水沟了……沟多，沟里多石头，不知待在那里多少年，它们各各有着自己的纹路和故事。我跳下去，一一细看，这是上古的么？这是上上古的么？人的一生，与石头的一生相比，小如芥末。

我捡了不少好看的小石头。

一些戈壁群，像天然的古建筑群，很有艺术之美。“高楼”也有，“平房”也有，“亭台”也有，“水榭”也有，也是鳞次栉比的，规模成城市模样。居住在里面的“居民”都有谁呢？鱼吗？鸟吗？海洋生物？藏羚羊？野牦牛？野猪野兔？或是小鼠？它们在它们的世界里，也自有着市井喧阗，纷繁旖旎的。

少有植物。却见到一种蒿，开着紫花，粉俏俏的。一两簇。点缀得荒芜寥落的戈壁滩，无限生动起来，——再荒漠的地方，也有花在开。大自然从不叫人绝望，这是大自然的生命哲学。

遇到一男人，他在陡峭的戈壁之上，自由自在，灵巧得如一只藏羚羊。我以为他是放羊的。他说不是，他是来采矿的。他说他每天都会出去寻矿石。问他，都能寻到一些什么矿石呢？他眨巴着一双小眼睛，看着我笑，说，有时会碰到昆仑玉的。你们要不要买？我们工棚里就有，去看看吧，是上等的昆仑玉呢。他伸手一指不远处他们的工棚。低矮的棚子，有八九间，搭在一捧雪水旁。

我对玉石不感兴趣，对棚子旁的雪水，倒是兴趣颇大。许是因这里矿物质多，雪水都成绿色的了。我们跑去看绿色的雪水，看得满心欢喜。它真像块绿宝石。

男人跟过来，再三邀请我们进他棚子里去看玉。我没有进去，我告诉他，我刚捡了不少有趣的小石头呢，我都当它们是玉石的。

物的价值，本不在物的本身，而在于拥有它的人。比方一块石头，你可以当它是石头，也可以当它是珍宝。你喜欢了，珍惜了，它就有价值了。

因一路走一路玩，走到昆仑山口，时辰已不早了，我们也就折转了。在昆仑山口，我对着可可西里遥望，我知道，藏羚羊们还在那儿奔跑着，从一个眇漫，跑进另一个眇漫里，在时间的无垠里。

盐的爱情

从格尔木，往茶卡，几百公里的地方，全是戈壁滩，茫茫无际。接近茶卡时，绿色突然如一群巨兽般冒了出来，生猛得很，我倒被吓了一跳。

村庄有了，牛羊有了，又一番市井喧腾。经历过大荒大野，这繁庶活泼就变得十分可贵了，眼前式式样样，都是好的。连一碗牛肉拉面，也品出与往常不一样的滋味来。

拉面店里客满，都是来看茶卡盐湖的。有去看过刚回的，有兴冲冲要赶去看的。满耳灌着的都是茶卡，茶卡。

藏语里，茶卡就是盐池的意思。

细细咂摸，觉得藏人太有意思了，那顶得上十个杭州西湖那么大的盐湖，他们竟平平静静称它，盐池。再多的辽阔壮观，在他们眼里，也是从容得不惊不慌的。慌什么呢？他们日日与这样的辽阔壮观相伴，他们也成了其中一部分。

羡慕他们的淡定。

我却做不到淡定。跟茶卡盐湖只一照面，就被惊得魂飞魄散，大呼小叫起来，啊，太美了！

那会儿，也只有“美”这个字，最贴切最能表达心意。美是什么？就是眼前这一场盐啊。盐得漫天漫地，盐得素洁耀眼。要命的是，还有水映衬着。茫茫一片，天与地相连，上浮清水，下沉盐粒，一清二楚着，却又你中有我，我中有你。天空、周围的雪山，还有在行走的人们，红衣、蓝衣、黄裙子、花帽子，哪一样都悉数倒映其上。盐里有着另一个世界，一样的天空，一样的山峦，一样的五彩缤纷的人。有人称它“天空之镜”。无比贴切。

所有美的诞生，都需历一番劫方能够。它的诞生，亦如此。那还得追溯到上千万年前，这里原是一片汪洋，一场灾难突降——地壳裂变、印度板块挤压，地面渐渐隆起，成“世界屋脊”。海水四散奔流，流到一些低洼地带，形成了大大小小的盐湖，茶卡就是其中之一。对了，这里的“卡”不读 kǎ，读 qiǎ。

我想起一个痴迷古董的女子说的话：“一切美丽，最终都会全部消失。我们从中并不能真的获得什么，无非就是有限的今生今世里，这相对的一眼，这刹那的灵犀。”那会儿，我对她的话深表赞同。这美丽的茶卡盐湖，我来看时，它尚在，然百年之后千年之后呢？缥缈的时空里，我们能握住的，也只是当下的这一刻。

我不贪，也只要当下的这一刻。我踩着盐铺成的路，慢慢往盐的更深处走去。有小火车突突鸣叫，往来奔驰。从前是载盐的，现在作为观光与怀旧的景物之一了，载着一火车欢天喜地的游人。

游人看盐，盐也在看游人。天上的云，像用盐给堆砌出来的。远处的山峦上，铺着的雪，也似盐一样，有着咸涩的凉。置身在这样一个盐的世界里，每一步，都似乎走向那洪荒里头去。我们，原也是一粒盐，从亘古的海底而来，又将回到那海底中去。

盐湖里搁小白船一只。一对新人跋盐涉水而去，站在船头拍婚纱照。远远看过去，一粒船，两粒人，都秀气得不像真的，像用水粉笔画上去的，极梦幻。岸边围着他们的亲朋好友，都把镜头对准他们，一边喳喳地说着他们的故事。故事很具戏剧性，她是广西人，大病一场，失聪，灰心绝望，千里迢迢来青海，只想最后看一眼这里的油菜花。在这里，她与他相逢，他开着摩托车放牧牛羊，完全一副西部牛仔的形象，让她，不由得驻足，多流连了几眼。她把自己的故事说给这个陌生人听，算是倾诉吧。他耐心地“听”，“听”完，他建议她，去茶卡看看吧，那里，有世界上最美的盐。

生活不都是甜的，它的内里是咸的，咸到极致，也是一种美。这是他要告诉她的。

她听从他的建议，到茶卡来，只看一眼，体内的盐，就汹涌而出，融入到这满世界的盐里面。她再也没有走，留下来，跟他一起放牧牛羊。

我默默祝福了这个陌生姑娘，愿她拥有的这段盐的爱情，能够一生一世。

做个幸福的稻草人

在黑马河入住。

我们住的是政府招待所，条件一般。然打开二楼的窗，卧着的青海湖，厚棱棱的，扑进眼里来。湖的上面，趴着慵懒的白云朵，像趴着些牧羊犬。

我挺满意这么看湖，隔着一段不远不近的距离。

窗下一堵墙。墙外，就是民居。有个男人在院子里收拾着什么，他用麻袋慢慢装。我看一眼他，再看一眼青海湖。一只马，不是黑马，是黄色的，背上安着红红绿绿的鞍子，在我的窗下吃草。就它一只。它是谁家的马呢？男人家的吗？窗下那么多绿草。男人的院门外，也是草地，草们勾肩搭背，热热闹闹往着湖边去了。

我也坐不住了，我要跟着草走。

黄昏了，黑马河的太阳还很晒。胖胖的羊，沐着阳光，在路边散步。看见我们，它停下，很温和地看看，略带好奇的。走不多远，就看到一些很有特色的民宿客栈，一幢挨着一幢，大门正对着湖。我有点后悔，早知道，该住这民宿客栈呢，清早起来看日出也方便的。客栈主人热情邀请，进来住啊。我只能摇头，不能的了。

草们上坡，下坡。我跟着它们上坡，下坡。

进入茂密的草原了。草原上处处有路，羊们的脚下就是路，它们走到哪里，牧人们就走到哪里。

一群羊奔跑起来，像一堆堆白云在地上滚。五月末，青海湖正逢好季节，水肥草美，羊们一个个都养得膘肥体壮的。牛也是。有的牛特别好看，头上的角是白的，脚也是白的，身形壮硕。我们走过，它们不吃草了，抬头好奇地看着我们，像很少见到外人的一群孩童。

一家人在草地上摊了块地毯，悠闲地坐在上面。他们的小娃娃如小羊羔，在草地上蹦跳。他们看见我们，笑着招呼，你们来自哪里呀？我们答，江苏啊。他们点点头，哦，江苏是个好地方。问他们是哪里人，他们答，就是青海本地的。

真好。他们可以时时来亲近这片草地，这片湖。

终于来到湖边。我又被吓住了，那么厚的水，呈藕粉色。似乎舀上一勺来，可以直接搓成藕粉圆子。浪又急又大，哗哗之声不息，简直就是汪洋啊。鸟也多，多的是斑头雁和鸬鹚。它们有的在草地上漫步，有的歇在湖里一瘦长的小岛上。草地上的一群，见我们走近，一齐腾飞，像排练好了似的，一会儿俯冲至水面，一会儿又飞翔至半空中。它们是优秀的舞蹈家，每一个姿势，都往着优美和壮阔里去。

风比浪大，或是浪比风大。谁知道呢？湖边好冷。我裹紧了衣服，还是冻得瑟瑟的。却贪恋着这份宁静美好，迟迟不肯走。远处的雪山，眉目分明，身上披着夕照之光，像一尊穿着白袍子的仙翁，慈眉善目着。夕阳投射下牦牛的影子，羊的影子，还有我的影子。我的影子在草地上，像个幸福的稻草人。有紫花和黄花，在我的影子上开着花。